浙江省社科规划课题成果

人是漂流的植物

John Burroughs

约翰·巴勒斯和他的"绿色"书写

吴俊龙　著

ZHEJIANG UNIVERSITY PRESS
浙江大学出版社
·杭州·

图书在版编目（CIP）数据

人是漂流的植物：约翰·巴勒斯和他的"绿色"书写 / 吴俊龙著. -- 杭州：浙江大学出版社，2024.2
ISBN 978-7-308-24597-5

Ⅰ. ①人… Ⅱ. ①吴… Ⅲ. ①约翰·巴勒斯（1837-1921）—文学研究 Ⅳ. ①I712.064

中国国家版本馆CIP数据核字(2023)第254280号

人是漂流的植物：约翰·巴勒斯和他的"绿色"书写

吴俊龙　著

策划编辑	余健波　张一弛
责任编辑	张一弛
责任校对	陈　欣
责任印制	范洪法
封面设计	周　灵
出版发行	浙江大学出版社
	（杭州市天目山路148号　　邮政编码　310007）
	（网址：http://www.zjupress.com）
排　版	杭州林智广告有限公司
印　刷	杭州钱江彩色印务有限公司
开　本	710mm×1000mm　1/16
印　张	14
字　数	156千
版 印 次	2024年2月第1版　2024年2月第1次印刷
书　号	ISBN 978-7-308-24597-5
定　价	68.00元

目　录

第一章
绪　论

　　约翰·巴勒斯（John Burroughs, 1837—1921）是 19 世纪中叶到
20 世纪初美国最受欢迎的自然文学作家之一，被视为继梭罗之后
美国自然文学领域中最重要的实践者、"走向大自然的向导"、"美
国乡村的圣人"、"美国自然文学之父"、"驻自然界的特别大使"、
现代自然散文的开创者等。巴勒斯以半科学、半诗意的方式研究
自然，不仅代表了当时自然文学成就的最高水平，也代表了许多
美国中产阶级声称是国家遗产的简单乡村生活。在哈德逊河谷，
他边耕种边写作，用通俗易懂的散文描述了人们熟悉的自然，通
过分享在土地上的位置感和目的感，鼓励读者去观察与体验自然。
他的写作文本被普通读者广泛阅读，被鸟类学家和自然历史学家
借鉴，被用来教育孩子写作和阅读，他的一生影响了三代美国人
去欣赏乡村的风景和林中的绿地。

　　作为一个多产的作家，巴勒斯出版了近三十本书，撰写了
几百篇文章，多数发表在当时的主流杂志上，如《大西洋月刊》
（ *The Atlantic* ）等。同时，他也有不少朋友和仰慕他的人，如约
翰·缪尔（John Muir）、托马斯·爱迪生（Thomas Edison）、亨利·福
特（Henry Ford）、西奥多·罗斯福（Theodore Roosevelt）等。19 世
纪 50 年代后，巴勒斯对美国迅速扩张的工业化导致的剥削和破坏

深感关切，通过描绘在自然中看到的美丽和与有影响的领导人保持友谊等方式，他提倡人们保护自然，拯救美国的荒野资源。当时没有国家公园或保护运动，很少有人意识到巴勒斯生前对美国公众的环境意识的影响。鉴于对新兴的美国自然环境保护运动产生的深远影响，巴勒斯获得"生态名人堂"的一席之地。

巴勒斯生前得到了很高的声誉，获得了几所大学的荣誉学位和美国艺术与文学协会的终身成就金奖等，并有十多所美国学校以他命名。1962 年，"伍德洽克小屋"（Woodchuck Lodge）被指定为国家历史地标。1968 年，"河畔小屋"（Riverby）和"山间石屋"（Slabsides）也获得同样的待遇。这三处都被列入美国国家历史遗迹。在他去世后，巴勒斯的朋友成立了约翰·巴勒斯纪念协会，并收购了他 1895 年建成的"山间石屋"，以保护和推广这位自然文学作家的遗产。20 世纪 60 年代起，因使命超出了纪念的范畴，该组织更名为约翰·巴勒斯协会。如今，协会拥有并维护着"山间石屋"和周围 200 多英亩的约翰·巴勒斯自然保护区，并且每年都会从美国自然文学作品中选出一部优秀的作品给予褒奖。通过这些活动，该组织向人们展示了一位伟大的美国自然文学作家的遗产、他的写作以及他笔下的自然。

第一节 被遗忘的约翰·巴勒斯

巴勒斯逝世后，人们先前对他作品的普遍兴趣慢慢减退。尽管并没有被完全忘记，但是他已经远落后于 19 世纪的同辈们，如约翰·缪尔等，被认为属于次要的美国自然文学作家。毫无疑问，在缪尔的作品影响下，美国兴起了环境保护运动，在今天日益重视环境的大众眼里，缪尔显然十分受欢迎。然而，巴勒斯的被遗忘令人遗憾，他应该得到与其相衬的重视。

首先，巴勒斯的自然文学作品真实、准确，可读性很强。他的过人之处在于他有一双深邃的、准确看自然的眼睛，还有能够简练、清晰、愉快地把他的观察阐述出来的写作方法。这些天赋集合在一起，让他能够做出敏锐的类比，来描绘自然那种潜在的和谐。如果说是眼力使他成为准确、可靠的自然观察者的话，那么他那简朴而充满魅力的写作风格则让他成为走进自然的愉悦向导。

其次，巴勒斯写了许多关于其他自然文学作家的评论性文章。在著名、多产的自然文学作家这一身份之外，巴勒斯还是一个重要的文学评论家。他撰写了许多评论吉尔伯特·怀特（Gilbert White）、爱默生（Ralph Waldo Emerson）、梭罗（Thoreau）、惠特曼（Walt Whitman）等重要作家的文章。通过评论他们的作品，巴勒斯可以定义、强调或者对比他作为自然文学作家的位置，他的批评敏锐深刻，本身也成为重要的文学分析读本。

再者，巴勒斯是 19 世纪下半叶和 20 世纪初美国文学和文化转型的重要人物，他的写作清晰展现了一代人的内在思想和一个时代的倾向，向人们展示了在达尔文的发现和超验主义的乐观大厦倒塌以后，他是如何努力为人们从自然中找寻生命的意义的。正如乔治·理查兹（George D. Richards）所言，巴勒斯是个爱默生式的自然主义者，挣扎着"与科学的物质主义达成妥协"[1]。当美国

1　George D. Richards, "John Burroughs: An Emersonian Naturalist in the Age of Darwin", in *Perspectives on Nineteenth Century Heroism*, ed. by David C. Leonard. Madrid: Porrua Turanzas, 1982：84.

的自然写作从超验主义向随后的时代过渡时，很明显巴勒斯是个关键的人物。通过他的写作，人们可以明白 20 世纪来临之时美国人民的思想与文化。

那么，是什么原因让巴勒斯淡出人们的视线如此之久呢？或许以下几个因素构成了巴勒斯在过去九十多年里声望不断下降的原因。

第一，巴勒斯是个高产的作家，可没有一本书成为经典必读书，这也是他逐渐远离读者视线的重要原因。就如弗兰克·贝亨（Frank Bergon）评论的那样："或许每一个读者都有一本自己挚爱的巴勒斯，像《河上漂流记》（*Pepacton*）、《标志与季节》（*Signs and Seasons*）和《蝗虫与野蜜》（*Locusts and Wild Honey*），都含有一些他最好的散文，但是没有一本被一致认为是经典。"[1] 第二，巴勒斯的散文经常被认为是过时的：他对乡村背景书写的酷爱被看作缺乏主题性、相关性和前沿性的依据。比尔·麦吉本（Bill McKibben）在《不那么野性的呼唤》一文中指出：对于现代读者来说，巴勒斯的写作看起来"过时"，或是"过腻的、过度的"。[2] 梅西埃（Stephen M. Mercier）也认为，巴勒斯被遗忘的原因是"他的写作与温柔、平和的情感紧密相连"。[3] 第三，巴勒斯和"镀金年代"（1865—1896）的寡头来往密切，他因此也被批评。

还有，尽管相当例外的是巴勒斯参与了 20 世纪早期有关"自然伪造者"的争议，但他不自信的个性和避免冲突的愿望是大家

1　Frank Bergon, *A Sharp Lookout: Selected Natural History Essays of John Burroughs*. Washington, D.C. : Smithsonian Institution, 1987:9.

2　Bill McKibben, "The Call of the Not So Wild", in *Sharp Eyes: John Burroughs and American Nature Writing*, ed. by Charlotte Zoe Walker. New York: Syracuse University Press, 2000:14.

3　Stephen M. Mercier, "John Burroughs and the Sentimental: Revaluing the Literary Naturalist", *Interdisciplinary Studies in Literature and Environment (ISLE)*, 17.3 (Summer 2010): 518.

早有耳闻的。他被那些在早期环保运动中发挥积极作用的人所批评。对此，他自己也深感内疚，写道："我从来就不是个好战者。有时候我害怕自己可能会成为责任的逃避者，但是我已经逃避了一件事情或一个义务，我会全心投入到另外一件事情上去的。"[1]对于许多现代评论家来说，巴勒斯的这种政治参与积极性的缺乏是其致命的弱点，也与像缪尔、利奥波德（Aldo Leopold）、爱德华·艾比（Edward Abbey）和蕾切尔·卡逊（Rachel Louise Carson）这样的作家形成了鲜明的对照——他们都与环境组织有着密切联系，而这些环境组织又进一步发扬光大他们的"环境遗产"，确保了他们文学作品的持续流行。

然而，20世纪90年代以来，评论家逐渐意识到：一个世纪前巴勒斯所做的事情，依然与人们现在的生活息息相关。尤其是新世纪以来，随着生态批评的快速发展，巴勒斯的作品重新走进了人们的视野，有关的学术评价日渐丰厚起来，作为自然文学作家和生态批评家的巴勒斯再次"复活"。在此过程中，巴勒斯的研究者们已经开始关注他与生态批评的关联，在阐述他对美国自然文学重要贡献的同时，也不忘他作为生态批评家的理念，而他们也认可了一个自然文学作家和早期生态评论家合体的巴勒斯形象。比如：吉姆·沃伦（Jim Warren）就认为巴勒斯是自然文学作家与生态评论家的完美融合体，强调巴勒斯"作为生态批评家最终可能比作为自然文学作家更为令人信服，而当他同时以两者的身份写作时，他是最令人信服的"。[2]詹姆斯·佩兰·沃伦（James Perrin Warren）也认为巴勒斯除了是最著名和多产的美国自然文学作家

1　Clara Barrus, *The Life and Letters of John Burroughs*. Boston: Houghton Mifflin, 1925:312.

2　Jim Warren, "Whitman Land: John Burroughs's Pastoral Criticism". *ISLE*, 8.1 (Winter 2001):84.

之外，更是一个"早期的生态批评家"。[1] 对于巴勒斯这样一位重要的自然文学作家和生态批评家，对他作品的"绿色"研究已经开始引起了人们的兴趣。

不过，总的来说，大多数读者和评论家只会关注梭罗、缪尔和卡逊的艺术激发并塑造了现代环保主义，如果人们能多阅读诸如巴勒斯等有影响力的自然文学作家的作品，那么这将对自然文学和生态批评的发展十分有益。和缪尔神秘的、野性的、浪漫主义的自然观不同，巴勒斯不是荒野里孤独的漫游者；相反，他更情愿探究自身周围的当地环境，而他对自然的哲学思考引发了人们对环境广泛的观照。作为自然作家，巴勒斯有着了不起的洞察力和鉴赏力，他的散文作品十分优美、引人入胜、栩栩如生、凝聚能量，即使今天读起来仍然很有味道与价值。作为一个早期的生态批评家，他的批评理论也给当时的文学批评注入了一股新鲜的血液，促进了生态批评话语的发展，他的生态思想对现代生态文学创作也有着十分重要的借鉴意义。因此，对于这样一个重要而影响深远的自然文学作家和生态批评家，重新阐释他的作品就有重要的研究价值与现实意义。

第二节　何为"绿色"研究？

作为新兴的批评范畴，"绿色"研究或生态批评是一个内容宽泛的网状理论体系，其核心是对环境的关注和责任感。生态批评

---

1 James Perrin Warren, *John Burroughs and the Place of Nature*. Athens: The University of Georgia Press, 2006:2.

开拓者格罗特费尔蒂（Cheryll Glotefelty）把生态批评定义为"探讨文学与自然环境关系的研究"，而"作为一种批评立场，它一只脚立于文学，另一只脚立于大地；作为一种伦理话语，它协调着人类与非人类"。[1] 在环境危机不断的现代生活中，这一理念影响深远，批评家注重以绿色解读的方式去研究文学中的自然，生态批评中的"绿色"研究也成为人们普遍关注的重要课题。

从 20 世纪 70 年代至今，学术界"绿色"思想的提法就一直存在。作为著名的科学家，詹姆斯·洛夫洛克（James Lovelock）提出了"盖娅学说"的假设。在他看来，地球就如同希腊神话中的大地女神盖娅，好似鲜活的能够自我调节的超级生命，孕育着地球上的千万生命。洛夫洛克在此用盖娅女神来喻指生态系统的整体性和内部关联性。因此，为了"地球的健康生存和人类的持续发展，科学应该改变以往疏离自然的状况，投入地球母亲的怀抱，以自然为圭臬，进行新的科学革命，向自然学习，亲近自然"。[2] 盖娅理论对于人们理解自然的有机整体性有着重要的意义。20 世纪 90 年代，著名的生态文学家利奥波德提出了生态共同体的"大地伦理"思想。他强调："至少要把土地、高山、河流、大气圈等地球的各个组成部分，看作是地球的各个器官、器官的零件或动作协调的器官整体"，而"大地伦理学只是扩大了共同体的边界，把土地、水、植物和动物包括其中，或把这些看作一个完整的集合：大地"。[3]

不管是观照地球整体的盖娅理论，还是生态共同体的大地伦理，或是生态批评立于大地的说法，这些对于生态批评的不同阐

1　王诺，《生态批评与生态思想》，北京：人民出版社，2013 年，第 5 页。
2　肖显静，《生态哲学读本》，北京：金城出版社，2014 年，第 7 页。
3　胡志红，《西方生态批评史》，北京：人民出版社，2015 年，第 21 页。

释对于人们从事文学的绿色研究产生了重要的影响，它们"在某种意义上强化了大地/土地在传统生态批评研究中的核心位置，成为关注大地，以阅读大地为主要内容的绿色批评主潮流形成的根本性、决定性因素"。[1] 其实，绿色解读下的文学研究在生态批评出现前就已存在，毕竟文学与生态有着天然的联系，只不过随着现代生态环境的恶化，人们日益关注它而已。很明显的是，自20世纪70年代以来，相关人文学科基本上都在"变绿"，"史学家提出自然不仅是人类社会发展这出史剧的舞台，它本身也参与了演出；人类学关注文化与地理的关系，重视考察生态环境对民族形成的关键作用；在心理学领域，有学者认为人与自然的疏远已成为社会和心理顽疾的根源；哲学则提出了深层生态学、社会生态学等，特别是生态伦理学已成为生态批评的理论基础之一"。[2]

作为著名的自然文学作家，巴勒斯的写作也必然深谙诸多绿色思考，正如前文所述，学术界已经认可巴勒斯作为自然文学作家和生态批评家的双重身份。其实，关于巴勒斯自然写作的生态意蕴，国内外已有了一些研究。比如，受到布伊尔（Lawrence Buell）"处所"理论的阐发，詹姆斯·沃伦对巴勒斯写作中的"处所感"进行了较为深刻的、有趣的生态批评分析。在沃伦看来，巴勒斯的"处所"包含了几个不同的维度：首先，是他居住的哈德逊河谷和卡茨基尔山的实体处所，他的"处所感"源于他依恋的出生地和生活地；其次，他的"处所感"还表现在他如何使用语言去呈现处所，如何为本土的、普通的和熟知的自然在他的写作中找到一个"处所"，如何让他批判性地阅读文学以及如何为他的自

---

1 李新新，《生态批评："绿色批评"与"蓝色批评"的生态整体观》，《哈尔滨师范大学社会科学学报》，2015年第1期，第121页。
2 韦清琦，《方兴未艾的绿色文学研究——生态批评》，《外国文学》，2002年第5期，第34页。

然写作找到一个文化"处所";最后,这种"处所感"也为他在生态批评新世纪的今天提供了一个"处所"。[1]沃伦对生态批评中"处所"理论的阐发以及对巴勒斯作品中的"处所感"的分析十分到位和精确,对生态批评视角下的巴勒斯研究有着重要的启发意义。在题为"约翰·巴勒斯和环境历史中的哈德逊河谷"一文中,梅西埃认为通过欣赏进而极力保护哈德逊河谷的物种,巴勒斯在读者心中根植了环境意识与环境保护的种子,他的写作对美国环境主义的发展有着重要的影响。[2]在国内,巴勒斯也被视为重要的生态文学作家。在谈到翻译《醒来的森林》一书的初衷时,程虹女士说一方面它是"巴勒斯最受欢迎与爱戴的作品,被誉为自然文学中的经典之作",另一方面"希望大家通过其作品感受到自然文学对人们建立一种有益的生活方式所产生的影响"。[3]刘青汉也认为这本书是"生动记录鸟类生活的生态散文的典范"。[4]

　　通过研究巴勒斯作品中的生态思想体现及其文学评论中的生态批评指向,本书基于对巴勒斯作为自然文学作家和生态批评家的双重观照,以期对他的"绿色"思想进行全面解读。当然,作为巴勒斯的专题研究,本书也希望为巴勒斯的研究注入活力,促进更多人关注他的作品,剖析他在19世纪末到20世纪初转型时期的重要性以及与当代文化的关联。我们知道,任何理论的诞生都有其前瞻性,生态批评理论也不例外。从"绿色"视角研究巴勒斯为生态批评的发展提供了一个早期范本,揭示了生态批评自

1　James Perrin Warren, *John Burroughs and the Place of Nature*. Athens: The University of Georgia Press, 2006.
2　Stephen M. Mercier, "John Burroughs and the Hudson River Valley in Environmental History". *The Hudson River Valley Review*, 25. 1 (Autumn 2008): 57-78.
3　巴勒斯,《醒来的森林》,程虹译,北京:生活·读书·新知三联书店,2004年,译序第3页。
4　刘青汉主编,《生态文学》,北京:人民出版社,2012年,第148页。

身的演变性与传承性。拥有自然文学作家与生态批评家双重身份的巴勒斯的形象已逐渐被认可，但是批评家往往只注重对其生态文学作家身份的研究，而忽略了他作为生态批评家的重要阐发，本书意在对此进行尝试性的整体分析。总之，巴勒斯的写作含有许多可行的绿色思想与生态理论，阅读他的文章、评析他的生态批评思想与理论，能够增强我们的生态保护意识，为走出现代全球生态危机的困境提供有意义的帮助与借鉴。

第三节　研究方法与内容

本书建立在对巴勒斯自然文学作品阅读和翻译的基础上，包括他对怀特、爱默生、梭罗、惠特曼等人的评论文章，通过对他的自然文学写作和文学批评进行翻译、细读和解析，使读者对巴勒斯的作品体现的"绿色"思想有直观而具体的了解。本书主要采取了以下几种基本方法：（1）文献分析法。收集相关研究资料，查阅中外文献，做到尽可能资料全面、不遗漏；整理收集资料，把相关内容归类；对整理好的文献资料进行阅读、讨论与分析等，归纳出其主要特点；在细致分析的基础上，得出相关的结论。（2）文本细读法。本书是对巴勒斯作品的研究，所以文本细读是必要的前提。除了阅读作品的思想内容，体会其思想感情，还需进一步领悟作品为什么这样写，争取文意兼得。（3）多学科结合法。本书进行的是巴勒斯的"绿色"思想研究，肯定会涉及不同学科，比如美学、哲学、政治学等，是借鉴多学科的批评研究，需要把握不同学科之间的契合。（4）文史结合法。巴勒斯生活在 19 世纪下半叶和 20 世纪初，研究他的生态批评思想必须涉及他生活的历史阶段，适当的时候还要考察历史的"脚印"。（5）比较研究法。在巴勒斯的一生中，影响他和被他影响的人很多，在进行研究的时候，必不可少要与其他作家尤其是超验主义作家做比较分析，如惠特曼、梭罗、爱默生等。

　　本书的主要内容是评析巴勒斯作品中生态思想的体现及其文论中的生态批评理论，共分为五章。

　　第一章是绪论，论述研究的意义和价值，并对研究的主要内容做简要分析。作为美国自然文学的重要奠基人，巴勒斯在美国自然文学中占据着重要位置，通过对其作品生态思想体现与生态批评理论的融合研究，本书在一定程度上丰富了巴勒斯作品的研究内容，拓宽了研究视角。

　　第二章简述了巴勒斯与美国自然文学、生态批评的关联。首先，作为"美国自然文学之父"，巴勒斯对美国自然文学的最大贡献是为自然散文定下了写作的标准。他作品的广泛受欢迎是梭罗的作品流行的先决条件，在巴勒斯写作时期，自然文学才日渐成为一种新体裁，从美国文学中脱颖而出，成为独具特色的文学形式。可以说，巴勒斯在自然文学上的辉煌成就帮助人们重新认识了梭罗作品的重要意义，而美国自然文学的发展也随着巴勒斯的出现达到了成熟与繁荣。其次，作为一门学科，虽然生态批评正式始于 20 世纪 90 年代，但被称为生态批评雏形的文本在 19 世纪早期就已经出现，学术界称之为"前生态批评"或"早期生态批评"。尽管生态批评的理论繁杂迥异，但有一点是肯定的，那就是作为一种理论批评方法，它一方面扎根在文学里，另一方面又观照着大地；作为伦理话语的一种，它协调着人类与非人类之间的关系。作为一个早期的生态批评家，巴勒斯的自然文学创作也受益于他作为批评家的身份，这种关系紧密而富有成效，他的生态批评实践为现代生态批评提供了重要的早期范本。

第三章论述了巴勒斯自然文学的生态意蕴，主要包括消除人类中心主义、生物区域主义、以生态为中心的审美、生态学马克思主义科技观、简单生活观等。巴勒斯自然文学的生态意蕴首先表现为消除人类中心主义。在巴勒斯看来，基督教不仅把上帝从自然中剥离出来，同时也把人与自然分离开了。在基督教的感化下，人把自己从自然物的种类里摘取出来，把自己看作非凡的存在。然而，巴勒斯认为，人只是自然界相互链接的生态网中的一员，是众多物种中的一种，不比其他物种珍贵。巴勒斯或许是直言人类中心主义须被摒弃的第一位自然文学作家。其次，巴勒斯是一个地道的生物区域主义作家。他不断呼吁人们珍爱身边的风景与近在咫尺的家园，热切拥抱本土、扎根区域，学会欣赏从自家门前延伸出去的风景。与当时的自然文学迷恋荒野与奇特不同，巴勒斯选择了"逆向思维"，赞美本土与眼前的东西。这种对本土的充满诗意的情感向人们展示了环境主义者在今天才提到的生态意识：一个人可以通过拓宽自己与周围物种和风景的身份认同，去热爱、重视、欣赏和保护它们。第三，巴勒斯作品还体现出超前的以生态为中心的审美。他提倡以生态审美的视角去欣赏大自然，倡导各种感官全面融入自然整体，体验没经过任何改造的自然美，这是一种交融性的生态审美体验。巴勒斯的这种情感参与欣赏自然的方式影响了数以万计的读者，促使他们自觉与自然构架起情感桥梁，提高他们对周围环境的认同感，进而提升环境保护意识。第四，在谈到科学技术的作用和效果时，巴勒斯认为最为关键的是设法使科学与人们的热情和想象力达成某种平衡，那就是在获得知识的同时不丢失更高的精神价值，或者做到智力上不高傲自大；在获得财富的同时，不会把人们的灵魂抵押给恶魔。在科学技术不断发展的时代里，巴勒斯努力思索着：怎样才能把对自然的爱、工业和经济的发展以及科学的进步构建为一个人与自然和谐栖居的画面，这也是生态学马克思主义科技观的要旨所在。第五，和梭罗一样，巴勒斯倡导简单生活观，呼吁人们去追求更简单的物质生活，尽可能多地腾出时间与自然交流和保护自然，提升自己的精神追求。他认为，与自然的交流倾向于带给人们简单的生活观，促使人们去欣赏真正有价值的东西。在他看来，人们应该远离尘嚣，回归乡村；丢掉欲望，轻装上阵；净化灵魂，诗意栖居。"简单、简单、简单啊！"也成了他留给现代人的重要精神财富。

第四章从《塞耳彭自然史》的田园思想、爱默生的生态视野、《瓦尔登湖》的生态价值以及惠特曼的生态文艺观等四个方面对巴勒斯作为生态批评家的思想进行了阐释。巴勒斯首先深受吉尔伯特·怀特的《塞耳彭自然史》的影响，他融合科学知识与文艺创作的自然文学写作传承了怀特的风格。在他看来，《塞耳彭自然史》弥漫着英格兰那种田园般的宁静、甜蜜与和谐，劝导人们以悠闲、简朴的生活方式融入自然，追求一种高洁的精神生活。巴勒斯强调，缺少了《塞耳彭自然史》，没有哪个图书馆是完整的，这本书注定还要活上数百年。其次，作为"美国精神之父"，爱默生是巴勒斯文学评论中的常客。巴勒斯认为，爱默生一直努力在自然中找到一种道义和智性的良药。尽管爱默生并没有写出很多严格意义上的自然散文作品，但他把看上去陌生的、混乱的自然变成了一体的、美丽的、有道德秩序的自然，提出了"超灵""宇宙灵魂"等认识论，解构了传统意义上笛卡尔的二元论。从自然为人类提供智性需求，到与自然融为一体，再到把自然设为人类精神与道德生活的范式，爱默生的生态伦理观清晰可见。第三，作为文学上的竞争者，巴勒斯对梭罗的感情较为矛盾复杂，但他对《瓦尔登湖》大加赞誉，认为它有可能是唯一的自然文学经典，体现了一种新鲜的、独特的个性，描绘出了人如何贴近自然而艺术地生活的实践经验。巴勒斯认为，梭罗从荒野中给人们带来了福音，他把孤独的瓦尔登湖变成了最为纯洁、最为高尚的一汪思想的泉涌，而瓦尔登湖也必将成为一代又一代自然爱好者的朝圣之地。第四，对于惠特曼这位一生的朋友与仰慕的对象，巴勒斯自始至终都在推崇他，极力维护他的声誉。在巴勒斯的眼中，惠特曼与自然有着无中介的天然的直接联系，其作品强调要把客观自然界作为评价艺术的标准，用自然作为普遍法则来衡量一切文学作品的好与坏。通过评价惠特曼的诗歌中巨大而充满活力的现实和它们所代表的自然精神，巴勒斯从更广的角度出发，表达了他作为一个文学自然主义者和生态主义者的信条：自然是一切艺术的至高准则，少了它，艺术终将消亡。

结语部分则强调了巴勒斯"绿色"思想的研究价值。虽然不算是真正意义上的环境活动家，但巴勒斯首先应被认定为一个环境艺术家。以自己为样板，巴勒斯教导人们密切关注与周围的、离家不远的鸟类、树木、溪流和岩石等的关系，告诉人们要珍视和居住地之间的关联。他不断地言说：世界就是我们的家，真正的人生之旅不在于探索新的风景，而在于拥有新的眼光；在每一个狭小的家中，我们可以发现整个世界。从巴勒斯写作文本的广泛影响来看，谁能激发出对自然更广泛的欣赏、对自然更广泛的理解、对自然更广泛的热爱，谁就能成就一件大事。他对卡茨基尔山周边的美丽和秩序的诱人且准确的描述，确保了他在环境保护运动的中心位置。即使在今天，巴勒斯的这种"绿色"意识和敏感性也为任何一名有志于全身心投入环境保护的人确立了基本准则，也为人们走出现代生态危机提供了一条重要出路。

第二章

双重身份的巴勒斯：自然文学作家与生态批评家

　　自文明社会以来，人类就开始展现作为大自然的侵略者的骄傲与强大，不过，大自然也给人类带来了诸多障碍与约束。人类存在于自然界中，特定的自然环境必然对人类的想象、精神、灵魂、思想和行为等产生深远的影响。在这种状况下，如何处理人与自然的关系实为重要，而人类渴望回归自然，寻求自由和纯洁的人与自然的关系也成为世界文学中反复出现的重要母题。随着时代的变迁，这一母题也会不断发生变化，但它的普遍相似性是确定的。

　　19 世纪以前，古典主义和基督教都强调人类的内在标准，而从 19 世纪开始，人们便重视向外部去探索宇宙与自然界，以寻求新的标准。科学以惊人的速度影响人们对自然的理解；哲学开始探知内在和外在的统一；文学则忠实反映着时代的激情，要么以现实手法描述大自然与人类生活，要么从外部世界去寻找情感渴望，或通常两者兼顾。作为自然界的"大祭司"，华兹华斯（William Wordsworth）不仅描绘了任何时代诗人都没有注意到的不同的自然风情，而且表达了他感受到的源于自然界的某种精神存在。这是一种新的视角，一种新的洞察力，也是自华兹华斯时期到现代，文学作品所寻求的重要意义之一。

在美国文学中，人与自然关系的问题则更为突出，因为美国作家几乎都表现出了对外部世界的强烈好奇心。早期，人们的思想、感情及文学的显著特征是一种新的自然"福音"，他们因自然的美丽或神性而狂热地热爱大自然，试图以精确的方式认识它们。这样的好奇心与热情在美国文学中十分特有，因而这种母题的存在也更为普遍。在许多经典小说、诗歌和更有说辩力、更有激情的散文中，大自然更是中心话题。

在美国文学的发展过程中，作家对自然主题的不同处理方式发生了深刻的变化。不同的作家创造了不同风格的自然形象以及与其对应的语言风格。美国文学中的各种自然形式以及它们的人格化、客观化、神性化等，反映在爱默生、梭罗、霍桑（Nathaniel Hawthorne）、杰克·伦敦（Jack London）、海明威（Hemingway）和弗罗斯特（Robert Frost）的一些作品中，正如弗里策尔（Peter A. Fritzell）所评："正是出于早期美国人将自己与其外在环境构成一体的企图，才产生了被当今人们称为自然文学的美国文学形式。"[1] 在特定文化背景的影响下，自然文学终究会在美国这片土地上生根发芽、枝繁叶茂。

人类渴望以情感和精神上令人满意的方式与周围的自然环境建立联系，自然文学则可以为自然、文化、个人和精神领域搭建桥梁，助其超越时代的环境问题。然而，这一领域有着其他文学形式不敢涉足的险境，因为自然文学作家必须在空洞的情感幻想和枯燥的科学报道之间找到一条通道。对自然的个人满意的描绘决不能与存在的生态现实产生太大的冲突。通常以自然科学为基础，自然文学探讨了作家的经历和对自然史的观察，并揭示了它

---

1 程虹，《美国自然文学三十讲》，北京：外语教学与研究出版社，2013 年，第 7 页。

们的情感意义。它常常传达出一种对自然的惊奇和尊重，唤起人们对人类与自然界相遇的一种精神上的解释。这是一个在科学理解、直接观察与体验、情感遭遇和精神意义之间很难安全穿越的文学景观。

第一节　巴勒斯与美国自然文学

"自然文学"的英文说法有Nature Literature, Nature Writing, Literature of Nature, Nature-oriented Literature等，所以也有不同的译法，有的翻译为"自然书写"，有的翻译为"自然写作"。人们越来越倾向"自然文学"这个称法，以更到位地显示其丰富的内涵。简单地说，自然文学是关于自然环境的非小说书写，它包含不同种类的作品，从强调自然史的事实到哲学解释占主导地位的作品，再到旅行和冒险写作等，它基于自然科学知识和事实，通常以第一人称书写，并结合个人对自然的观察与哲学思考。

从某种意义上说，自然文学是观察与情感、科学与精神、内在与外在环境结合的典范，是对整个世界的保护。它不仅仅是一种文学体裁，更是在文学、媒体和公共政策中表达与环境关系的方式。也许，用西雅图酋长的话来说，人民都将永远不会忘记美好世界来临的时刻。但是人们无法生活在一个既有令人愉悦的迪士尼式自然幻想，又有对自然的商品化和破坏性的世界里。

当然，自然文学并不是一个全新的概念或新的写作方式。现代自然文学的起源可以追溯到18世纪下半叶和整个19世纪的自然史作品，其中一个早期重要的人物就是英国的博物学家和鸟类学家吉尔伯特·怀特（1720—1793），他的作品《塞耳彭自然史》（*The Natural History of Selborne*）影响深远。事实上，19 世纪后半叶在英美兴起的融合科学知识与文艺创作的自然散文写作就传承了怀特的风格并加以转化。这类型作品呈现出的一个主题就是寻找已经失落的乡村野趣与温煦的家园气息。爱默生的《论自然》（*Nature*）、梭罗的《瓦尔登湖》（*Walden*）便是其中的代表。这些作品预见了工业文明与大自然之间的矛盾，提出了"只有在荒野中才能保护世界""在丛林中重新找回理智与信仰"等观点。

随着 20 世纪工业发展对自然的侵占和破坏，引发环境污染、土地流失、气候变暖等问题，一些作家开始自觉地从生态的角度思考人与自然的关系。卡逊的《寂静的春天》（*Silent Spring*）、利奥波德的《沙乡年鉴》（*A Sand County Almanac*）、巴勒斯的《醒来的森林》（*Wake Robin*）、奥尔森（Sigurd F. Olson）的《低吟的荒野》（*The Singing Wilderness*）等以随笔、报告和哲学思辨的形式，摒弃了传统文学中通常以人为中心的理念，提出了一系列关于生态保护、科学与自然的关系、"土地伦理"等的命题，开始从心灵出发，以"荒野"为依托，感受人与自然的交融，体验古朴、雄浑、和谐与宁静的野性之美，并在其中寻求精神的慰藉和安宁。

20 世纪 60 年代后期，美国自然文学百花齐放，产生了一大批优秀的自然文学作家，自然文学也成为美国文学中一支生力军。而恰在此时，生态批评理论开始崭露头角。到了 20 世纪 80 年代，随着经济全球化的形成以及生态危机的暴发，自然文学的重要价值和现实意义逐渐被人们所发现。当前，世界文学正在经历自然文学写作的黄金时代，不断变化的环境激发了人们对自然界及其奇迹的兴趣与思考。

应该明确的是，自然文学不同于我们熟知的欧美文学史上的自然主义（Naturalism）文学。自然主义文学产生于 19 世纪下半叶的法国，在 19 世纪末和 20 世纪初传至欧美和世界其他国家，它倡导一种追求纯粹的客观性和真实性，从生物学和遗传学角度去理解人的行为，给读者一种实录式和照相式的印象。而自然文学，在程虹女士看来，是以"文学的形式唤起人们与生态环境和谐共存的意识，激励人们去寻求一种高尚壮美的精神境界，同时敦促人们去采取一种既有利于身心健康，又造福于后人的新型生活方式。它强调人与自然进行亲身接触与沟通的重要性，并试图从中寻求一种文化与精神的出路"。[1] 它的本质含义是"寻归荒野"，但是，"寻归并不是一般意义上的走向自然，更不是回到原始的自然状态，而是去寻求自然的造化，让心灵归属于一种像群山、大地沙漠那般沉静而拥有定力的状态。在浮躁不安的现代社会中，或许，我们能够从自然界中找回这种定力"。[2]

有关自然文学、生态文学和环境文学的概念，学术界经常有混用现象。当然它们有交叉，但也有明显区别的地方。首先，在很多学者看来，"环境"一词有着人类中心主义和二元论的意义。王诺给环境文学下的定义"是在环境主义指导下的文学，它将人置于文学表现的中心，从这个中心出发、体验并艺术地表现环绕在人周围的环境，包括自然环境、社会环境，并从人的角度对环境作出价值判断和审美判断"。[3] 可以看出，尽管合理利用与保护自然资源也是环境文学的主张，但是人类的利益终归是它的指向，它是以人类为中心的文学。

1　程虹，《寻归荒野》，北京：生活·读书·新知三联书店，2011 年，第 23 页。
2　程虹，《寻归荒野》，北京：生活·读书·新知三联书店，2011 年，增订版序 1—2 页。
3　王诺，《生态批评与生态思想》，北京：人民出版社，2013 年，第 217 页。

　　而自然文学，从形式上来看，它是"属于非小说的散文文学，主要以散文、日记等形式出现"；从内容上来看，"它主要思索人类与自然的关系"。简言之，"自然文学最典型的表达方式是以第一人称为主，以写实的方式来描述作者由文明世界走进自然环境那种身体和精神的体验"。[1] 通过人与自然融为一体，自然文学进而表现客观自然界的规律之美及原生态之美，对传统的"人类中心论"或者"艺术中心论"进行了反驳，体现了一种人与自然"共生"的写作，应该与传统文学享有平等地位。从广义上来说，以下文本均可归属于自然文学的类别：基于对自然的即时的、科学恰当的观察；第一人称叙述者同时也是自然环境中的实际观察者，引导读者对自然进行审美欣赏；一部抒情、信息性和非政治性的非小说作品；通常以乡村、荒野或准荒野边界为主题；是探索性和反思性的（从大自然中学习），是关系型的（构成人们与自然界的相互联系），是积极的（尽管存在挑战、困难和悲剧，但变革的内在希望依然存在），认为人类与自然的命运是不可分割的；等等。

　　与自然文学略有不同，生态文学则是反映着人类社会生活与周围环境之间关系的文学，它是以"生态整体主义为思想基础、以生态系统整体利益为最高价值，考察和表现人与自然关系，探寻生态危机之社会根源，传播生态思想，并从事和表现独特的生态审美的文学。生态责任、文化批判、生态思想、生态预警和生态审美是其突出特点"。[2] 生态文学主要帮助改进和提升人们的生态思维模式，打破人们有悖于生态的生活方式，提高人们热爱自然和保护自然的绿色意识。生态文学是现代环境恶化、生态危机高

1　程虹，《寻归荒野》，北京：生活·读书·新知三联书店，2011年，第5页。
2　王诺，《生态批评与生态思想》，北京：人民出版社，2013年，第220页。

发下的产物。随着全世界关注自然、关注生态，自然文学、环境文学和生态文学也相互交织在了一起。

美国自然文学概述

美国自然文学创作可以追溯到欧洲与美国荒野接触的早期，它为欧洲民众宣传了美丽丰饶的荒野，加上各种探索和发现，描绘了新的领土，对殖民地的自然资源进行了记载。随着横贯大陆铁路的建成和西部开发的成功，人们有更多机会欣赏荒野和自然风光。此时，旅行文学取代了移民指南和探险叙事，呈现了真实的自然场景，培养了越来越多潜在的休闲游客，而美国自然文学也从一种对自然界进行记载的探索文学，转变成一种对大自然之美进行评估的旅行文学，这也映衬出美国文明的推进过程。尽管描绘了美国的自然景观，但此时的自然文学宣扬的大多是民族主义、扩张主义及美国秩序等，它们远不是反对荒野开发的力量，此时的自然文学是在欣赏自然风景的同时，夹杂着物质主义的扩张和社会文明的行进。在赞美视觉愉悦的自然散文与风景画中，自然的世界与民族的政治表现得非常明显。

有两种不同的声音伴随着美国自然文学的发展，也催生了不同的自然研究运动。作为最早的环境运动主义者之一的梭罗积极倡导人们走进荒野，其身后跟随着一大批支持者。作为著名环保组织塞拉俱乐部（Sierra Club）的创始人，缪尔更是以赞美荒野的狂喜语调发出了急切的呐喊，提出了保护加州优胜美地的倡议，激起了无数群体的回应。这些作家和思想家都担心自然环境不断恶化，发出了强有力的信号，呼吁人们正确处理好人与自然的关系。他们的声音充满着焦虑，努力劝说读者行动。当然，还有一批自然文学作家竭力安慰，提供了治愈的良药，如安妮·迪拉德（Annie Dillard）用挖苦性幽默的方式描述了地球上挥霍浪费的现象，几十年间最受欢迎的自然文学作家巴勒斯则清晰表达了他从容的信仰，那就是达尔文学说能够帮助人们看见脚下神圣的东西。尽管他们的方式有所不同，但这些美国自然文学作家都表达出对自然深挚的关切与热爱。

从整体上看，美国自然文学的发展可以分成四个时期。

一是萌芽时期，时间从移民初期到1834年，主要代表人物有约翰·史密斯（John Smith，1580—1631）、威廉·布雷德福（William Bradford，1590—1657）、约翰·巴特姆（John Bartram，1699—1777）、乔纳森·爱德华兹（Jonathan Edwards，1703—1758）、威廉·巴特拉姆（William Bartram，1739—1823）和亚历山大·威尔逊（Alexander Wilson，1766—1813）等。处于萌芽时期的美国自然文学不仅是美国文学的先驱，也是美国文化与思想的先驱。在二百多年的时间里，美国在政治上赢得了独立战争的胜利，奠定了初步工业化的基础，在文化上也获得了较为充分的发展。此时的美国面临的主要问题仍然是如何发展。这一时期对于人与自然的关系，美国社会的主流思想仍然是征服自然，其特征是：对自然对象的描写都充满着原始与野性；同时，对自然的感悟充满着矛盾性。一方面，人赞美自然；另一方面，自然的恐惧力和破坏力又让人心存敬畏。当然，大部分学者自觉或不自觉地受大不列颠文化支配，美国尚未形成独立的文化精神。

二是奠基时期，时间从1834年到1854年，这一时期从爱默生发表《论自然》（*Nature*）开始，至梭罗、惠特曼分别出版《瓦尔登湖》（*Walden*）和《草叶集》（*Leaves of Grass*）前夕。这个阶段，美国文学终于从欧洲文学的束缚中脱离出来，形成了美国特色文学。自然对于美国人不再仅仅是一种抽象的存在，他们开始去触摸、亲近自然，在上帝赐予的伊甸园般的土地上寻找创作灵感。这个时期美国自然文学所表现出的环境意识源于文学家、思想家对自然超前的感悟及对人类与自然关系的理性思索。他们的作品已经触摸到了人与自然关系的核心，即自然与人类社会是一个有机的整体，人与自然是相辅相成的关系。

三是繁荣时期，时间从 1854 年到 1934 年，以梭罗发表《瓦尔登湖》、惠特曼发表《草叶集》为起点，至美国自然文学家玛丽·澳斯汀（Mary Austin）辞世。在长达八十年的时间里，不仅美国文学从青涩走向成熟，美国的政治、经济、文化也从青青幼苗长成参天大树。1854 年前后，美国西部开发如火如荼，南北战争尚未开始；1934 年，虽然刚刚经历了经济大萧条，但这只是又一次腾飞前的调整与准备，美国已成为世界强国。这一时期美国自然文学的夜空群星灿烂，理论与作品极为丰富。主要代表人物有亨利·大卫·梭罗（1817—1862）、沃尔特·惠特曼（1819—1892）、约翰·巴勒斯（1837—1921）、约翰·缪尔（1838—1914）、玛丽·澳斯汀（1868—1934）等。这一阶段的美国自然文学经历了由歌颂自然、亲近自然、实践自然到保护自然的转变，内含全面而充分的美国民族意识。

四是思辨时期，时间起于 1934 年，其主要代表人物有：奥尔多·利奥波德（1887—1948）、亨利·贝斯顿（Henry Beston，1888—1968）、爱德华·艾比（1927—1989）、安妮·迪拉德（1945—）、加里·斯奈德（Gary Snyder，1930—）和特丽·威廉斯（Terry Tempest Williams，1955—）等。思辨时期的美国自然文学深刻体现了对现代美国的社会问题及环境问题的反思。这一时期的自然文学无论是深度上还是广度上都达到了前所未有的水平，不仅系统地提出了生态环境保护的理论，还在很大程度上付诸实践。同时，其环境保护的视野也从区域性拓展到全球性，使环境保护运动成为全球性的共识，推动了世界范围内环境保护运动的发展。

从萌芽到繁荣，从边缘到中心，美国自然文学这种融科学与文学于一体的独特流派，恰似"一棵常青树，它依靠自身的力量，一层层剥落，不断地除去旧根，增添新的枝叶"。[1] 它以文学的形式批评、补偿与反省人与自然的关系，为人们提供精神上的援助，更为人类社会的未来指出了一条康庄大道，这就不难解释为什么从爱默生的《论自然》到梭罗的《瓦尔登湖》，从惠特曼的《典型的日子》（Specimen Days）再到利奥波德的《沙乡年鉴》，人们一直如此深爱着自然文学。

以巴勒斯为代表的自然文学作家的作品的魅力之处就在于它们的价值、审美以及艺术取向。在价值取向上，自然文学的一大特征是放弃以人类为中心的理念，强调人与自然的平等地位，呼吁人们关爱土地并从荒野中寻求精神价值；在审美取向上，自然文学的特征是直面现实，基于忧患，坚持现实主义的精神；在艺术取向上，自然文学是一种特殊的文学类型，是一种跨文化的对话、跨代际的沟通和跨文体的写作。当我们阅读自然文学作品时，会被自然文学作家的艺术追求所感动，因为他们的写作展现了一种自然清新、独具匠心的审美取向，那是一种流动的美感。在这个几乎与荒野背景完全脱节、强调速度与发展的时代，我们为什么还要把目光投向旷野、群山与大海，投向自然文学呢？前面所提

1　程虹，《美国自然文学三十讲》，北京：外语教学与研究出版社，2013 年，第 380 页。

到的自然文学的魅力或许足以说明缘由。在现代社会中，唯一能够与灯红酒绿、人心浮躁的都市生活相抗衡的，终究是沉默无言、由来已久、蕴意深长的大自然。

巴勒斯的自然文学创作

自 1862 年梭罗去世以来，美国杰出的自然文学作家约翰·缪尔和约翰·巴勒斯一直是众多作家中的佼佼者。他们将科学的精确性与文学的表达力完美结合在一起，形成了一种全新的文学类型——自然文学。1923 年，福斯特（Norman Foerster）的专著《美国文学中的自然》对此进行了专门评述，认为巴勒斯和缪尔一起"建立了一种新型文学：自然散文"。[1] 作为一名博物学家，缪尔凭借其更系统的研究及对知识的重要补充，优于巴勒斯；然而，作为一名作家，他并不比巴勒斯优秀，因为两人都表现出令人钦佩的深刻的描述能力。巴勒斯出版的作品更为丰富和稳定，因此他可能给美国公众留下了更深刻的印象，尽管巴勒斯的卓越在很大程度上源于他和梭罗一样是个天才人物。当缪尔独自一人在荒野中漫游时，巴勒斯则愉快地隐居在他的住处，吸引了无数朝圣者——无论是真是假的自然爱好者、巴勒斯俱乐部成员、骑行者、艺术家、作家、记者、儿童、老人等——所有这些人都觉得他平易近人、富有诗意，他们中的许多人在杂志或报纸上赞美了他们朝圣的对象。他们追寻的与其说是诗人、博物学家，不如说是自然哲学家，一位圣人，他的智慧通过他的平静以及对大地的亲近而得到验证。缪尔以其活泼的生命力，让人想起了赢得他芳心的道格拉斯松鼠，而巴勒斯似乎与冷漠的土拨鼠更为相似。在离巴

1　Norman Foerster, *Nature in American Literature*. New York: Macmillan, 1923：264.

勒斯老宅半英里的地方，他沉思过去，漫步在童年的田野和树林中，在一个干草仓的书房里随着灵魂的移动而写作。在牙买加，在西部，在夏威夷，在阿拉斯加（缪尔最爱的阿拉斯加），巴勒斯感到极不自在，就像一只被关在笼子里的土拨鼠，所有的文学力量都抛弃了他。

作为美国自然文学繁荣时期的代表之一，巴勒斯是个多产的作家，他的自然散文写作与评论性文章受到了人们的热捧，影响力广泛。他的一生笔耕不辍，对自然写作永葆着热情；他直面达尔文的进化论，对精神与科学的关系思考很深；他对宇宙中人的位置进行了深邃的哲学冥想与反思；他的评论表现了对无节制工业化进程的质疑；等等。在谈到自己父亲的写作时，巴勒斯的儿子写道："对于写作，他（巴勒斯）带有多么大的热情呀！六十多年来，他找到了这门手艺的巨大快乐——正如他有次给我写信说的那样，'没有什么欢乐能与写作相比，只要我一息尚存，就没有像写作一样有趣的事了'。"[1]

巴勒斯的自然文学创作与他早年的农场生活经历息息相关，这些经历成为他日后创作取之不尽的宝藏。孩提时代的巴勒斯在农场里长大，时常徘徊在附近小山坡，远眺卡茨基尔山的峰顶。他的兄弟姐妹很少读书，如同惠特曼一样，即使成名后也鲜有家人拜读他的作品。父亲乔叟受过些教育，但是他的学识是有限的，就一本《圣经》、一些赞歌和一份报纸，是个地道的、虔诚的宗教信徒。由于缺乏对文学或自然的审美敏感性，宗教明显占据着他的整个情感生活。为了养育十个孩子，巴勒斯的母亲须不停劳

1　Charlotte Zoe Walker, ed. *The Art of Seeing Things: Essays by John Burroughs*. Syracuse：Syracuse University Press, 2001：xviii-xix.

作，从事各种农活。巴勒斯称她为"一个英雄般的工人"，她爱动物和一切自然。或许在母亲的身上，依稀可见巴勒斯天生热爱自然的痕迹。照看牛马、制作蜜糖、收割稻谷、挖掘土豆、打猎麻雀、摘卸苹果等一切与户外有关的事情都让巴勒斯终生难忘，最终成了他的"骨中骨、肉中肉"，深刻印在这个"土壤之子"的脑海中。[1]

除了户外活动，对巴勒斯来说，同样幸运的是拥有宁静的乡村生活以及周围连绵起伏的山峰和河谷。他的活动场所犹如英国"湖畔诗人"的栖居之地：静谧美丽，沁人心脾。周围的美景激起了少年巴勒斯探测自然的欲望，赞美与欣赏的种子也深深埋下。和缪尔不一样，巴勒斯没有把农场生活看成逆来顺受的命运，他更渴望在山谷和小溪中徘徊，探测田地、树林和溪流，研习自然。巴勒斯认为，比起其他东西来，自然"时时刻刻在我们身边，它感动我们的心灵、激发我们的思想、点燃我们的想象力，是一座取之不尽的宝库；它赋予我们的身体以健康，智力以启迪，灵魂以快乐"。[2]

对于周围环境的天生敏感与热爱不足以是一个人成为自然文学作家的先决条件，他还应该学会读书。巴勒斯认为，人的一生中有三个宝物，那就是书籍、朋友和自然。他写道："如果让我说出人生最宝贵的三件东西，我会说书籍、朋友和自然。"[3] 既然自然的养分已沁入了他的心脾，那么在能够呈现自然的奇装盛宴前，巴勒斯必须博览群书，汲取知识的营养。年轻时代的巴勒斯就广泛阅读，从爱德华·吉本（Edward Gibbon）的《罗马帝国衰

1　Norman Foerster, *Nature in American Literature*. New York: Macmillan, 1923: 265.

2　John Burroughs, *Leaf and Tendril*. Boston and New York: Houghton Mifflin, 1908: 3.

3　John Burroughs, *Leaf and Tendril*. Boston and New York: Houghton Mifflin, 1908:3.

亡史》到颅相学手册，到塞缪尔·约翰逊（Samuel Johnson）《漫步者》（*The Rambler*）中的散文，再到约翰·洛克（John Locke）的哲学。1855年，18岁的巴勒斯列出了多本要读的书，包括希腊、罗马、印度和英国的历史。除了柏拉图、普鲁塔克和休谟的作品外，还有百科全书和有关辩论术的研究；还有文学概要，包括西班牙文学、英国文学，当然还有美国文学；还有爱伦·坡（Edgar Allan Poe）、霍桑、拜伦（George Gordon Byron）和爱默生的文集。不论学习者的年龄有多大，这样的书单是雄心满怀、抱负远大的。

有了自然和书籍，剩下的就是朋友了。1856年末，巴勒斯报名参加了一个学期的"库珀斯敦研讨会"。在这个研讨会上，巴勒斯以"一种狂喜的心情"阅读爱默生。惠特曼曾经写道，正当他一直在"煮、煮、煮"的时候，爱默生"让他沸腾了"。而巴勒斯的反应也是如此，"爱默生进入了我的血液，增色了我的整个知识景观。他的话语就像阳光一样照射在我苍白和稚嫩的才华上面。他的大胆与不拘一格深深地吸引了我"。[1]爱默生对自然的关注深刻影响了巴勒斯，正是爱默生把巴勒斯对自然本能的爱转变成了对自然有意识的、沉思的爱。

1860年，巴勒斯的写作有了收获。当时的《大西洋月刊》接受了他的作品《表现力》（Expression）一文，编辑洛维尔（James Russell Lowell）发现该作品的风格与爱默生的极其相似，甚至怀疑巴勒斯抄袭了他的老朋友。尽管此文缺少独创性，但至少表明了围绕在巴勒斯身上的那种文学氛围。虽然爱默生的抽象冥想对巴勒斯的影响深刻，但这篇文章并没有只停留在抽象概念上，整

1　Ralph W. Black, "The Imperative of Seeing: John Burroughs and the Poetics of Natural History". *The CEA Critic*, 55.2 (Spring 1993):113.

篇散文充满了自然的画面，这些画面远远超过仅仅对爱默生的模仿，表明自然已开始融入巴勒斯的写作。幸运的是，对于年轻的巴勒斯，朋友和编辑都富有诚意地向他指出世界不会准备去迎接另一个爱默生了，何况还是一个二等的爱默生。于是，在该篇文章发表后不久，巴勒斯毫无疑问地意识到了这样的模仿得到的不是赞扬，更多的评价是平庸，于是他开始从事自己最为熟知的乡村生活写作。这一时期，他的散文都是关于如何制作黄油和枫糖，如何建造石头墙，以及其他乡村、农耕的主题。一段时间里，巴勒斯的散文还是充满着沉思与冥想，但是很明显少了一些哲学的倾向，他写道："我意在打破爱默生影响的魔障，找到我自己的天地，于是我喜欢上了描写户外的主题。"[1]

让巴勒斯确信他写作主题正确性的人就是惠特曼。1861 年，巴勒斯读到了惠特曼的作品，即刻成了惠特曼的追随者和推崇者。惠特曼给予他的影响是其他人都无法替代的。作为惠特曼的门徒和朋友，巴勒斯撰写了关于惠特曼的两部作品及多篇评论性文章。作为一个精神上的狂野大叔，惠特曼鼓励巴勒斯放弃形而上学般的苦思冥想，去写他熟知的东西，比如农场、乡村生活和自然。正是听从了惠特曼的叮嘱，巴勒斯僵硬的散文写作变得日渐成熟起来。对于惠特曼的重要性，福斯特写道：与惠特曼相比较起来，"其他的大师都算不了什么，其中约翰逊和蒲柏影响最小；从阿诺德和勒南那里，他（巴勒斯）学到了某种批评精神；从梭罗那里，年轻时读了《瓦尔登湖》，他得到了对于野性更加渴望的喜爱以及自然描述技巧的建议。但是从所有人那里，即使是爱默生，巴勒斯得到的东西也远没有从惠特曼那里得到的如此之多、如此

1　John Burroughs, *Indoor Studies*. Boston and New York: Houghton Mifflin, 1889:245.

之广"。[1]

1871 年，随着《醒来的森林》的出版，巴勒斯找到了他一生的创作内容：家、土地与户外。他最终走出爱默生式的哲理思考，实现了惠特曼的期许，找到了独属自己的写作方式。他说道："森林、土壤、水帮助我走出了爱默生的那种尖刻的风味，让我重回适合的大气中。"[2] 巴勒斯回到了他最为熟知的地方，回到了哈德逊河谷的群山中与耕地上，他不再在"石头里布道"了，而是集中在那熟悉世界的坚硬岩石上，在"这个伟大的、蓬乱的、原始的土地"中，找到了独属自己的写作声音。对于"良师益友"的影响，巴勒斯感恩道："我不是出生得不合时代，而是赶上了好年代。看上去我最需要的人都近乎和我是同时代的；各种思想和影响纷至沓来，在我生活的时间里，强有力地、盈盈地流淌着。我活在当下，活在即刻，各种各样的物品堆满我左右。"[3]

总体上来说，巴勒斯自然文学的创作生涯可以分为三个阶段。

第一阶段（1865—1895）是以自然写作为主。刚搬到华盛顿不久，巴勒斯碰到了惠特曼，两个人成了好朋友。巴勒斯是惠特曼早期的有力支持者。在华盛顿财政部工作的时候，巴勒斯非常幸运，每天都有充足的时间去回忆与写作，随之而来的散文作品出版在《大西洋月刊》等杂志上，这些散文最终构成了他的第一本自然文学作品《醒来的森林》。

1872 年末，巴勒斯离开华盛顿，在哈德逊河谷区域得到了银行监察员的工作。工作的地方对他很有吸引力，因为这里离纽约和自己的出生地卡茨基尔山都很近。但是工作毕竟是工作，巴

1　Norman Foerster, *Nature in American Literature*. New York: Macmillan, 1923:271.
2　John Burroughs, *Whitman: A Study*. Boston and New York: Houghton Mifflin, 1896:268.
3　John Burroughs, *Whitman: A Study*. Boston and New York: Houghton Mifflin, 1896:269.

勒斯的抱负是通过农耕和写作来养活自己。正如约翰·塔尔梅奇
（John Tallmadge）所言，巴勒斯写作的始端是"一种缺席或者是一
种错位，一种怀旧感，一种有目的的记忆行为，而这种记忆既有
治疗的动机，又有职业的目的"。[1] 很快，他就在纽约的西公园买了
一片小的水果农场，建造了一座石头房子，起名为"河畔小屋"。
当巴勒斯刚来到这里时，它是果园和葡萄园的结合，但是巴勒斯
逐渐用葡萄代替了醋栗、桃子、草莓和黑莓等。作为他的主要经
济作物，葡萄在"河畔小屋"的收成很好。每次收获后，巴勒斯
在西公园火车站把一篮子一篮子的葡萄运往市场，有时候能远到
马萨诸塞州。

在"河畔小屋"的附近，巴勒斯建造了一间树皮覆盖的书
房，在之后的二十余年间，他出版了八本书：《冬日阳光》（*Winter
Sunshine*，1875），《鸟与诗人》（*Birds and Poets with Other Papers*，
1877），《蝗虫与野蜜》（*Locusts and Wild Honey*，1879），《河上漂
流记》（*Pepacton*，1881），《清新的原野》（*Fresh Fields*，1884），
《标志与季节》（*Signs and Seasons*，1886），《室内研究》（*Indoor
Studies*，1889），《河畔小屋》（*Riverby*，1894）。这些作品大多数
都属自然写作。到了 1885 年，巴勒斯已经成了一位出名的自然文
学作家，同时他又是一个能够生产出高质量葡萄的种植者。由此，
他完成了依靠农耕和写作来养活自己的目标。

第二阶段（1895—1908）是自然写作和文学评论的集合时期。
到 1895 年，巴勒斯的书房经常挤满了访问者，有的是被邀请来
的，有的则是慕名而来，巴勒斯不得不寻求一个更加隐蔽的地方

1　John Tallmadge, "Rediscovering John Burroughs".*The American Transcendental Quarterly*, 21.3
(2007):177.

写作。在"河畔小屋"以西一英里处，他和儿子朱利安发现了一个完美的地方：这是一片沼泽地，周围环绕着岩壁和澎湃的瀑布。他们建造了一个粗糙的小屋，巴勒斯把它命名为"山间石屋"。然后与儿子一起清理了沼泽地，很快就为纽约的市场种植了四万棵芹菜。这需要高强度的劳动，因为所有芹菜都是手工种植、培育和收割的。考虑到巴勒斯还在"河畔小屋"种植葡萄，对于一个即将六十岁的人来说，这实在是艰巨的任务，而巴勒斯在这里种植了近十年的芹菜。

也有很多名人来到"山间石屋"拜访巴勒斯，最引人注目的莫过于约翰·缪尔和总统西奥多·罗斯福夫妇。访问的安排通常是一致的。巴勒斯在西公园会见客人，然后在杂货店买些晚餐用的东西，之后便开始往"山间石屋"虽短但费力的徒步跋涉。其间，在农场边逗留一下，买些牛奶、面包或者馅饼。一到达小屋，客人就以泉水解渴，罗斯福宣称这是他喝到过最好的水。然后他们漫游一下周围的林地，这块林地被巴勒斯称为"惠特曼的土地"，因为林地的原始状态不禁让他想起了诗人惠特曼。紧接着，巴勒斯自己煮饭，而客人则在门廊下愉快聊天。如果天气冷的话，他们会围坐在壁炉边。第二天一大早，巴勒斯便出去散步，而当客人们起床时，他通常在准备早饭。早饭之后，短暂的徒步跋涉又把他们带回到西公园。

在1895年至1908年间，巴勒斯又写了九本书：《惠特曼：一个研究》（*Whitman: A Study*，1896）、《岁月之光》（*The Light of Day*，1900）、《约翰·詹姆斯·奥杜邦》（*John James Audubon*，1902）、《文学的价值》（*Literary Values and Other Papers*，1902）、《远与近》（*Far and Near*，1904）、《自然之道》（*Ways of Nature*，

1905)、《鸟与树枝》(*Bird and Bough*，1906)、《与罗斯福总统露营》(*Camping and Tramping with Roosevelt*，1907)、《叶与卷须》(*Leaf and Tendril*，1908)。"河畔小屋"时期的巴勒斯创作主要以自然散文为主，而"山间石屋"时期巴勒斯写作的主题更为广泛，在这九部作品中，有三部专著（关于惠特曼、奥杜邦和罗斯福），一部诗集（《鸟与树枝》），一部文学评论，一部关于科学与宗教的关系，三部自然散文作品。

第三阶段（1909—1921）是自然写作与文学评论的融合时期。"山间石屋"的宁静最终被蜂拥而至的拜访者打破，巴勒斯觉得有必要再一次"撤退"。1908 年，已 71 岁高龄的巴勒斯把旧农场上的小木房翻修一新，起名为"伍德洽克小屋"。几年前，由于两个兄弟无法让农场盈利，通过一连串的抵押，巴勒斯得到了这个农场。在福特的帮助下，1913 年，最后的抵押终被还清。为了报答福特的恩情，巴勒斯把其中的一块草地献给了他，命名为"福特草地"。小屋翻新后，巴勒斯在这里度过了绝大多数夏日。起初，他在客厅里儿子做的橡木桌上写作，随着访客的不断增多，他不得不把工作地点移到路边的牲口棚里，在一个鸡笼箱上写作。再后来，巴勒斯找来几块废弃的厚木板，做成了一张写作桌。

在其生命的最后十几个年头，巴勒斯又创作了八本书，分别是《时光与变化》(*Time and Change*，1912)、《岁月的顶点》(*The Summit of the Years*，1913)、《生命的呼吸》(*The Breath of Life*，1913)、《苹果树下》(*Under the Apple-Trees*，1916)、《田野与研究》(*Field and Study*，1919)、《接受宇宙》(*Accepting the Universe*，1920)、《枫树下》(*Under the Maples*，1921) 和《最后的收获》(*The Last Harvest*，1922)。"伍德洽克小屋"时期的创作尽管包括

一些自然写作，但是这些作品绝大部分是把自然写作与文学评论融合在一起，探讨了对生命意义的思考以及人在宇宙中的位置。

当巴勒斯开始写作的时候，人们已经意识到了边疆正在消失，而连同消亡的还有印第安人、水牛、森林和多数的荒野。美国作为"自然的国度"即将只能成为一句口号。关于写作的整体视角，值得注意的是，巴勒斯会选择避开一些东西。尽管当时他居住的华盛顿战火纷飞，兵荒马乱，到处是医院和穿梭的军队物资运输，但这些均没有出现在他的写作中，就好像内战从来没有发生过一样。他的作品展示的是宁静的自然，看上去毫无战争的痕迹，永葆着率真与貌美。在《醒来的森林》及后来的作品中，巴勒斯也很少提到边疆、印第安人、奴隶制、技术的进步等任何与政治或者商业直接相连的事物，而所有的这一切在那个时候都在轰轰烈烈地进行着。从这个意义上说，巴勒斯的作品就是对当时主流文化和政治倾向的一个反拨。

真正的自然文学

19 世纪末，美国公众对自然书籍和散文产生了极大的兴趣，作家们也为市场提供了大量的素材。但在巴勒斯看来，有些作家常常在缺乏自然史内容的情况下大肆宣扬宏大的情感，或者更糟糕的是，他们编造了自然史。巴勒斯认为，文学自然主义者不应放任事实，事实是其赖以生存的植物群。换言之，文学自然主义者必须忠实于他或她仔细观察到的自然和对自然的个人反应。作为自然文学新体裁的开拓者，巴勒斯帮助开创了这条狭窄而富有挑战性的道路，为当时的"文学自然主义"定下了三个准则："第一，关于事实，作家必须说真话；第二，通过把事实与人的经历相连，作家必须使事实重要、有趣；第三，作家的写作必须简洁、真诚，很清楚地展示对自然的热爱。"[1]

首先，关于事实必须说真话这一准则，巴勒斯强调，写作的权威应该来源于个人的仔细观察和真实的当地知识，而不是来自令人敬畏的事件或专家证书。从根本意义上讲，巴勒斯是一名业余爱好者，自学成才，对当时的科学和文学知识见多识广，但他并不假装是一名学者。他是一个密切而敏锐的观察者，但他的观察不是以系统或专业的方式进行的，更多的时候，他似乎是随性而行，而不是被方法论所引导。巴勒斯的性情温和、乐观，与惠特曼身上的通达如出一辙，他对更精细的经验有鉴赏家般的兴趣，如在舌尖上细抿般亲身体验，以获得准确的味道，或者像盲人感觉陌生人的脸一样轻巧地用手抚摸。在作品中，他基本上是一个快乐的人，一个不受折磨或驱使的人，不把大自然当作与魔鬼搏斗的舞台或治疗伤口的灵丹妙药。在巴勒斯看来，严格来说，自然史中没有太多东西需要解释。自然史不是一个需要破译的密码，它是一系列需要观察和记录的案例和事实。在自然史的领域，问题的关键不是人的个性，而是正确的观察，是对周边生命的真实报道。

巴勒斯认为，对自然史主题的文学处理与科学处理大相径庭，本也应该如此。前者与后者相比，就像是与机械绘图相比的徒手绘图。文学的目的是以一种触动人们情感的方式给予真相，并在某种程度上满足人们在现实生活中的享受。文学艺术家和他的科学家兄弟一样热爱事实，只是他对这一事实有不同的利用，而且

---

1 Phillip Marshall Hicks, The Development of the Natural History Essay in American Literature. Philadelphia:University of Pennsylvania, 1924:143.

他对这方面的兴趣往往是非科学性的；他的方法是综合的，而不是分析的；他的处理是一般性的，而不是技术性的；这些真理是他在田野和树林里得到的，而非在实验室里得到的。文学博物学家观察和欣赏，科学博物学家收集。一个从树林里带回一束鲜花，另一个则带回标本。前者会引起人们的共情和热爱；后者将丰富人们精确的知识库。两者都不愿意过度渲染或伪造事实，但前者给出的不仅仅是事实——他给出了印象和类比，并尽可能展示树枝上的活鸟。

其次，巴勒斯强调，事实必须与人的经历相连，保证事实的重要和有趣。事实越多、越新鲜则越好。没有事实，作家什么都做不了，但必须给它们以自己的味道，必须赋予它们一种提高和强化的品质，最主要的是使人对自然产生兴趣——这种兴趣会引起对自然无意识的、充满爱的研究。这种兴趣是科学的兴趣，也是人类的兴趣；一方面是科学，另一方面是对神秘、美丽和丰富的生命的欣赏。比如，当女生们来到学校时，手上拿着野花，或者男生们在五月到树林里远足，他们都会被一种古老而根深蒂固的兴趣所打动。如果能为这种兴趣和好奇心增添一点科学知识，就足以引导他们，就会把这些情感提升到另一个层面，让这些情感持续更久。由此，男孩们不太可能去掏鸟窝，因为他们身上野蛮的一面已被实在的知识人性化了，他们开始把鸟看作值得命名和研究的东西，懂得它在田野和森林的整个系统里占有一席之地。这一点实在的知识是多么人性化，带给人们以思考。

巴勒斯承认，无论什么东西为人们打开了通向周围世界新的门窗，无论什么东西拓宽了人们的兴趣和共情的领域，都具有某种价值——道德的、智力的或审美的。但许多所谓的自然研究并没有打开新的门窗，因为它们不能提供精神上的满足、启迪或审美上的愉悦，而是纠缠于枯燥的、不重要的事实和细节。譬如，一个人通过特快专递收到作为礼物的鳟鱼，它们看起来多可怜啊——只是不新鲜的鱼！而当一个人在穿过几英里的山间溪流后在晚上带回鳟鱼：它的声音整天都在耳边，它整天在他的眼里闪闪发光，对它的美丽和纯洁的爱一直在他的心中，涉过蜂蜡或凤仙花丛，绕过野生牧场，惊起松鸡或鹬鸟和它们的幼崽，撞见鸟类和野兽——这才是有味道的鳟鱼。如果一个人能数清森林里所有的树木和树上所有的叶子，这对他有什么好处？在他仅仅分析和分类了雪绒花或者无与伦比的熊果木之后，就能知道它们吗，就像在称重和测量过一个人之后就认识他一样？做这些没有掌握任何自然知识宝库的钥匙。它们的唯一价值是作为一种加速观察能力的手段。不要像专业人员一样忽视整体效果，而要为了正确阅读周围不断发生的生活剧本而集中注意力。大自然这本书就像其他任何书一样——必须专注于文本，必须走进其中的精神核心。

巴勒斯没有把自己描绘成一个在自然界中获得精神力量的幻想家或先知，他没有讲述变革性的经历，但是他的写作总是充满着谐趣。他的自然文学创作更是好奇，而不是被驱使；更是快乐，而不是被感动；更是深情，而不是崇拜。他所遇到的生命并不是充满精神力量的神秘生命，而是朋友和邻居，他对当地新闻和附近发生的事情的描写让人兴趣盎然。他对景观不感兴趣，但对生物，尤其是鸟类感兴趣；与其说他对风景或奇观感兴趣，不如说他对情绪、季节或气氛感兴趣。对他来说，小就是美，近处和熟悉胜过异国和遥远。他反复回到同一主题，他的观点是近距离的和个人的。他是一个"嵌入式"的自然学家，而不是旅行者、探险家或冒险家。他更喜欢有人生活的风景，而不是未受限制的荒野。当他写自然时，自然就是他的主题，而非社会、政治、道德或宗教；他对附近发生的一切都很好奇，他似乎没有什么不可告人的动机，没有爱默生式的渴望自然事实中蕴含的精神真相。

再次，在巴勒斯看来，自然文学作家的写作必须简洁、真诚，很清楚地展示对自然的热爱。阅读巴勒斯的文章，就像是一次散步，准确地说是一次心灵漫步：他走出去，环顾四周，从一件事到另一件事，最终回到家。通常情况下，没有争论，叙事作品中也没有太多情节，自然也没有高潮。这种形式，如果有的话，可能被称为"游走型"。它非常随意且无定形，不像音乐中的奏鸣曲。在奏鸣曲中，一个主题被陈述、发展，最终在尾声之前被重述。巴勒斯的散文是主题、观点或情绪的统一，而不是争论或情节的统一。没有结论，因为散步只是一个更大过程的一部分，一个旅程和观察的"无限游戏"。巴勒斯的文中并不缺少叙事，但它通常是局限性的和轶事性的，事件像串珠一样串在一起，离散，但颜色相似。巴勒斯更喜欢分享想法和观察，而不是讲一个好故事。

与巴勒斯的"游走型"叙事不同，荒野写作往往具有叙事上的统一性，有一系列戏剧性的考验和遭遇的情节，符合经典的叙事结构：开始—上升—高潮—下降—结束。许多以荒野为基础的自然写作对读者都有设计安排。梭罗、缪尔、艾比和利奥波德总是在传递信息，推动他们的计划，试图改变读者的视角，争取读者的支持。这些作家是道德和社会改革者，这也是在他们的许多作品中发现强烈的讽刺张力的原因。读者可以从艾比的不敬和自嘲中看到这一点，可以从梭罗的美国佬式幽默和讽刺中看到这一点，可以从利奥波德尖刻的轻描淡写中看出这一点。但这一切对巴勒斯来说都很陌生，他不会抓住读者的领子逼迫他们进来。他不说教或劝诫，而是打开一段对话。一篇巴勒斯的文章可能不会让读者感到振奋、受到启发或蠢蠢欲动，但会让他们感到满足，就像享受了一顿美餐。

当然，巴勒斯的文章并非没有思想，他有很多想法，但它们更像是观察，而不是既定程序中的要点。与惠特曼或爱默生一样，巴勒斯并不为前后矛盾所烦恼。毕竟，在给定的步行中看到某个东西，并不能保证在下一次步行中也会看到它。巴勒斯可能是自然文学作家中政治性最弱的一位，并不是说巴勒斯回避意象，他的散文充满了明喻、隐喻和各种生动的描述性文字。他的方法是联想式的，总是把他的主题和读者熟悉的世界联系起来。他会即兴表演，把回忆、轶事和印象编织成畅通的河流，这是他品味主题的方式，坦率、直接、真实。他坐下来写作，没有特别的计划或结局，不知道会发生什么，也不知道事情会如何发展。毫无疑问，这是他的散文显得如此新鲜、自然和直接的原因之一。

巴勒斯认为，自然文学创作需要找到一种方法，既能理解外部自然，又能与之建立有个人意义的、生态上可行的关系，这就提供了一种与自然关系的愿景，进而激发人们对自然的热爱与尊重。自然文学作家可以有倾向性地陈述对自然的幻想，无论是功利的、浪漫的，还是其他方面的，大自然真的不在乎这些，就像它不在乎人类一样。但是，人类需要关心自然，因为人类是大自然的一部分。如果在与自然的互动中过于愚蠢或咄咄逼人，自然就会把人们击倒。洪水冲毁了在平原上建造的房屋就证明了这一点，它并不关心那些家园向下游漂流的人们的痛苦，它只是做了它要做的事情。食肉动物会吃掉它们的猎物，猎物会啃食活的植物，就是这样。然而，人们确实要把自然放在心上，既要观察自然，又要解释自然，反思自然并赋予她意义。当人们的技术力量相对有限时，自然除了作为一种经济资源之外没有任何价值，人们对自然拥有支配权的神话并没有太大的破坏性。而现在已经不是这样了，不管人们的希望、梦想和幻想如何，生态破坏会再次困扰地球。

总体而言，在巴勒斯看来，文学自然主义者必须结合科学家和艺术家的素质。真正的自然文学没有科学上的枯燥，也没有华丽而误导性的浪漫主义倾向，它是关于周围的动植物世界的可靠指南。事实上，自然研究如果不把人们送向自然本身，就无法达到其主要目的。真正的自然文学可以提升一个人的生活才智，使田野或树林中的每一次行走都成为进入一片宝藏无穷尽的土地的探索，使每一片土地都像一本书的书页，可以阅读出新的和奇异的东西，让归来的季节充满期待和喜悦。简而言之，自然文学能帮助人们保持新鲜、理智和年轻，有助于防止人们厌倦与停滞，让人们免受世界的纷争和焦虑的影响。

巴勒斯对自然文学写作标准的独到见解对于美国自然文学的贡献是显而易见的。在《自然与美国人》（*Nature and American*）中，胡斯（Hans Huth）评论道："巴勒斯为自然散文写作定下了一个新的标准，这个标准很快就在文学中占有了一席之地。"[1] 埃里克·卢珀埗（Eric C. Lupfer）也认为，在 19 世纪末，巴勒斯的作品和声望是梭罗作品流行的先决条件，更为普遍地来讲，是自然文学盛行的先决条件。他评论道："是巴勒斯的成功最终造就了梭罗后来的如日中天，是在巴勒斯的，而不是梭罗的写作生涯时期，

1　Hans Huth, *Nature and the American: Three Centuries of Changing Attitudes*. Berkeley: University of California Press, 1957:102.

美国人才第一次把自然散文看作一个独特的（并且是美国独有的）文学传统，并且第一次定下了评价自然散文本质的标准。"[1] 希克斯（Phillip Marshall Hicks）也指出："通过清晰的、不加装饰的和愉快的写作风格，巴勒斯把科学的观察与有感情的阐释结合在了一起。他的写作中，总有一种内容与形式愉快的结合；词语与事实十分吻合，带给我们活生生的鸟、强有力的暴风雨或春天的气息。怀特的学术风格恰当适合，让人羡慕，带给我们他观察的事实；梭罗的句子光彩夺目，给他自己独特的个性品质增彩；而巴勒斯给我们的，是自然变换的情感。巴勒斯是如此的自然、简单和真实。"[2] 即使在今天来看，巴勒斯的自然文学仍有很深的现实意义与研究价值，正如弗莱克（Richard Fleck）所说："通过杂志的广泛发行，巴勒斯让自然散文大众化了，进而助它成了一种文学体裁。对于今天的美国文学中像巴里·洛佩兹（Barry Lopez）、安妮·迪拉德、约翰·麦克菲（John McPhee）以及爱德华·艾比这样的作家来说，这种体裁是具有先锋作用的。顺着小路，巴勒斯引领读者，向他们展示丛林深处的光、声音和味道。可以肯定的是，所有的美国自然文学作家在某种程度上都受益于巴勒斯。"[3] 随着巴勒斯的出现，美国自然文学的发展也达到鼎盛时期。

1　Eric C. Lupfer, The Emergence of American Nature Writing, 1860-1909: John Burroughs, Henry David Thoreau, and Houghton, Mifflin and Company. Austin:The University of Texas, 2003: 27.

2　Phillip Marshall Hicks, The Development of the Natural History Essay in American Literature. Philadelphia:University of Pennsylvania , 1924:157.

3　Richard Fleck , ed. Deep Woods. Syracuse: Syracuse University Press, 1998：xxi.

第二节　巴勒斯与生态批评

随着现实中的自然生态、社会生态和精神生态危机频发，生态文化应运而生。一般来说，20世纪70年代在西方兴起的生态主义推进了生态文化历程的艰难开启。在这样的大背景下，生态批评也揭开了它的神秘面纱，开始崭露头角。伴随着西方文论的海潮般涌现，人们日渐关注一个新的研究视角，那就是摒弃人类中心主义，坚持自然中心主义，强调人与自然和谐相处的生态理论视角。

在过去近三十年间，作为一个凸显的文学研究领域，生态批评重点考虑的是文学作品中人类与非人类自然或者环境的相互联系。如今，随着生态理论研究的发展和拓宽，人类与非人类自然的任何界限不可避免地模糊了。当谈到生态批评时，任何时期或任何地方的文学都能从地域、背景或环境等方面来考察，而不仅限于以生态为中心的写作或自然写作。这样一来，文学作品也就呈现出更为丰富的意义与价值。当然，对生态批评本身的考量也是多重的，比如：转向生态视角看自然是否能够真的改变人类栖居地球的方式？当作者在作品中呈现环境和非人类生活的时候，会不会归咎于某些价值观进而做出一些臆断？一个人如何避免二元对立，或者一个人是应以"我和它"（I/it）还是应以"我和你"（I/thou）的方式来审视人与自然？面对诸多问题，生态批评的理论与实践也在不同的阐述中逐渐发展与完善。

作为日新月异的理论方法，生态批评不是横空出世的，而是衍生于一种文学研究的传统方法。这种研究方法是跨学科的，需要了解有关环境、自然科学和文化社会研究的知识。从词源上来考察，"生态的"（eco）一词源自希腊语的词根oikos，意为"住所"（house）。最早出现在德语中的oecologie，就是现在英语中的ecology，意思是"研究活着的有机物和周围环境之间关系的生物学分支"。正如"economy"是"住所"的安排或法规（nomos意为律法），"ecology"是有关"住所"的研究，那么"ecocriticism"就是有关"住所"的批评，也就是对文学中呈现的环境的批评。然而，"住所"的定义，或oikos，不是那么简单的概念，其背后也隐含着一系列问题：什么是环境与自然？为什么从动词"to environ"（包围）衍生而来的"environment"就变为意指非人类的东西了呢？难道人类不是自然的，他们本身难道不是一个突显的环境？鉴于生态批评的跨学科性质，通过它，或许这些问题能够得到解答。

在生态批评视角下，人们将非人类生命形式和物理环境纳入其中，不仅能分析文学中的自然，更朝着以生物为中心的世界观迈进，这是对伦理学的延伸，是人类对全球共同体概念的扩展。同时，生态批评关注人类经验的文学表达，是在一个自然的，因而也是在一个文化塑造的世界中，关于性别、种族和阶级等话题的考虑在生态批评中占据了一席之地，因此，生态批评当然也可以被视为文化研究的一部分。

方兴未艾的现代生态批评

现代生态批评始于20世纪70年代的欧美国家，有两部非常重要的作品：一是1964年利奥·马科斯（Leo Marx）的《花园里的机器》（*The Machine in the Garden*），它阐释了19世纪早期美国文化的"田园的"和"进步的"两种理想之间的张力，被视为美国文学研究的经典评论；二是 1973 年雷蒙·威廉姆斯（Raymond Williams）的《乡村与城市》(*The Country and the City*)，该书对农场与城市命运变化进行了非常细致的分析，被评价为"生态批评的先驱"。[1] 这两部开拓性的作品显示了具有生态倾向的评论作品不是一个新的现象，而是像它分析的作品一样，是对现存重要事件的一种回应。作为一门学科，生态批评发展壮大的原因之一就是不断加深的全球环境危机，它展现了不同作品在关注并应对现实而紧迫的生态困境时所起的作用。

1974 年，美国学者密克尔（Joseph W. Meeker）提出了"文学生态学"这一术语，首次从生态学角度评论文学，分析了古希腊戏剧、但丁、莎士比亚以及当代文学作品。1978 年，威廉·鲁克尔特（William Rueckert）首次使用了"生态批评"术语，他主张"将文学与生态学结合起来"，强调批评家必须具有"生态学视野"[2]，掀起了文学的生态学转向潮流。1991 年，英国生态批评家贝特（Jonathan Bate）出版了他的专著《浪漫主义生态学：华兹华斯与环境传统》(*Romantic Ecology:Wordsworth and the Environmental Tradition*)，他也使用了"生态批评"这个术语，称之为"文学的生态批评"。贝特主要"立足于生态中心主义哲学的立场对英国浪漫主义的领军人物、湖畔派诗人的代表华兹华斯进行重新评价，揭示华兹华斯的政治观念从'激进'走向'保守'背后的生态内涵。在他看来，华兹华斯的政治绝非反动的，如果将他置入广阔的生态语境中来看，他基本上是绿色的"。[3] 贝特作品的问世，标志

1　（英）朱利安·沃尔弗雷斯编著，《21 世纪批评述介》，张琼、张冲译，南京：南京大学出版社，2009 年，第 235 页。
2　王诺，《欧美生态批评：生态文学研究概论》，上海：学林出版社，2008 年，第 12 页。
3　胡志红，《西方生态批评史》，北京：人民出版社，2015 年，第 318 页。

着英国生态批评的开端。

1996 年，《生态批评读本：文学生态学的里程碑》(*The Ecocriticism Reader: Landmarks in Literary Ecology*) 出版。自出版以来，由于其撰稿者的热情参与、学术的宽度与深度以及论文的多样化，它成了生态批评领域的标杆文本。鲁克尔特的《文学与生态学：一次生态批评的实验》(Literature and Ecology:An Experiment in Ecocriticism) 也被收录其中。除此之外，还有洛夫 (Glen Love) 的《重评自然：走向生态文学批评》(Revaluing Nature:Toward An Ecological Criticism)。洛夫认为，在其他相关人文科学呈现普遍"绿化"的大趋势下，文学批评理论却表现得异常平静，他呼吁"文学批评应该直面人类的生存问题，敦促文学批评家担负起历史使命，走出玄奥的学术象牙塔，努力解决空前的生态危机，为生态文化的建构出力"。[1] 该文章在生态批评界影响十分深远。

2000 年，由库普 (Laurence Coupe) 编辑的《绿色研究读本：从浪漫主义到生态批评》(*The Green Studies Reader:From Romanticism to Ecocriticism*) 在英国出版。作为英国出版的第一部生态批评学读本，它"探讨了当代生态批评研究，以及人们在较长的历史跨度中有关自然和文化的思考"。[2] 2003 年，由美国学者布兰奇 (Michael Branch) 和斯洛维克 (Scott Slovic) 编辑的《ISLE 读本：生态批评 1993—2003》(*The ISLE Reader:Ecocriticism,1993-2003*) 一书出版，它是《文学与环境跨学科研究》刊物的十年论文精选本，是一部揭示生态批评方法多样

1　胡志红，《西方生态批评研究》，北京：中国社会科学出版社，2006 年，第 5 页。
2　（英）朱利安·沃尔弗雷斯编著，《21 世纪批评述介》，张琼、张冲译，南京：南京大学出版社，2009 年，第 234 页。

性的作品，其中的文章都出自著名生态批评家之手。

作为生态批评的领军人物，布伊尔（Lawrence Buell）的重要作品几乎都与生态批评相关。1995 年出版的《环境的想象：梭罗，自然书写和美国文化构成》（*The Environmental Imagination:Thoreau,Nature Writing,and the Formation of American Culture*）是一部具有重要意义和深远影响的作品，甚至有人评价该书为"生态批评里程碑"。布伊尔站在"生态中心主义的立场，透过生态批评的视野研讨文学与环境之间的关系，以构建基于生态中心主义的生态诗学，甚至构建生态型人类文化，具有浓厚的生态乌托邦色彩"。[1] 该书探讨了"自然"的崇高性在美国超验主义传统中的作用，并在这一过程中预示文学研究中"环境转向"的到来，这是结构主义、解构主义、精神分析批评、马克思主义批评、后殖民研究和女性主义理论的兄弟姊妹。生态批评与其说是天生的巨石一块，不如说是一个不同实践的集合体，更侧重于跨学科和以前被认为有着天壤之别的学科领域之间的对话。2001 年，布伊尔出版了《为濒临危险的地球而写作》（*Writing for An Endangered World*），该书"将生态批评的视野从非人类自然世界延伸到城市，从陆地延伸到海洋，探寻人类走出生态危机的文化之路，实现人的再栖居"。[2] 它超越了生态批评中的城市—乡村、文化—自然及人类中心—生态中心二元对立的思维范式，认为环境是人类与非人类、文化与自然同为一体的连续风景。布氏的第三部作品于 2005 年出版，题为"环境批评的未来：环境危机与文学想象"（*The Future of Environmental Criticism:Environmental Crisis*

1　胡志红，《西方生态批评史》，北京：人民出版社，2015 年，第 218 页。
2　胡志红，《西方生态批评研究》，北京：中国社会科学出版社，2006 年，第 13 页。

and Literary Imagination）。这本专著"总结了生态批评的兴起、发展、成就和缺陷；探讨了世界、文本和生态批评的关系，特别是环境想象与表现；分析了本土化的和全球化的空间观、场所观和想象；强调了生态批评的伦理和政治义务；最后就生态批评的未来发展提出了一系列有建设性的看法"。[1]

生态批评发展的另一个引路人是洛夫，他以身作则坚持教学和写作数年，致力于让自然科学和人文学科的联系更加紧密。2003 年，他出版了专著《实用生态批评：文学、生态学与环境》（*Practical Ecocriticism:Literature, Biology, and the Environment*）。该作品探讨了生态批评的必然性和必要性、生态批评与科学的关系，之所以叫"实用生态批评"，主要是强调"生态批评对生态危机现实的忧虑和对消除生态危机这一人类刻不容缓的任务的介入"。[2]

当然，在生态批评领域，默菲（Patrick D. Murphy）也是无法绕过的领军人物之一。他为生态批评作为新兴学术领域的理论化、体制化以及多元化发展做出了巨大的贡献。他的主要生态批评著作包括《理解加里·斯奈德》（*Understanding Gary Snyder*）、《文学、自然及他者》（*Literature, Nature, and Other*）、《自然取向的文学研究之广阔天地》（*Farther Afield in the Study of Nature-Oriented Literature*）、《文学与文化研究中的生态批评探索》（*Ecocritical Explorations in Literary and Cultural Studies*）。在其生态批评学术实践活动中，默菲不仅"有意识地凸显少数民族生态文学家，重视女性作家，而且还从跨文化，甚至跨文明的角度研究生态问题，让不同文化传统、历史背景的生态文学进行沟通、对话，让它们

1　王诺，《欧美生态批评：生态文学研究概论》，上海：学林出版社，2008 年，第 21 页。
2　王诺，《欧美生态批评：生态文学研究概论》，上海：学林出版社，2008 年，第 19 页。

互识互证互补，以期实现生态多元性和文化多元性的互动"。[1]

作为教授、作家与环境保护活动家，斯洛维克是生态批评的主要倡导者。他的代表作包括《美国自然书写中的意识探寻》（*Seeking Awareness in American Nature Writing*）、《走出去思考》（*Going Away to Think*）等。其学术发展分为三个阶段：以自然书写研究为重心，视生态意识的提升为解决环境危机的文化对策；理论建构阶段，提出了以叙事学术研究为重心的生态批评策略；强调生态批评的多种族视野，即跨文化甚至跨文明研究。他"积极践行他的生态批评理论，尊重不同文化生态理念的多元性，在他看来，这与生态多样性的原则是一致的，为此，他积极从事生态批评的跨文化跨文明沟通、交流与对话"。[2]

那么，到底什么是生态批评呢？在《生态批评读本：文学生态学的里程碑》的序言中，格罗特费尔蒂将生态批评简洁定义为"探讨文学与环境之间的关系"，"以一种地球中心主义的方法论来进行文学研究"。而布伊尔给出的定义是：生态批评可以简要地定义为本着拯救环境之精神研究文学与环境之间的关系。王诺给生态批评下的定义是："生态批评是在生态主义，特别是生态整体主义思想指导下探讨文学与自然之关系的文学批评。它要揭示文学作品所反映出来的生态危机之思想文化根源，同时也要探索文学的生态审美及其艺术表现。"[3] 对于生态批评，程虹女士认为首先它是对人与自然、文化与自然的一种反思；其次它主张由"自我意识"向"生态意识"转变；同时它还试图从伦理及社会文明进化的角度来重塑人与自然的关系，推测思想文化的走势；最后生态批评还将某些生命

1　胡志红，《西方生态批评史》，北京：人民出版社，2015 年，第 287 页。
2　胡志红，《西方生态批评史》，北京：人民出版社，2015 年，第 296 页。
3　王诺，《生态批评与生态思想》，北京：人民出版社，2013 年，第 8 页。

科学的理念融入其中，强调跨学科的研究，而生态批评这种"跨学科的研究是 21 世纪的一片崭新的知识前沿领域。它对重新理解人类在自然及社会中的地位、对于人类如何健康明智地在地球上生存有着重大意义"。[1]而无论生态批评是什么，它已经深受人们的关注，只要生态危机存在一天，就有生态批评存在的必要和意义。

在《环境批评的未来》中，布伊尔将西方生态批评的发展大致分为两个阶段或者两次"生态波"，第一波可以归为生态中心主义型生态批评，第二波可称为环境公正型生态批评。生态批评从第一波发展到第二波，其视野更宽广，内容更丰富。第一波生态批评主要"立足生态中心主义的立场，从形而上层面探讨人与自然的关系，多层面、多视角深挖生态危机产生的人类中心主义文化根源"，而第二波生态批评则"立足环境公正立场，从现实层面探讨生态危机产生及其日益恶化的历史文化根源，是生态批评'回家'的标志，是生态乌托邦理想与人类社会公平正义现实诉求相结合的产物，是生态诗学、环境公正诉求及多元文化主义相结合的必然结果"。[2] 2010 年，在《生态批评第三波：北美对该学科现阶段的思考》（The Third Wave of Ecocriticism: North American Reflections on the Current Phase of the Discipline）一文中，斯洛维克提出了生态批评第三波或者第三阶段的理论，并界定了其主要特征。斯洛维克认为，种族性研究是第三波生态批评的主要特征，它"强调跨文化甚至跨文明视野与生态女性主义文学批评和环境公正生态批评的行动主义宗旨的结合，是生态乌托邦主义与生态现实主义的结合，其视野更宽广，现实基础更扎实，行动主义热

1　程虹，《美国自然文学三十讲》，北京：外语教学与研究出版社，2013 年，第 375 页。
2　胡志红，《西方生态批评史》，北京：人民出版社，2015 年，第 32 页。

情更浓烈"。[1]生态批评开始注重与日常生活及社会政治经济变革中的实际问题相结合，并开始以实际行动干预社会生活中违背生态规律、破坏生态环境的事件，对实践中具体的生态艺术创造活动开展深入研究。

如今，生态批评继续以第三波和第四波的混合形式出现——这两种视角在文化景观中交织在一起。在第三波的全球焦虑下，厄休拉·海斯（Ursula K. Heise）提出了"世界公民身份"，将每个人与地球联系起来，并普遍将独立问题作为重要的全球问题联系起来。海斯的生态方法寻求通过"共同命运"将人们团结在一起，反对全球资本主义，在气候变化等现代问题上启示人们，并"调查特定文化背景下的个人和群体是通过何种方式将自己设想为全球生物圈的一部分的"。[2]第四波出现了物质生态批评，这一理念转变为后人文主义立场——物质生态批评关注人体、动物身体和更广阔的物质世界之间的交流。物质生态批评主要从新物质主义与生态后现代主义中汲取营养建构理论，从而构成了生态批评的物质转向，其观点主要表现在三个方面：物质及其施事能力、物质与意义、物质与叙事。它肯定人类与非人类自然物质的施事能力有利于颠覆西方思想中人类优越于自然的传统理念；建构物质与意义的桥梁展示了语言与现实的紧密联系，反驳了后现代主义与后结构主义中社会话语主导一切的观点；认同物质的叙事能力肯定了人类与非人类自然物质通过内在互动生成故事的能力，从而否定了传统思想中叙事能力为人类专利的论断。[3]

1　胡志红，《西方生态批评史》，北京：人民出版社，2015 年，第 67 页。
2　Ursula K. Heise, *Sense of Place and Sense of Planet*. New York: Oxford University Press, 2008: 62.
3　唐建南，《物质生态批评——生态批评的物质转向》，《当代外国文学》，2016 年第 2 期，第 114—121 页。

那么，生态批评的理想文本应该具备哪些特征呢？布伊尔认为主要有这些方面："非人类的环境不仅仅起着框架的作用，它的存在还意味着人类历史是包含在自然的历史之中的；人类的利益不应该是唯一值得考虑的合法利益；人类对环境的责任应该成为文本的道德针对性的一部分；文本应该隐含环境是动态过程而不是一成不变的存在的理念。"[1] 在胡志红看来，"跨学科、跨文化，甚至跨文明是西方生态批评的显著特点，理论借鉴、理论交叉与理论整合是生态批评开放性与包容性特征的重要体现"。[2] 从总体上看，"生态批评将文学与自然环境的关系作为自己研究的领域，它一方面必须是文学性研究，另一方面又必须触及生态性问题。这种文学性与生态性的整合不同于其他的文学批评或文学理论"。[3]

在国内，生态批评视角下的外国文学研究兴起于 21 世纪初，虽然仅仅走过十余年的短短历程，但由于我国生态危机日趋严峻、生态文明建设的重要性越来越受到人们的重视，这类研究呈现出爆炸性增长的态势，已然成为当代外国文学研究的"显学"。从研究内容上看，我国生态批评视角的外国文学研究目前有三个主要方向：生态批评理论研究、生态审美及生态艺术特性研究、生态思想文化视域的研究。其中生态思想文化视域的研究是我国此类研究中最突出、成果最多的方向，多数研究者致力于发掘外国文学作品的生态智慧，部分研究则批判外国文学作品中的反生态思想，通过外国文学研究寻找并揭示生态危机的思想文化根源，试图为当今人类走出生态危机、建设生态文明提供思想资源和经验教训。从研究对

---

1 薛小惠，《美国生态文学批评研究》，北京：北京大学出版社，2013 年，第 12 页。
2 胡志红，《西方生态批评史》，北京：人民出版社，2015 年，第 66 页。
3 王岳川，《生态文学与生态批评的当代价值》，《北京大学学报（哲学社会科学版）》，2009 年第 2 期，第 139 页。

象来看，我国生态批评视角的外国文学研究大致可分为两类：一类是对 20 世纪 60 年代以来涌现的生态文学的研究；另一类是对古往今来所有外国文学作家作品，特别是对人类文明产生深远影响的文学名著的研究。后者侧重于从生态批评的视角重新解读、重新评价文学名作，揭示以往被人忽视的生态思想价值和生态美学价值，并对其中的反生态思想和人类中心主义的艺术表现展开批评。

不论生态批评发展到第几波，对于人类的未来，它总是充满警醒，但也充满希望，不停唤醒人们观照生态危机，也不断呼吁人们过诗意的生活。人类是生态环境变化的主要原因，也是主要的解决方案。生态批评希望向人们证明：生态问题在当今极其重要，重要到关乎人类和地球的存亡与命运；文学家和批评家可以也应当在这个问题上发出声音，可以也应当为缓解直至消除生态危机做出贡献。[1]

一个早期生态批评家

虽然生态批评在 20 世纪 90 年代才正式开始作为一门学科，但早在 19 世纪，文学与环境之间的关系就成为作家和学者们严肃且广泛关注的话题，也出现了属于生态批评模式的重要文本，其中许多是对梭罗和爱默生等作家作品的回应。在《早期生态批评一百年》[2] 中，大卫·马泽尔（David Mazel）节选了许多有影响力的学者和自然文学作家的作品，回顾了 1864 年至 1964 生态批评文本的发展历程。这些被选读作家的思想直接或者间接指向了新兴的生态批

1　陈建华，《中国外国文学研究的学术历程（第二卷）》，重庆：重庆出版社，2016 年，第 155—171 页。
2　David Mazel, *A Century of Early Ecocriticism*. Athens and London: The University of Georgia Press, 2001.

评学术领域，其中包括许多阐述文学"绿色"方面的学者以及反思这一流派的自然文学作家。在引言中，马泽尔指出，这些早期的生态批评家在环境主义的发展和美国文学的学术研究中都发挥了至关重要的作用，这表明对自然界的关注早已影响了人们对文学的态度。马泽尔有效地挑战了"生态批评方法最近才出现"这一说法，并成功为生态批评实践提供了"可用的过去"。在某种意义上，这本书阐明了人类与自然关系不断演变的过程。马泽尔的目标是双重的：收集文学与环境之间存在历史性关联的文章，并呈现出现代环境运动的根基。

总的来看，《早期生态批评一百年》描绘了自然和文学的天然联系，不仅明确了生态批评的历史，也巩固了人文和科学之间的辩论，拓宽了人们对生态批评如何影响文化的理解以及对美国文学与环境之间关系的理解。尽管对自然写作文本的学术批评——特别是对梭罗的批评——是许多文章的重点，但马泽尔也选择了一些探讨生态神学、生态心理学以及与美国文化和文学相关的后殖民理论的文章。从巴勒斯等知名作家到不太知名的人物，多种作品都被囊括其中，这是一种广泛的生态批评方法。马泽尔的这种方法的效用在于它收集了在其他地方无法一次性找到的文章，迫使读者去思考自然、文学和政治之间的复杂关系。

实际上，正是19世纪的自然文学作家和探险者们开启了现代环境保护运动，他们不同于一般的文学作家，因为他们的作品更关注对自然的科学性描写与思考，他们的写作总是充满一种诗意精神，即使在外行的读者看来，他们的思想也是易于理解的。其中，巴勒斯更是佼佼者。我们知道，巴勒斯深受超验主义作家及其思想的影响，年轻时的他就酷爱阅读爱默生的作品，甚至随身

带着爱默生的作品，以便随时阅读。同样，巴勒斯也深受梭罗的
影响。相比爱默生和梭罗来说，惠特曼对巴勒斯的影响则更为长
久与深远。实际上，巴勒斯寄望惠特曼成为他文学上的指导顾问，
向惠特曼寻求如何写批判性文章的建议，而不是成为惠特曼诗歌
的跟随者。他的作品经常是自然散文写作与文学评论的融合，二
者经常是你中有我，我中有你。比如《鸟与诗人》就是自然散文
与文学评论的结合，两种写作相互映照，迸发出精妙的思考。他
经常会把自己对大自然的描绘与对精神问题的思考结合起来，提
供一种二者互为参考的视角，不是单纯流于对自然的描绘或者人
文思想的阐发，而是把两者融合在一起。

就巴勒斯的创作来说，自然写作与文学评论成了他持续的思
考与偏好，而他也在不断调换自己的写作居处，目的就是能在更
加宁静的地方思考人与自然的关系以及他对超验主义作家的评论。
爱默生等超验主义作家的作品明晰地"表达了一种生态冲动，他
们的这种冲动是对 18 世纪启蒙运动最为激烈、令人震惊的反叛，
因为在工业革命的初期，启蒙运动所引发的政治、经济及社会整
体力量的负面作用已初露端倪，造成了广泛的社会动荡、对自然
的破坏以及人的精神的不安与困惑"。[1]因此，巴勒斯对于超验主义
作家的评论也暗含对于他们这种生态冲动的理解与阐释。在《约
翰·巴勒斯和自然的位置》[2]中，沃伦向人们展示了在一个工业化和
城市化轰轰烈烈进行的时代里，城镇与郊区里的中产阶级是如何
在巴勒斯的帮助与引领下回归自然的。该书不仅有助于唤起人们
对长期被忽视的自然文学作家巴勒斯的兴趣，还对巴勒斯和影响

1　胡志红，《西方生态批评史》，北京：人民出版社，2015 年，第 11 页。
2　James Perrin Warren, *John Burroughs and the Place of Nature*. Athens: The University of Georgia
Press, 2006.

他或受他影响的主要人物（爱默生、梭罗、惠特曼、罗斯福和缪尔）进行了一次极为有趣的生态批评讨论。通过考量这些作家之间的文学和个人联系，以及他们对自然文学的贡献，沃伦撰写了一本比书名所暗示的更为丰富、更为复杂的书。在沃伦看来，通过评析怀特、爱默生、梭罗和惠特曼的作品，巴勒斯证明了他既可以成为文学自然主义者，同时又可以成为一名文学评论家。通过讨论巴勒斯的叙事散文、自传写作、评论文章与哲学思考等，通过分析诸如退避与介入、自然与文化、荒野与文明等矛盾概念的动态关系，该书向人们呈现了文学自然主义者和早期重要的生态批评家两种身份完美融合的巴勒斯。

巴勒斯的生态批评理论主要体现在研究惠特曼的两本专著中。另外，他还有很多评论文章是从生态批评的角度阐述怀特、爱默生、梭罗和惠特曼的。作为作品最为畅销的自然文学作家，巴勒斯的早期生态批评实践也十分重要。作为一个生态评论家，他为早期的生态批评话语提供了一个范本，他的生态批评理念也深深影响着后世的自然文学作家与生态评论家。总之，当巴勒斯开始进行文学评论的时候，他是以一个文学自然主义者的身份进行的，深受当时超验主义作家的影响；作为早期的生态批评家，巴勒斯为现代的生态批评家提供了一个范式，那就是批评者要与批评的客体紧密相连并融入其中。

第三章

文学的"绿色"呼唤：巴勒斯自然文学的生态意蕴

通常情况下，有两种类型的写作能够清晰展示出作家的生态意识：第一种也是较为明显的一种，就是自然文学；第二种是虚构的生态叙事散文，它并不一定会突显生态问题，却包含并揭示它们。基于观察和沉思，自然文学为读者提供了对某个地方或物种的观点，等待读者的参与和体验，用读者自己的视角去共情作家的感受。生态叙事散文则没有那么强的科学准确性与读者参与性，甚至生态关注性，但是读者能感受到自然界对文本各方面的影响。

对生态批评家来说，尽管大多数作品都可能成为分析自然环境的文本，但他们还是倾向选择 19 世纪和 20 世纪之间的文学作品。19 世纪伊始，人们见证了文学领域中的诸多变化，比如：浪漫主义钟情自然主题的写作；维多利亚时期的现实主义注重描写破坏自然风景的工业化进程；探险者和历史学家力图记录新近触碰的地域及野生生命；拓荒者和其他旅行者着重叙述以环境为背景的经历；等等。而所有这些从某种程度上促进了现代生态文学的生成与发展。

英国 19 世纪浪漫主义诗人极力反对理智的社会，不断寻求表达他们思想和情感的新型方式。华兹华斯是此运动的代言人，在许多抒情诗里，他极力赞扬自然的美丽与神秘。在重新融入自然界的过程中，华兹华斯表现出了对大自然的密切关注，他的生态诗歌经常强调当地的风景，吸引人们与周围的环境交流，而不是作为它的代表。除了华兹华斯，柯尔律治（Samuel Taylor Coleridge）、济慈（John Keats）、拜伦和雪莱（Percy Bysshe Shelley）的诗歌也都含有对自然界富有情感的描写，留给读者很多关于自然的经典诗篇。在生态批评家看来，浪漫主义者对自然的兴趣尤其重要，因为他们的政治观点是变革性的，对自然界的保护也是激进的、不遗余力的。与其他英国浪漫主义诗人不同，约翰·克莱尔（John Clare）自己就是一个劳动者，在土地上亲身劳作。在19世纪后期的作家中，托马斯·哈代（Thomas Hardy）是个佼佼者。在他的作品中，"地方感"总是占据着中央舞台。另外，维多利亚时期的英国自然文学作家还包括约翰·罗斯金（John Ruskin）和托马斯·卡莱尔（Thomas Carlyle），他们两个都是工业化进程中自然环境破坏的哀悼者。

在美国文学作品中，虽然生态批评的正式实践——有时被称为"绿色研究"——被认为是文学理论在20世纪中后期的一个新的补充，但人们可以追溯到18世纪末和19世纪初环境写作的显著崛起及其在美国文化中的重要性。通过托马斯·杰斐逊（Thomas Jefferson）的《弗吉尼亚笔记》（Notes on the State of Virginia），人们了解了殖民时期的美国对周围自然环境的价值诉求。杰斐逊认为，在当时人们的头脑中，大自然并没有被充分理解，但人们决不能忽视她的重要性，她就是最"崇高"的作品。他使用的关键词是"崇高"，讲述了作家和艺术家是如何看待自然和风景之美的，这样的看法鼓舞人心。而后，19世纪20至30年代兴起的美国超验主义者在华兹华斯和柯勒律治等英国浪漫主义者的影响下，密切关注自然以及自然如何影响社会与智性的发展。

作为对自然文学的发展有着决定意义的作品，梭罗的《瓦尔登湖》含有很强的生态思想，是生态批评家分析的重点文本。早期的梭罗维护杰斐逊式农民的浪漫，倡导荒野特质的生活。带着充满热情的双眼和一种哲学上的精神，梭罗观察着周围的一切，描写他在自然界里看到的虽普通但值得注意的事情，讨论着人与自然如何和谐相处。现实主义者和自然主义者均认为各自的写作将会产生持久的影响，然而矛盾的是，梭罗几乎成为美国文学中所有自然写作的重要参考标尺。在一些评论家看来，美国自然文学的传统就是来自梭罗的经典作品《瓦尔登湖》。尽管缪尔或卡逊分别采用了荒野观察和科学证据来阐释他们的立场，但是环境运动毕竟需要英雄，而梭罗便成了一个很好的范例，供人们去讨论与比较。

另一个里程碑就是爱默生的《论自然》，它探讨了自然的神秘与统一，力劝读者走进自然，享受与自然环境的融合。当然，这个时期被生态批评家认为重要的作家还有布莱恩特（William Cullen Bryant）、库珀（James Fenimore Cooper）、霍桑和惠特曼等。考虑到现代生态批评的关注点均是男性作家笔下的自然写作，一个相关的但有所不同的文学研究领域——生态女性主义文学批评应运而生，它主要是探讨女性作家作品中人与自然的关系，以重构在环境文学中占主导地位的男性意象以及他们的态度。

总的来看，英美浪漫主义赋予了环境运动以重要平台，而工业时代，尤其是考虑到达尔文和马克思所开创思想的联合革命，使社会生态系统和激进的环境保护主义得以发展。19 世纪后期，人们"从原来那种以征服自然为价值导向、以疯狂地破坏和浪费自然资源为表现形式的人与环境的关系模式转向了对自然的欣赏和赞美，对其内在价值的肯定，并试图在保护主义的基础上寻求人与自然的共存与和谐这样一种崭新的关系模式"。[1]

在此模式的转变中，约翰·巴勒斯发挥着十分重要的作用，因为他的自然文学蕴含着丰富而有价值的生态思想，他也是生态文学家的先驱与模仿对象。当生态批评在 20 世纪 90 年代重新发现他时，所有人都想知道为什么在 1921 年去世后，他那么快就陷入了默默无闻的境地？像马克·吐温一样受欢迎的作家怎么会从人们的视野中消失，尤其是在其他自然作家如缪尔和梭罗的吸引力继续增长之时？

百年之后，从文学角度，尤其是从生态批评的角度，重新审视巴勒斯的时机已经成熟，这可以从美国环境运动的进程中窥见一斑。在美国，环境运动主要分四个阶段展开。首先是保护，重点是保护自然资源，明智并有计划地推进资源利用。然后是保存，重点是塑造荒野性格与生物的多样性等，大片偏远的公共土地被作为国家公园和荒野区域。随着 1962 年《寂静的春天》的出版，运动的重点转向了人类栖息地和当地环境本身，须对它们进行清洁和修复，目的是让人们都有较高的生活质量，这也是"环境"一词出现的时候。在 21 世纪初，人类已经进入了可持续发展阶段，地方和全球融合在了一起，此时的重点是重塑文化本身，人类和自然可以成为彼此相互促进的存在，总体的目标是和解，这使人们超越了意识形态的二分法思维，走向了一套包容的、真正的生态关系。

---

1 付成双，《19 世纪后期美国人环境观念转变的原因探析》，《史学集刊》，2012 年第 4 期，第 86 页。

　　恰巧的是，巴勒斯的作品提供了一个适合可持续发展的世界对自然时刻保持忠诚的模式，这就是他再次成为话题的原因。巴勒斯的自然是本土的、直接的、熟悉的与真实的。他教会了人们如何欣赏近在咫尺的自然、熟悉的小生物，以及人们生活和工作所在地的人性化景观。通过这种方式，他帮助人们与家乡建立更亲密的关系，教会人们如何成为"本地人"。这不是一件简单的事，而是一生的工作。如果人们能按照巴勒斯的指示擦亮眼睛，会看到许多以前看不见的东西。在生活和工作的所在地，大自然不仅为人们提供了食物和商品，还为他们提供了无与伦比的美丽、亲密和愉悦等。跟随着巴勒斯，读者发现他笔下生动的人与自然的交互和谐，这是一种很好的生活方式，谁不想永远这样呢？

　　在巴勒斯看来，不断回到绿色的世界，过着一种被审视的生活，也是一种宽容的生活，这是多么快乐和愉悦！一个快乐而摆脱意识形态的人，也会让其他人耳目一新。人们已经看到意识形态造成的巨大破坏，看到它如何导致妖魔化和替罪羊，随后是复仇、恐怖主义和战争等——尤其是当被机会主义者和煽动者利用之时。在其作品中，巴勒斯以开放的心态向人们展示了如何在没有意识形态的情况下过上一种以自然史为指导的生活。这是一种真正的生活实践，是令人信服的人与自然和谐相处的新型生活模式。

　　本章将从消除人类中心主义、生物区域主义、以生态为中心的审美、生态学马克思主义科技观和简单生活观等方面对巴勒斯自然文学作品中生态思想的具体表现进行分析与解读，而这些生态思想在生态危机尚存的今日必将影响深远、意义重大。

第一节　消除人类中心主义

人类中心论的价值观由来已久，它是支配西方近代文明进程的主要力量；甚至可以这么说，整个西方文化传统的核心就是被人类中心论所左右。"人"被经常看作最为特殊，也是最为高贵、优秀的物种。在人类中心主义者看来，自然界中具有内在价值的存在物就是人，整个生物圈的中心也是人，而人的利益也是与环境道德唯一相关的因素，人的道德地位优越于其他一切存在物，对于宇宙的考量与理解也是建立在人类价值观的基础之上。

在西方传统哲学观里，"价值"是"探讨一般的物作为客体与现实的人作为主体之间的需要与满足关系的哲学范畴。"[1]"价值"一词是依人们与其所需要的外界物之间的关系来界定的，也就是说，"价值"只是人类需求的产物，当人们去评价一个东西有没有价值的时候，主要是看它对人类是不是有用。当它符合人类利益的时候，或者当它对人类有用的时候，人们会说，它是有价值的；反之，它就是没有价值的。这样的所谓"价值"是围绕人类的利益而展开的，是针对人类而言的所谓"实用性"。这种以人类为中心的价值观有个共同的哲学基础，那就是以笛卡尔、培根和康德为代表的哲学家所认为的人是自然的主宰者，自然主要是为人类舒适和方便而服务的，它就是为了人类的目的而存在的，这种"霸权文化"是西方文明盲目自大、狂妄自傲而带来的结果。

总体来看，西方人类中心主义观主要包括三个方面的内容："人是宇宙的中心；人是一切事物的尺度；根据人类价值和经验解

1　王正平，《环境哲学》，上海：上海人民出版社，2004年，第140页。

释或认识世界。"[1] 不可否认，在人类中心主义的指导下，人类摆脱了自然的种种束缚，创造出了辉煌的文明和伟大的成就。作为社会的存在物，人类不可能脱离自身的利益而存在。从某种程度上来看，"人类中心主义的出现标志着人类对以神／上帝为中心的价值体系的反抗和弃绝，标志着人类自我意识和自由精神的产生与强化"。[2] 由此来看，人类中心主义的存在有一定合理性和积极价值。

但工业社会以来，人类对环境的破坏与践踏已造成严重的危机，人类中心主义因此遭到了严厉谴责，被认为是导致生态灾难的罪魁祸首。严酷的现实也证明，"人类的这种以自我为中心的发展已经迫近终点了，人类已经突破了地球生态的承载极限"，人类是时候"放弃人类中心主义，转而倡导和信奉对自然负起责任的、与自然和谐相处的、尊重生态系统整体性的新思想——生态主义"。[3] 生态中心主义强调把道德对象的关怀范围从人类扩展到整个生物圈，它更关注的是生态共同体，而非有机个体，它是"站在整体主义的立场，把生态系统当作一个独立的整体而非有机个体，强调生物间的相互联系、相互依存以及由生物和无生物组成的生态系统的重要性"。[4]

人是自然界的普通一员

当今社会，人类的工业文明飞速进步，科学技术也日新月异，然而，如何正确认识自然，合理利用自然资源，在自然能够承载的范围内适度增加人类的物质财富却依然是整个世界面临的难题。

1　陈小红，《什么是文学的生态批评》，上海：上海外语教育出版社，2013年，第15页。
2　王诺，《生态批评与生态思想》，北京：人民出版社，2013年，第114—115页。
3　王诺，《生态批评与生态思想》，北京：人民出版社，2013年，第115页。
4　陈小红，《什么是文学的生态批评》，上海：上海外语教育出版社，2013年，第18页。

人类不断干预自然进程，不遵循自然发展规律，不保护自然生态平衡，甚至使自然不堪重负。工业文明和科技进步对自然的征服与破坏达到了前所未有的程度，产生了许多不良后果，诸如对自然之美造成破坏，导致生态系统紊乱和自然资源枯竭，可能给自然和人类带来毁灭性的灾难，等等。由此可见，处理好人与自然的关系依旧迫在眉睫。

19 世纪下半叶，美国工业化程度日趋发达，科学技术日益进步，但在马克·吐温看来，这是一个缺乏信仰的"镀金年代"。到 19 世纪末为止，美国人利用自然的方式仍是毁灭性的。他们头脑里深藏着这样一个神话：我们的国家地大物博，资源用之不尽。整个 19 世纪，广袤的自然资源使年轻的美国工业化、城市化发展迅速，使这个新兴国家日益强大。但是，当美国人逐渐意识到周围的自然资源日趋枯竭的时候，他们的神话便随之破灭，紧张与压力也开始蔓延。他们不得不思索：在物质需求不断提高的境况下，如何才能实现人与自然的协调与可持续发展？在科技日益进步的时代里，如何找出一条使人与自然的关系健康、正义的发展道路？这类问题显得尤为急切。

在如此背景下写作，巴勒斯一直忠于超验主义作家们的信念，大力呼吁读者走进森林，与自然为伍。在他看来，无论社会如何发展，自然会一直保持着她的神圣，不会被世俗化。他对于现代人如何在自然中生活得更好思考很深，而他本人更是对自然情有独钟，其一生都在描绘与周围环境相关的个人经历，并深深扎根于其中。他说："我是那向前行进的孩子，我注视每件东西，带着同情、爱或畏惧，我变成了我所注视过的东西，那东西也成了我的一部分。"[1] 这种强调与自然亲密接触的叙述模式，得到了许多人的青睐和褒扬。

作为十分受欢迎的自然文学作家，巴勒斯关于自然的态度也呈现出一种政治上的重要性，进而对于环境话语产生直接的、重要的影响。他或许是直言人类中心主义必须被摒弃的第一个自然文学作家。他写道："那种个人的或者人类中心主义的观点必须被摒弃了。"[2] 他认为，自然是第一位的，人是第二位的。当谈到上帝与自然的关系时，他强调基督教不仅把上帝从自然中剥离出来，同时也把人与自然分离开了："在基督教的感化下，人把自己从自然物的种类里摘取出来，包括起源和命运。这样一条鸿沟把他与所有其他创造物分离开来，他的优势绝对在它们之上，以至于把自己看得非凡，而把其他种类看成附属物。"[3]

长期以来，人们并不否认除人之外的其他生物也有生命，但是实质上并没有认真对待这些生命物的存在与价值。在人类看来，它们的生命行为仅仅是一种与生俱来的程序，一种本能而已。而与动物相比，人类就不同了，他们能够学习，能够自我选择，自然就变成了"宇宙之精华""万物之灵长"，便可傲视群雄，主宰万千生命。但是，在巴勒斯看来，人只是大自然生态共同体中的普通一员，不是高高在上的主宰或中心，人不是"神的宠爱，也不是天地间各种力量的幸运儿。他是巨大宇宙之树的一颗果实，与所有其他树木的果实经受同样的危险和失败"。[4] 自然用对待所有其他生命形式的态度对待人，她对他不表示出好感，"在生命，在

1　马永波，《自然的家园化：约翰·巴勒斯的生态思想》，《鄱阳湖学刊》，2013 年第 4 期，第 44 页。
2　John Burroughs, *The Light of Day*. Boston and New York: Houghton Mifflin, 1900: 53.
3　（美）巴勒斯，《接受宇宙》，川美译，合肥：安徽人民出版社，2012 年，第 16 页。
4　（美）巴勒斯，《生命的呼吸》，川美译，合肥：安徽人民出版社，2012 年，第 195 页。

行为方面，我们不知不觉地认可自己是自然的一部分。我们的成功和幸福依赖这种关系的密切性和自然性"。[1]与其说人类是自然界的改编者，还不如说人类同其他活着的东西一样被自然界所改编，"人类是自然的结果，而不是相反"，"物质宇宙就是模具，而人类就是被倒进去溶化的铁质"。[2]

自然是至高的存在，是人类周围可见与不可见物的总和，人类从其中产生并成为它的一部分。人类习惯把自己说成是远离自然的某种事物，属于某种更高秩序的存在，可事实是，人类同大地上的树木和野兽一样，只是万物总体规划的一部分。自然八面玲珑，她有着更大的事实，在包罗万象的统一里把握无限的多样性。当不科学的父辈们解释他们生活的世界时，他们不免会落入二元论的圈套，但是熟悉现代科学的人们，一定要防范二元论的出现。现在是人类摒弃二元论迷信的时候了，毕竟人本身就是自然的一部分。巴勒斯强调，宇宙中有什么东西不是宇宙的吗？在描写自然时，巴勒斯始终重视描写物与其生存环境的关系。比如，他写道："树木才是人类最好的朋友，它造福所有的人。树木不需要像狗那样占用人的时间和资源来加以照顾。树木恰恰在夏天长出浓密的叶片给人遮阴凉，冬天恰恰脱掉树叶透过阳光，给人氧气，给人水分和湿度。有树木的地方，人的生活就少许多折磨，多许多安逸。树木，不但是人类最好的朋友，也是动物最好的朋友。"[3]在自然界，植物、动物和人类都息息相关，那是一个生态的整体存在。

在巴勒斯看来，人是自然的产物，是自然界相互链接的生态

1　（美）巴勒斯，《生命的呼吸》，川美译，合肥：安徽人民出版社，2012年，第196页。

2　John Burroughs, *Birds and Poets with Other Papers*. Boston: Houghton Mifflin, 1877: 53.

3　（美）巴勒斯，《冬日阳光》，张念群译，合肥：安徽人民出版社，2012年，第89页。

网中的一员，他不过是众多物种中的一个，在自然的生态整体系统中，他不比其他物种更珍贵。巴勒斯写道："我们是我们居住世界的一部分，就如同树和其他动物一样"，而"我们的整个文明却是把一个东西与另外一个东西分离开来，然后分类组合它们。我们试图让自己远离原始自然，然而我们的健康与力量却完全依赖于她"。[1]他又写道："一个人的风景迟早会成为他外在的一部分，他把自己播种在那风景上面，它反射着他的情绪和心境。他对地平线远端十分敏感：砍那些树，他会流血；毁坏那些小山，他就会受苦。"[2]人毫无例外是自然的一部分，人是靠自然界生活的。也就是说，"自然界是人为了不致死亡而必须与之不断交往的、人的身体。所谓人的肉体生活和精神生活同自然界相联系，也就等于说自然界同自身相联系，因为人是自然的一部分"。[3]因此，不管人类如何看重自己，他们都不可能成为自然的统治者，毕竟人类是自然的一部分，"通过肺和胃，我们扎根于空气和土地。我们是行走的树木，我们是漂流的植物"。[4]巴勒斯的这种描写人与自然亲密关系的话语让人们感受到强烈的震撼，因为在他以前少有自然文学作家能描写得如此亲密、贴切与形象，进而从根本上激起了人们与自然融为一体的欲望，一定程度上消解了人类中心主义。

对于现代人来说，认识到人与自然这种亲密性尤为重要，因为它有助于人类的幸福。巴勒斯提醒道：每个人都要时刻保持着这样的认识，否则人类将会受到惩罚，"空气、水、火、土壤，给我们力量，让我们生长；如果我们不能与它们保持正确的关系，它们

1　John Burroughs, *Under the Maples*. Boston and New York: Houghton Mifflin, 1921: 184.
2　Jeff Walker, ed. *Signs and Seasons*, New York: Syracuse University Press, 2006:5.
3　鲁枢元主编，《自然与人文：生态批评学术资源库（上册）》，上海：学林出版社，2006年，第412页。
4　John Burroughs, *Leaf and Tendril*. Boston and New York: Houghton Mifflin, 1908: 200.

也摧毁我们"。[1]人的力量不是来自征服自然的精神，而出自人对自然谦卑的态度。人应该寻求从自然中学习，亲近自然，学会与其和谐相处。不过，巴勒斯也深知，人与自然完全协调一致的世界或许只是理想；但是，只要人们明白生活是富有弹性的、是可以让步的，一个越来越适宜居住的世界，一个越来越与人们的幸福准则和谐一致的世界是有可能的。

可以看出，巴勒斯的观点与许多非人类中心主义的环境伦理学家如出一辙。保罗·泰勒（Paul Taylor）的生物中心观就是强调人类只是整个自然界生命共同体中的一名普通成员："人只是地球生物圈中自然秩序的一个维度，因此他在自然系统中的地位与其他物种的地位没有差别。"[2]作为大地伦理学的代表人物，利奥波德也一针见血地指出，人类就是自然界生物共同体中的普通一员，而不是高高在上的大地的征服者和主宰者，也不是凌驾在自然界所有物种之上的傲视之主，这是"生态中心主义学说形成的标志"。[3]总之，他们都认为，所有生物圈里的存在物都是自然界有机整体的一部分，没有高低贵贱之分，在内在价值方面都是平等的，人只不过是天地间的普通一员而已。

嵌入"爱"的情感元素

自然文学以自然科学为根基，但它同时又探测了作者的经历和对自然史的观察，从而揭示情感上的重要性。当人们走入自然，便把自我投射到周围的世界。与自然交谈，就是与人们自己交谈。自然肯定不会说话，所有的话语都来自内部。既然生物圈里的存在物

1　John Burroughs, *Accepting the Universe*. Boston and New York: Houghton Mifflin, 1920: 86.
2　Paul Taylor, *Respect for Nature: A Theory of Environmental Ethics*. Princeton: Princeton University Press, 1986:99-100.
3　付成双，《美国生态中心主义观念的形成及其影响》，《世界历史》，2013 年第 1 期，第 29 页。

都是自然界有机整体的一部分，那么为了实现消除人类中心的可能，人类必须首先热爱自然。巴勒斯喜欢称自己为"散文式的自然学家"或"文学的自然学家"，以区分他的写作与科学家或自然学家的作品。巴勒斯认为，越伟大的作家，他们作品的细节就越精确。然而，详述的精确性并不足以产生文学，只有当作家"带着热情、情感去写真实的东西时，才能把它转变成文学，因为最终不是主题变成了文学，而是作者生成了文学"。[1]

　　通常来讲，只有具备科学思维的人，才可以写出可信的报告，但自然文学不只是单纯的科普文章，而是科学性与文学性兼具。自然文学作家给出的不仅仅是事实，还有他们的印象和分析。自然文学从不是单单描写自然，而是寻求超越灵魂之上的精神境界。巴勒斯也强调科学知识的价值，坚持科学呈现自然，但他并不迷恋那种"冰冷的、计算的、精准的"科学精神，没有渴望变成"一个冷血的专家"；相反，他是自然的热爱者。他说道："我认为我自己是个自然的热爱者，而不是一个科学的自然学家。"[2]

　　就像热爱脚下泥土的老农一样，巴勒斯热爱着身边的花草鱼虫，他对自然的爱没有任何修饰，也没有任何矫情，像呼吸一般自然。他说道："我爱脚下草地的感觉，身边奔腾小溪的声音。风吹树梢发出的嗡嗡声总是最好的音乐，各种田地的面容比人的面容更让我感到舒适。我爱这个世界。"[3]这种爱或许就来自人与自然那种与生俱来的血缘关系，而"真正热爱大自然的人喜欢自然的一切，并不仅仅喜欢他挑选出的精美事物，他喜欢大地本身，山岭、岩石、河流，光秃秃的树和有枝叶的树同样喜欢，刚耕过的

1　Frank Bergon, "Burroughs, Literature, and Science in the Hudson Valley". *The John Burroughs Review*, 1.1 (3 April 1987): 33.

2　John Burroughs, *Time and Change*. Boston and New York: Houghton Mifflin, 1912:251.

3　John Burroughs, *The Summit of the Years*. Boston and New York: Houghton Mifflin, 1913:2.

田地与草地同样喜欢，他不知道是什么吸引着他。不是美，是那种像父亲母亲一样的比美更有内涵的东西使他热爱它们。那是种'深度混合的情感'，与生俱来的血缘相关的东西在呼唤着他"。[1] 这是一种心心相印的无声交流，它弥足珍贵，经由山间湖泊和溪流，触摸到地球母亲的脉搏。

在巴勒斯看来，真正的自然热爱者不必云游天下，他们唯一要做的就是待在自己家门口，熟知它周围的秘密，自然界的新奇和刺激便会不请自来。他写道："季节的变换就会如同队伍一般在眼前经过，历历在目。宏伟的地球就像移动的陈列窗那样在他周围缓缓旋转"，而"充满着神奇与美丽的地带就在你门前依次经过，整个旅程中，我们甚至连一个夜晚都没有离开过自己家"。[2] 巴勒斯可以不断在身边的事物中找出一些新的东西或者在一些看似瞬逝的东西中发现某种永恒的存在，在熟知的世界里发现新的东西是他的过人之处。当阅读巴勒斯的散文时，我们可以沿着他的各种洞察力组成的路径，看他左顾右盼，时不时地和他一起发现新的事物或风景。"一个人对自然的热爱也许是不会变的，但是对大自然的魅力和意义却可能不时有新的理解。有时我们将情绪与物体完美地结合起来，我们就会从周围的美中获得一种全新的、生动的理解，与单独看待事物时不一样。"[3]

"自然之书"是巴勒斯经常使用的暗喻之一。他说："作为自然学家，实为世上最为幸运的人之一。不论冬夏晴雨，室内户外，走路骑马，他的乐趣永远取之不尽，源源不绝。伟大的'自然之

1　（美）巴勒斯，《河畔小屋》，马永波、毕国菊译，合肥：安徽人民出版社，2012年，第10页。
2　（美）巴勒斯，《标志与季节》，刘丽宁、马永波译，合肥：安徽人民出版社，2012年，第1页。
3　（美）巴勒斯，《河畔小屋》，马永波、毕国菊译，合肥：安徽人民出版社，2012年，第147—148页。

书'就摊放在你面前，你需要做的只是翻动书页而已。"[1]自然就像一本书，它的里面印刷着大小不同的字体，有不同种类的语言，还有许许多多的注释和参考文献，相互交织在一起。在阅读"自然之书"的时候，多数人只会注意大写字体，容易忽略细小的东西，只有那些真正热爱自然的人，才会去费心读那些细小的字行与脚注。在自然史领域里，很多事物经常被人们所忽视，因为作为演员的它们确实很小，而自然的舞台又很大。它们或多或少是戴着面纱的、被遮住的。一个轻微的移动很快掠过一个场景，而这个场景倾向于隐藏而不是暴露它。

巴勒斯强调，在印刷的书页中，空白处的重要性不亚于铅字和墨水，但"自然之书"却呈现异样特色，其页码很少单纯呈现黑与白的对比，甚至是黑色与棕色的对比，而有的只是相似的色调，灰色叠加在灰色上，绿色叠加在绿色上，或者褐色叠加在褐色上。由此看来，"自然之书"应是一本精读之书，而不应被泛泛而阅。只有那些在路上行驶缓慢甚至拖延的人，才能把自然读懂、读透。而读"自然之书"带给巴勒斯的愉悦之处就在于不断发现周围的细小事物，流连于田地和树林中上演的小剧本，"在这个奇特记录之书的每一页长久徘徊，深情思考它最具奥秘的文本"。[2]然而，不是缓慢行走就能读懂自然，必要的知识也是重要的特质。要阅读有关自然史的知识，"一本威尔逊或奥杜邦的书是十分珍贵的，可以作为参考，与自己的笔记对比"。[3]另外，拥有一定的期待也是重要的："在你能从灌木丛中找到鸟之前，你的心中必须有这

1　（美）巴勒斯，《自然之门》，林东威、朱华译，桂林：漓江出版社，2009 年，第 20 页。
2　John Burroughs, *Leaf and Tendril*. Boston and New York: Houghton Mifflin, 1908: 13.
3　（美）巴勒斯，《延龄草》，马永波、邢崇译，合肥：安徽人民出版社，2012 年，第 193 页。

只鸟的形象。"[1]

　　一旦人们熟知且读懂了周围的"自然之书"，对于自然的爱也会如亲人般日趋笃厚。对巴勒斯来说，这种亲人般的自然之爱便是生活的"真正量尺"。他写道："爱使眼睛锐利，使耳朵机灵，使双手敏捷，使脚步迅猛。爱使人变得稳重有力，它时刻驱逐着潮湿与寒冷。"[2]可以看出，巴勒斯对自然的爱是"颠覆性"的。在他看来，人们只有对于所爱的东西，他们才做得好。"知道"并不是事情的全部，而只是一半，"爱"是另外一半。像华兹华斯这样的诗人追求的是沉思与专注，而科学家们在意的是调查与分类。人们在不同程度上以这样或那样的方式欣赏自然：要么在情感交互的基础上去欣赏；要么通过自然科学所提供的知识能力去欣赏；或者两者结合去欣赏。但无论如何，爱自然是根本性的东西。

　　巴勒斯认为，在各种陈腐的信条中，对自然的爱有着很高的宗教价值：它能解救世上的许多人——解救他们于财富崇拜、轻浮和伪善的人群。它使他们生活得平静而美好，它给他们无边的大地去探寻真理、享受快乐。自然之爱"使他们获得满足，无论在自然的什么地方都像在家里一样"，而"这个家是他们的教堂，岩石和小山是祭坛，教义被写在树叶、大地的花朵以及海岸的沙滩上"。[3]这就是爱，就是狂热，就是对自然真理的奉献。而对于所爱的东西，人们也最为在意和珍惜。他写道："没有东西能够代替爱，它是生活的尺度。只有爱过，我们才真正活过！"[4]巴勒斯强调，随着岁月的流逝，人们都或多或少地受到两种危险的威胁：一

1　John Burroughs, *Locusts and Wild Honey*. Boston: Houghton Mifflin, 1879:43.

2　John Burroughs, *Leaf and Tendril*. Boston and New York: Houghton Mifflin, 1908: 2.

3　（美）巴勒斯，《接受宇宙》，川美译，合肥：安徽人民出版社，2012年，第95—96页。

4　John Burroughs, *Leaf and Tendril*. Boston and New York: Houghton Mifflin, 1908: 3.

是僵化的危险,二是腐朽的危险。要么人们将变得冷酷无情,背负习俗和传统的重压而变得毫无生机,没有新的光芒或欢乐能够触及他们;要么人们将变得松懈和懒散,远离真正的、充满活力的幸福源泉。实际上,除了爱、同情以及做有价值之事的热情外,世界上没有保鲜剂和防腐剂能让人保持年轻。

作为美国有史以来自然文学作家中情感最丰富的一位,巴勒斯对周围生物充满爱和关怀的描写可能有助于向人们展示治愈人与自然分离的方法。显然,巴勒斯作品的情感投入表达了对自然的一种深切关怀。他试图利用人们对自然更直接的体验,增强他们对鸟类、其他物种和栖息地的情感联络。正如众多读者对巴勒斯作品的回应所表明的那样,个人可能会通过关注对他们来说熟悉的现象的感受来引发情感归属的根本转变。巴勒斯认为,培养人类在情感上对生物的关注至关重要,他努力创造人类的兴趣,尤其是对他深切关心的鸟类的兴趣,他坚信这是在读者中创造情感关怀的最好方式。多年来,他详细阐述了他对鸟类的强烈感情以及它们的内在价值。他很清楚,人们会选择保护他们所爱的东西,人们同样可以保护他们认为具有内在价值的东西。

一些环保主义者认为,与物种之间这种深厚的情感纽带将有助于物种保护。人们认为,爱会导致激进主义。在这里强调情感,强调"心",是至关重要的。许多人希望培养利奥波德定义的那种通常被称为"生态良知"的意识,这样的道德观核心也包含着非常强烈的情感因素。谁积极参与并关心大自然的福祉,谁可能对当前的生态退化漠不关心,这仅仅是巧合吗?此时此刻,爱(或至少尊重)自然并付出相应的行动似乎是人类的爱的先决条件。当前的全球生态退化更是提醒人们,仅仅关注对人的"爱"往往忽视了一个简单的事实，即人们正在摧毁给予他们生命的东西。所以，拓宽当前以人类为中心的"爱"的模式并转向生态"爱"模式很重要，以及要在生态保护行动中嵌入情感元素，可能需要某种"可持续的爱"的价值坐标。

事实上，巴勒斯在他的文本中建立了一种"爱"的象征，这对拯救物种至关重要。他的炽热的"爱"的情感投入则成了他自然文学创作的源源动力，这种创作融合了知识、感官和情感等因素，呼吁人们与周围的环境进行情感上的互动，进而认识到自然本身的美和内在的价值。[1] 从本质上来看，巴勒斯所热爱的自然是作为一个整体呈现出来的具体存在，这是一种真正的爱。他对自然近乎"癫疯痴狂"的爱的方式也影响了数以万计的读者，促使他们自觉或不自觉地与自然构架起个人的情感桥梁，提升了他们与周围环境的认同感，进而也强化了他们融入自然、保护自然的生态意识。正如爱德华·勒内汉（Edward Renehan）评论的那样："有一个重要的东西让巴勒斯得到了救赎，那就是，在一篇又一篇的散文中，他努力给'镀金年代'那个无信仰的岁月根植了一种新的、现代化的信仰元素。"[2] 这种信仰就是"对自然的爱"，而这也正是巴勒斯自然文学写作中最吸引现代读者、最与他们相关的东西。总之，巴勒斯这种对自然的爱肯定了自然的价值，超越了人类中心主义，进而去思考人与自然的关系，如此的革命性情感在如今环境危机加剧的状况下更加意义非凡。

1　Stephen M. Mercier, "John Burroughs and the Sentimental: Revaluing the Literary Naturalist". *Interdisciplinary Studies in Literature and Environment (ISLE)*, 17.3 (Summer 2010): 509-525.
2　Edward Renehan . *John Burroughs: An American Naturalist*. Post Mills, Vt.: Chelsea Green Pub. Co., 1992:4.

反对人类中心主义

"生物中心主义"和"人类中心主义"是两个相互联系但又相互对立的伦理概念，而生态文学批评的核心思想是"生物中心主义"。在作为实体的自然环境的健康和人类社会的福祉与公平面前，"生物中心主义"毫无例外地会选择前者。第一次生态批评的浪潮最为独特的地方，就是它所表现出来的"审美放弃"，这使得生态文学能够自觉抵制人类中心主义。从人类中心主义到生物中心主义的转变也预示着人类角色的变化，那就是从自然征服者变成了自然界中的普通公民，摒弃了传统上狭隘的人类中心论，消解了人与自然分离对立的机械论和二元论，它的确立"为人类解决当前的生态危机找到了一条希望之路，为重审人类现行的文化范式、社会体制、发展模式、价值观和生活方式提供了全新的思维"。[1]

反对人类中心主义是巴勒斯作品的一个重要的主题。在丹尼尔·佩恩（Daniel Payne）看来，巴勒斯的自然观"根本上是以生物为中心的"。[2] 在《时光与变化》（*Time and Change*）中，巴勒斯写道："从远古以来，人都相信他出身高贵。他践踏脚下的土地；他否认与周围鸟类与兽类的亲缘关系，而是仰望星空寻找他生命的源泉。但是，毫无同情心的科学来了，告诉他，他与脚下践踏着的生命是同源的，同属一个法则，而这个法则也能够把一个蠕虫变成人类。"[3] 因而，用人类的价值尺度去衡量非人类自然万物的价值肯定是错误的，即使如杂草一样的东西也有着自身的价值，"大多数杂草都有它们的用途，并非全然有害。爱默生说过，杂草是

1　胡志红，《西方生态批评史》，北京：人民出版社，2015 年，第 25 页。
2　Daniel Payne, *Voices in the Wilderness: American Nature Writing and Environmental Politics.* Hanover and London: University of New England, 1996:72.
3　John Burroughs, *Time and Change.* Boston and New York: Houghton Mifflin, 1912:178.

美德还没被发现的植物；如果我们没有发现，那么野生动物已经发现了。大黄蜂发现可恶的云兰花芯里有花蜜，尽管没有什么动物以云兰为食；在某些土壤里，云兰可以驱逐青草。窄叶车前草很容易被牛群当作食物，而蜜蜂也能从中获得花粉"。[1]因此人类应该从整个生态共同体的角度去评估它们的价值，而不取决于人的价值尺度。这样看来，自然不仅为人类存在，而且同样为猴子、鸟类和跳蚤等动植物存在，她不会在意人类的生命、快乐或者成功，就像她不会在意跳蚤的一样。在自然面前，人类的自居高傲是多么荒谬与可笑！

在描述人类与自然的关系时，巴勒斯总是以一种较为谦卑的语气展开，彻底切除了以人类为中心的阶层关系。他强调："我们不断把人类文明错误地认为仅仅是精练，其实它不是。人类文明是一个迸发自由的过程，它清除各种障碍，给予内在的美德去表现自己的机会。人类文明是自然的友好者和体贴者。文明的目的不是消除自然，而是优化自然。"[2]巴勒斯写道："最好放低一下我们都市般的傲慢姿态。人把自己想得高高在上，以为自然的巨大呈现和慷慨仅仅为他而设。而实际上，它们也同样为鸟和兽而设，他并不比鸟和兽更高贵。"[3]在理解了人类与自然的关系，消除了人类中心价值判断之后，人类对自然的欣赏态度也会发生改变，进而会强化与自然的亲密关系，人类和自然的良性生态互动也会油然而发，毕竟人类自身福祉是建立在自然健康的基础之上的。

当然，生态主义并不是仅从一类物种甚至个体本身的特征或

1　（美）巴勒斯，《河上漂流记》，马永波、石蕾译，北京：中国国际广播出版社，2013 年，第 194 页。

2　John Burroughs, *Whitman: A Study*. Boston and New York: Houghton Mifflin, 1896:210.

3　Jeff Walker, ed. *Signs and Seasons*, Syracuse: Syracuse University Press, 2006:53-54.

作用出发来思考问题，而是要将其放到整个生态系统中，审视其对生态平衡稳定的重要性，主要看是否遵循了自然的规律与生态平衡。在《醒来的森林》中，巴勒斯会描写他通过射杀鸟类去观察它们，不过四年后当《冬日阳光》出版时，他对猎杀鸟类进而了解它们的方法开始有所批判。他认为，最好的"猎杀"是用眼睛。到他写作生涯后期，他那种对通过猎杀的方式了解物种的激情已经全无，他对于打猎的态度也完全发生了变化："一个人在林中，手握一把枪，他已经不再是个人了——他是个野兽。恶魔就藏在枪里，让我们都变成了野兽。"[1]

考虑到自然的生态平衡，巴勒斯十分反对故意或有意屠杀猎物，或者以科学的名义射杀无辜。他说道："我们鸟类最坏的敌人中就有所谓的'收藏家'，就是那些以科学的名义洗劫鸟巢、谋杀小鸟的人类"，他们是"伪鸟类学家"，因为在多数情况下，他们的动机是唯利是图的，对于他们来说，"抢劫鸟巢、杀戮鸟类已成为一种商业化行为"。[2]他们对待一窝蛋的专业术语是"一窝端"，这是非常贪婪与残忍的，他们"攫取和摧毁了处在胚芽中的生命，以及林地中那种和谐悦耳的美。我们的自然史刊主要是这些奸诈之人的交流刊物"。[3]除了这些所谓的"收藏家"，巴勒斯强烈抨击了那些制造女帽的商人们。他写道：一个中间商用四个月，可以从一个地区的狩猎者手中收集到七十万副鸟羽。对这种装饰物的渴望是一种残暴的嗜好。人类的这种摧残方式加剧了鸟类的减少，破坏了自然的生态平衡，巴勒斯不悦地说道："要么职业的鸟巢掠夺者和鸟

1　John Burroughs, *Riverby*. Boston and New York: Houghton Mifflin, 1894：305-306.
2　（美）巴勒斯，《标志与季节》，刘丽宁、马永波译，合肥：安徽人民出版社，2012年，第173页。
3　（美）巴勒斯，《标志与季节》，刘丽宁、马永波译，合肥：安徽人民出版社，2012年，第173页。

羽收藏家应该受到法律的制裁，要么改用狗或霰弹枪来遏制他们。"[1]

对于旅鸽，巴勒斯有种特殊的情怀。他认为，没有什么比看到成群的旅鸽从天空中掠过更让人觉得愉快了，也没有什么声音比它们在春天的树林中发出的生机盎然的鸣叫声更让人的耳朵觉得舒服了。在 1879 出版的《蝗虫与野蜜》中，巴勒斯对于这些鸟的巨大数目感到惊讶，因为每年个体只产两枚蛋，并且会成千上万地被杀害。而当这本书 1895 年再版时，巴勒斯做了一个备注，向读者警示：这些旅鸽看上去要面临灭绝的危险了。到 1919 年，当《田野与研究》出版的时候，这些旅鸽已彻底灭绝了。巴勒斯回忆他看到的最后一波旅鸽大规模迁徙，悲痛地写道："那些旅鸽们再也回不来了。在人类的欲望和贪婪下，死亡与毁灭正向它们靠近。"[2]

作为早期的生态文学家，巴勒斯具有很超前的生态中心主义思想，不断强调整个生态系统的和谐、平衡、稳定和持久，倡导人们超越自身利益的尺度，努力去维护自然整体的价值和利益，实现人类持久地与自然共存。他一直强调："我们必须尊重天地万物，将其作为一个整体，作为宇宙系统的发展看待，而不是把我们的注意力集中在人类和人的方式上。"[3] 如果人类能站在他者的立场上，以他者的角度去看世界，考虑他者的需要和体验，他们才能超越自身的地位和利益。而这个"他者"，不仅是其他物种，当然更是整个地球，人类必须勇敢承担起维护整个生态系统平衡稳定的责任，去除人类中心主义观念，恢复与自然和谐相处的互存关系。

1 （美）巴勒斯，《标志与季节》，刘丽宁、马永波译，合肥：安徽人民出版社，2012 年，第 174 页。
2 John Burroughs, *Field and Study*. Boston and New York: Houghton Mifflin, 1919: 4.
3 （美）巴勒斯，《接受宇宙》，川美译，合肥：安徽人民出版社，2012 年，第 31 页。

第二节 生物区域主义

自迈入工业社会以来，人类活动对地球生物圈造成的灾难性影响已经危及不少生命，迫切需要人们共同努力彻底扭转这一破坏性进程。单靠资源节约和环境保护是不足以完成这项任务的，必须将人类重新融入整个生命网络，将生物区域作为人类生活的基本场所去对待。简单来说，生物区域是根据在特定地方发现的独特的自然特征的总体模式来定义的，包括特定的气候、地形、水文、土壤以及特有的动植物等；当然，人也被视为其中的组成部分。通过区域活动与实践，人们试图以可持续的方式与他们居住的地方协调一致，而与生物区域的自然系统相协调是保护整个生物圈的必要步骤。

生物区域主义或生态区域主义指向一种亲近式的探索方式，通过认识、关心自然以及欣赏人类周围的世界去爱一个地方。从本质上看，它强调自然的重要性以及与人类生活之地的融入，也代表一种全新的界定和理解人类生活地区的方式，其目的是遵循自然规律生活，以可持续与尊重自然的方式生活在特定区域，认同当地的历史与文化，将人类重新连接到整个生物圈和生态系统中。这种认知区域的方式对人类自身和自然的健康都至关重要，正如塞尔（Kirkpatrick Sale）所言："我们必须以某种方式尽可能生活得接近大地，接触它特定的土壤、它的水、它的风；我们必须了解它的方式、它的能力、它的限制；我们必须把它的节奏作为我们的生存模式，把它的法则当作我们的生活指南。"[1]

生物区域主义主张生物群落的环境成分——包括地理、气候、

---

1 王诺，《生态批评与生态思想》，北京：人民出版社，2013年，第187页。

植物、动物等——直接影响区域内人类的生活方式，使他们在区域环境中繁荣发展。一切有关经济、文化、精神和政治的东西，在某种程度上都是生物区域环境的产物。那些激进的环境主义者强调对荒野的保护，倡导把荒野与人类世界分开，视工业发展为自然的敌人，而生物区域主义则把"人类及其文化看作是生物区域的一部分，强调人类要与环境建立一种积极的、可持续的协同共存关系"。[1] 美国作家澳斯汀在 1932 年写的《美国小说中的区域主义》是生物区域主义的早期代表性著作，在她看来，"优秀的作品应当展示出本土特色，描绘特定生物区域里的自然及其对人类的影响"。[2] 在布伊尔看来，生物区域主义来自 20 世纪 70 年代美国西部的哲学思想或观念，他说道："生物区域主义追求对自然系统的尊重与恢复，同时以可持续的方式满足人的基本需求。"[3] 王诺认为，生物区域主义的思想其实在梭罗时代就已经存在，因为"梭罗一生去的地方很少，基本上就在其家乡及其附近地区生活，他的作品所描写的自然也是那个区域的自然"。[4]

总之，生物区域主义主张一个生物区域的环境成分直接影响人类社区相互作用和互动的方式，这反过来也是这些社区在其环境中繁荣发展的最佳方式，它倡导区域性的生存，主张人与其所在的特定区域中的自然万物紧密相连，贴近自然，贴近大地，"是一种小规模的生态整体主义，或者说是在一个局部、一个子系统里实现的生态整体主义"。[5]

---

1 张建国，《玛丽·奥斯汀散文代表作的生物区域主义意识》，《当代外语研究》，2014 年第 4 期，第 63 页。
2 王诺，《生态批评与生态思想》，北京：人民出版社，2013 年，第 188 页。
3 王诺，《生态批评与生态思想》，北京：人民出版社，2013 年，第 188 页。
4 王诺，《生态批评与生态思想》，北京：人民出版社，2013 年，第 188 页。
5 王诺，《生态批评与生态思想》，北京：人民出版社，2013 年，第 190 页。

呈现区域自然

如何呈现区域自然对自然文学作家来说是十分重要的，这也是生物区域主义者的关注要点。巴勒斯认为，要想准确呈现区域自然，就必须进行锐利的观察，也就是培养"看"的能力。尽管十分让人惊讶，但巴勒斯锐利的眼睛确实能够跟随蜜蜂的脚步穿越森林来到它的蜂窝面前，而他的写作力量就来源于他那细致的观察。他不断地鼓励读者增强他们的观察力。他认为，一个人应该带着自然学家的洞察力和诗人的激情来观察。这样的细致观察引导人们熟知周围的环境，并对变化有一种锐利的敏感性。作为美国东海岸的自然学家，巴勒斯是森林、动物，尤其是其出生地卡茨基尔山的鸟类的热情观察者。当穿过田地或者树林的时候，几乎不费力气，他就能够看到每一只鸟。它的翅膀扇动、尾巴摇摆等诸如此类细微的动作都无法逃脱他的眼睛和耳朵。他写道："我们所知道的一切有关蜜蜂、鸟类、鱼类、动物及植物的那些隐蔽和重要的自然史，都是密切、耐心、富有智慧的观察的结果。"[1]要想弄明白自然的运作方式并不简单，其中蕴含无数未知的奥秘，只有坚持不懈地观察才能发现。巴勒斯写道："怀特终其一生都致力于确定燕子是否以蛰伏状态在池塘或沼泽地的泥中越冬，他到死都不知道事实不是这样的。"[2]

在《阅读自然之书》一文中，巴勒斯写道："研究自然，重要的不是我们看到了什么，而是我们如何解释我们所看到的。我们得到事实的真正意义了吗？"[3]因此，如何科学准确地呈现区域自

1　（美）巴勒斯，《标志与季节》，刘丽宁、马永波译，合肥：安徽人民出版社，2012年，第18页。
2　（美）巴勒斯，《标志与季节》，刘丽宁、马永波译，合肥：安徽人民出版社，2012年，第13页。
3　（美）巴勒斯，《自然之道》，马永波、杨于军译，合肥：安徽人民出版社，2012年，第187页。

然对于一个自然文学作家来说十分重要。巴勒斯非常欣赏奥杜邦等自然学家的作品。第一次巧遇奥杜邦作品的时候，他说道："我立刻着迷了。那就像火和火药碰在了一起。"[1] 奥杜邦有关鸟类学的研究让巴勒斯欲罢不能，他开始潜心研究鸟，很快就认识了几十种鸟类。在高涨的学习热情下，巴勒斯完成了一篇有关鸟的文章《众鸟归来》，成了他的第一本自然文学作品《醒来的森林》的首章。除了奥杜邦等的自然史外，达尔文的进化论和有关植物或地理特征的知识都赋予了巴勒斯一种"内在眼力"，使他的眼光更新、更敏锐。巴勒斯强调，科学知识赋予了他"看"的艺术以一种新力量。在自然科学知识的引领下，他给当时的美国自然文学带去了一种关于自然界的新鲜的、翔实的气息。

在这一方面，怀特也是如此。巴勒斯认为，怀特没有寻求把自己的想法和理论植入自然，而是完全忠实于自己，诚朴率真，他的抱负就是看事情如它的本来面目，他的写作不太有个人目的，"他爱鸟类或者动物或者林中散步，就是为了这个本身"。[2] 没有足够的证据，怀特不会轻易相信，而他也不会为了风景如画的描述而丢弃真正的事实，更不会为了文学上的目的而误入歧途。怀特对于自然生命的兴趣是真正科学的兴趣。关于自然事实要说真话十分重要，"在科学、文学、生活中，任何次等的动机都会让结果变味。这是多么的真实！首先为你寻找真理的王国，所有的事情都将随之而来"。[3] 巴勒斯认为，尽管文学家有资格自由发挥，但是当他们具体说明的时候，就应该做到准确，读者期待通过他们的想象看到事实，但那一定要是事实，任何的文学手段都不应该将

1　Norman Foerster, *Nature in American Literature*. New York: Macmillan, 1923:273.

2　John Burroughs, *Indoor Studies*. Boston and New York: Houghton Mifflin, 1889:181.

3　John Burroughs, *Literary Values and Other Papers*. Boston: Houghton Mifflin, 1902:189.

事实扭曲成谎言。当阐释"看"的能力的时候，巴勒斯多次提到了怀特，可见怀特对巴勒斯自然文学写作的影响。在巴勒斯眼中，怀特是"一个真正的观察者，一个有着侦探般眼睛的人"，[1] 是"第一个明察秋毫地观察事物的自然史作家"。[2] 怀特是个真正优秀的观察者，他有着侦探般的眼力，"猎犬的睿智在于它的嗅觉，音乐家的技艺在于他的手和手指，观察者的想法在于他的眼睛"。[3] 福斯特评论道："从怀特那里，他（巴勒斯）感知到了朴素风格的魔力以及侦探般眼力的价值。"[4]

巴勒斯认为，要成为优秀的观察者不仅只是看事物，还要看到它们与周围事物的纽带和联系，要把一个东西与另一个东西区分开来，要把麦子与麦糠区分开来，把重要的与不重要的区分开来。巴勒斯强调："对于那些感官没有受过训练的人来说，云朵的颜色要么是这，要么是那，是灰色的，或蓝色的，或土褐色的；但是艺术家却能分辨出不同的颜色，挑出组合成这个色彩的不同颜色。同样的，真正的观察者，真正的用眼观看的诗人，会分解出构成周围无声生活的各种线索与事实，然后给你营造一种独特的印象。"[5] 如果看是一门艺术的话，它是一种让眼睛和耳朵都"张开"的艺术，因为自然的艺术都是隐藏着的，需要人们去发现。鸟类、动物，所有的野生生物等，大部分都试图逃避人们的观察。鸟的艺术是隐匿它的巢穴，被寻求的猎物的艺术就是让自己隐形，花朵以颜色和香气吸引蜜蜂和蛾子，但它会试图躲避远足者和采花者。所以，要集中注意力并保持对外在事物的敏感性。夏洛特·沃

1　John Burroughs, *Literary Values and Other Papers*. Boston: Houghton Mifflin, 1902:188.

2　John Burroughs, *Literary Values and Other Papers*. Boston: Houghton Mifflin, 1902:192.

3　John Burroughs, *Indoor Studies*. Boston and New York: Houghton Mifflin, 1889:183.

4　Norman Foerster, *Nature in American Literature*. New York: Macmillan, 1923:271.

5　John Burroughs, *Indoor Studies*. Boston and New York: Houghton Mifflin, 1889:183.

克（Charlotte Zoe Walker）指出："或许巴勒斯对于新世纪的读者来说最大的天赋就是他非常强调保持注意力的眼睛和耳朵所带来的欢乐和馈赠——那是一颗如华兹华斯所说的'注视和接收的心'。"[1]

总之，在巴勒斯看来，善于观察大自然的人，其目光恒久而坚定，专注于要点，如同一个看拼图的人，不会受到迷惑。他善于擦亮眼睛，善于观察，如同神枪手或者猎手那样，用眼睛找到一个稳定的、有意而为的目标，然后精力集中地看。他一定会抓住害羞的眨眼和细微的手势，洞察周围的一切以辅助情节，不会错过任何重要的脚注或悸动。优秀的观察者最终抓住事实，不仅是"因为他有耐心，而且还有敏锐的洞察力和迅速的推理"。[2]而有的人观察自然全凭运气，"在这个方面，人类大众就像军队里的普通士兵一样：他们朝向敌人的方向胡乱射击，如果有幸能够射中的话，那只是碰巧而已，并不是精确的瞄准"。[3]

观察能力的培养不是一件容易实现的事情，良好的观察能力需要长久的训练。能做到准确观察，看到全部事实，确实是件难事。但是无论如何，有些人就是比其他人"多一些眼睛"，他们能够看到很多，而其他人却全然无知："吉尔伯特·怀特张开了多少眼睛？亨利·梭罗张开了多少眼睛？奥杜邦呢？"[4]而关于"看"的艺术，巴勒斯也告诫道："我一点都不希望告诉读者如何去看事物，就像我不会试图告诉他如何坠入爱河或如何享受晚餐一样。他看与不看，所有的一切都在那儿。有些人天生脑袋上就长着一双慧

1 Charlotte Zoe Walker, ed. *The Art of Seeing Things: Essays by John Burroughs*.Syracuse: Syracuse University Press, 2001:xvi.
2 （美）巴勒斯，《标志与季节》，刘丽宁、马永波译，合肥：安徽人民出版社，2012年，第11页。
3 John Burroughs, *Leaf and Tendril*. Boston and New York: Houghton Mifflin, 1908: 2.
4 John Burroughs, *Locusts and Wild Honey*. Boston: Houghton Mifflin, 1879:32.

眼，而其他人却什么也看不见。"[1]。

那么，如何生动形象地呈现这些"具体的事实"呢？众所周知，梭罗撰写了大量的日记，写日记就是他的日常必修课。梭罗强调"唯有他到达家后，他才真正去过高山"。[2]也就是说，只有当他把去高山的经历写成了文字，他才意识到登山对于他的意义。关于材料的来源，和梭罗一样，巴勒斯也保持着记日记的习惯：在日记本上记下对各个季节以及它们交替变化的观察。即使在林中做短暂的散步，巴勒斯也会草草记下几笔。他说道：直到我回到家里，我才真正去了缅因州或阿迪朗达克山脉或加拿大。他认为，通过细致记下散步或旅行时留下的印象，人们会得到更多的快乐和价值。那些看上去不重要的事情，一旦以文字的形式被记录在日记本上，就变成了一个人经历的重要部分，"写作的进程促进了它；花蕾变成了叶子或者鲜花；一个东西摆脱了粗略的认知，呈现出别样的形状和颜色"。[3]换句话说，"自然的金色初看时并不是金色的。它必须在观察者的头脑中溶化与提炼"。[4]不过，"看"的艺术不是轻而易举就能学会的，真实描绘、科学呈现区域自然需要长期的写作训练。真正的自然文学家不仅能够正确阅读区域"自然之书"，还能以文字的形式把它准确无误地呈现出来。

扎根区域自然

在某种意义上，第一个真正的区域自然写作者便是梭罗，他的一生基本上是在自己的故乡度过的。尽管他退隐到森林是暂时

1　John Burroughs, *Leaf and Tendril*. Boston and New York: Houghton Mifflin, 1908: 1.

2　John Burroughs, *Riverby*. Boston and New York: Houghton Mifflin, 1894:157.

3　John Burroughs, *Riverby*. Boston and New York: Houghton Mifflin, 1894:157.

4　Jeff Walker, ed., *Signs and Seasons*, Syracuse: Syracuse University Press, 2006:35.

的，但他是第一位主张退隐到森林本身就是一种精神革新的思想家和作家。对简单生活的渴望、对乡村生活的热爱以及对美国唯物主义的批判是他所追求的。梭罗在瓦尔登湖进行实验之前，美国基督教思想将田园和荒野视为直接的、个人体验神灵存在的合适环境。然而，梭罗主张居住在靠近土地的地方，以替代当时的社会和宗教习俗。在梭罗对自然的解读中，自然不再是基督教堕落和救赎叙事的背景或隐喻，而被解读为个人和精神成长的手段。从历史上看，梭罗重返瓦尔登湖是对 19 世纪中叶日益扩大的工业化、城市化和商业化威胁的现代回应。他自身的努力也反映在当时的其他超验主义者和宗教自由主义者身上，他们在布鲁克农场和果园进行的社区实验也赞扬了生活在田园环境和从事手工农业劳动的道德益处。

和梭罗一样，从"河畔小屋"到"山间石屋"，再到"伍德洽克小屋"，巴勒斯远离城市生活的不和谐、动荡、噪声以及政治的尖刻等——它们看起来多么遥远！蜜蜂的嗡嗡声和燕子的叽喳声彻底把它们抹去了。他深爱着深邃如摇篮般的河谷，绵延而宁静的山峦，夏日悠闲的云朵。对于他来说，"河畔小屋"是家，这是他耕种数年的土地。在这儿，他亲手修建了石头墙，还有他精心照料的葡萄园和苹果树；"山间石屋"是家，这是他 1895 年建造的位于哈德逊河边的"瓦尔登湖"，离"河畔小屋"仅一英里，这儿是他的书房，是他招待约翰·缪尔、罗斯福以及来自周围的成千上万孩子的地方；家就是哈德逊河谷能够触及的地方，那滚滚的水流向周围散去，青青草原伴着溪水流淌，周围的山上长满了白桦树。这就是被他叫作"卡茨基尔山蔚蓝色的曲线"的地方，六十年来，他一直都在描绘和歌唱着。巴勒斯的这种对家园的充满着诗意的情感，也让他保有与自己周边物种之间的亲密纽带关系。
一个人对于地方的依恋可以产生出一种恰似"管家职事"的情感，
这是保护环境最为重要的力量之一。通过不断强化的生物区域意
识，巴勒斯向人们展示了环境主义者在今天才提到的生态意识：
一个人可以通过拓宽自己与周围物种和风景的身份认同，去热爱、
重视、欣赏和保护它们。

　　巴勒斯不断强调，人们无需远走他乡欣赏奇异风景，真正的
风景就在身边，"每个人门前都有一片完整富足的天地。我曾经拥
有，以及正在拥有的，随时都可以成为你的——你只需伸出手来，
将它们取走"。[1]他认为，生命中最宝贵的东西其实就近在眼前，不
用花费分毫，并劝告人们待在家里，熟知"自己的土地"，这部分
形成了他的自然史诗学观。任何深深扎根于乡土的自然主义作家
都有大量的主题可写，最终"几乎所有感兴趣的事情都来到他面
前，地球就像一个旋转着的玻璃橱窗来回摇晃"。[2]更为重要的是，
熟知本土对于自然主义者来说是巨大的力量来源。他不仅看到风
景里的植物和动物，而且感受到风景带来的心情，那是一种家的
感觉，"这种家的感觉，这种自然的教化，对于观察者来说是重要
的，观察自然的地方就是你所在的地方；你今天走的路就是你昨天
走的路。但是，你会发现不同的东西：观察者和被观察者都发生了
变化；船已经上了不同的航道"。[3]正如布兰奇（Michael P. Branch）
所述："家在人类文明中或许是最久远、最撩人心田，也是最通用
的意象。只有知道自己生于何处，我们方知自己的真正身份。所
以，要完全熟知自己在整个世界之中的位置，就需要建立与某个

1　（美）巴勒斯，《自然之门》，林东威、朱华译，桂林：漓江出版社，2009年，第1页。
2　Jeff Walker, ed., *Signs and Seasons*, Syracuse: Syracuse University Press, 2006: 3.
3　Jeff Walker, ed., *Signs and Seasons*, Syracuse: Syracuse University Press, 2006: 6.

我们从中汲取营养、真正关心的地方的联系。"[1]

当巴勒斯还年轻时，他就十分迷恋地质学，这也影响着他对区域自然的依恋。他经常满怀喜悦地在家乡山岩架下徘徊，这种幸福部分来自他对冒险的渴望，部分源于对岩石可能会告诉他故事的好奇心。他的早期自然写作集中在花卉和鸟类上，但随着他的成熟，他的关注点从有机自然转向无机自然。换句话说，从生物学转向地质学，转向区域地理学。这并不是说巴勒斯写的关于植物和动物的文章少了，而是随着他对世界理解的不断加深，他更加充分地认识到这样一个事实：动植物的自然界依赖于土壤作为生命基础，而土壤反过来又依赖于底层岩石的肥沃。巴勒斯把所有信息放在一起，将地质信息与对人类、地球、宇宙关系的推测结合在一起，讨论了一个地质问题，那就是土壤，但它不是严格的地质意义上的土壤，因为它包含了土壤的精神层面，并提出了一个重要的现实问题：如果人类继续把土壤和世界视为一种无限的资源，那么未来会是什么样子？

巴勒斯多次提到一个信条，那就是：人是由尘土造的，死后也会归于尘土。这个概念很好地描述了人与土壤之间的亲密关系，也给了人类尊重土壤的理由——它是人类最为珍贵的礼物，它支持着人类的生活，也是人类的精神之源，他写道，"我认为造物主用正确的物质造出了亚当，那就是地上的尘土"，因此，"我很容易相信人类的精神也是从尘土中激发出来的，它潜伏在土里，并在适当的时候，在创造性能量沉思的温暖下苏醒过来"。[2] 在《农场生活阶段》（Phases of Farm Life）一文中，巴勒斯更是强调："一

---

1 张生珍，《生物区域主义、学术研究和实践主义——迈克尔·P. 布兰奇访谈录》，《鄱阳湖学刊》，2012年第1期，第123页。

2 John Burroughs, *Leaf and Tendril*. Boston and New York: Houghton Mifflin, 1908: 208.

个没有土地的人怎么能够扎根落户并兴旺发达呢？他在自己的地里书写他的历史。他与他的牛、他的马、他的狗、他的那些树的友谊，生长的庄稼和改良的土地带给他的那种满足感。随着自然力的复苏，他与大自然、鸟类和动物的那种亲密接触。他与云彩、太阳、季节、高温、风雨、霜冻的配合，他拥有多少千丝万缕的纽带，享有多少资源啊！一个喜欢农耕、喜欢怀着爱意与土地直接接触的人，没有什么东西能让他染上城市和虚伪生活的社会病。"[1]

从整体上看，巴勒斯的地域情怀、区域观照是有力量的，思考是有深度的。通过呼吁人们珍爱身边的风景与近在咫尺的家园，热切拥抱本土，巴勒斯把人们引向了人与自然和谐相处的永恒真理。巴勒斯的观点是超前的、显著的，因为他的话语如此准确地预测了工业革命时期的经济污染和资源稀缺。仅仅一百年之后，人们就发现文明几乎在竞相实现他的预言。世界范围内生态系统不断承受过度捕猎、捕捞和栖息地丧失的压力，即使是最乐观的人，也很难相信地球的生物圈能再持续一个世纪。

对于巴勒斯如此坚韧的区域主义倾向，斯通贝克（H. R. Stoneback）有着权威的论述。在他看来，巴勒斯是艺术家、诗人和评论家，但首先应该是个区域主义作家，并且是个很好的区域主义作家，"可能很少有一个作家如此扎根本土、扎根区域，还能用坚定的眼光注视着永恒和普遍之物"。[2]他强调，在这充满异化的世界里，巴勒斯的作品以及他的生活模式或许能向人们昭示回

1　（美）巴勒斯，《标志与季节》，刘丽宁、马永波译，合肥：安徽人民出版社，2012年，第199—200页。

2　H. R. Stoneback, "John Burroughs, Regionalist for the Millennium", in *Sharp Eyes: John Burroughs and American Nature Writing*. Ed. Charlotte Zoe Walker. Syracuse: Syracuse University Press, 2000:276-277.

家的路，他亲切地称巴勒斯为"千禧年的区域主义者"。在《哈德逊河谷里的约翰·巴勒斯：引言》一文中，梅西埃对巴勒斯几十年如一日坚持守望和探测哈德逊河谷的精神颇为欣赏，认为他是"最好的区域作家之一"。[1] 塔尔梅奇的文章《约翰·巴勒斯与众不同的道路》也指出，与当时的自然文学迷恋荒野与奇特不同，巴勒斯选择了逆向思维之冲力，去赞美本土与眼前的东西。不是通过暴力去重建，巴勒斯通过熟知本土完成了救赎，既对乡村的读者具有很强的吸引力，又让那些深陷战乱、阶级斗争、经济不公和动荡的城市读者耳目一新。[2] 一个世纪后的温德尔·贝里（Wendell Berry）回应了巴勒斯同样的倡导，呼唤人们回到本土的农业和文化中。在全球化氛围渐浓的今天，巴勒斯这种对本土无比眷恋和欣赏的情结依然非常可贵。

超越生物区域主义

在气候变迁，政治、经济、科技等相互纠缠连接的全球化时代，人们再也无法逃离地方与世界的错综复杂的关系，像陶渊明的桃花源或者梭罗的瓦尔登湖式的与世隔绝的美学和生活方式或许只能沦为一种不切实际的美丽幻想。那么，生物区域主义的意义在哪儿？还有它存在的必要吗？在当下，许多生态批评家仍在不懈思考与本土自然风貌相关的重要性。从这个意义上说，人类文化迅速全球化的结果却也引起了人们对本土的重新关注。也就是说，人们越有能力促进经济、艺术、人才的全球化交流，越能接触不同地域的文化及风貌，也就越能认清自己的环境和文化习

1　Stephen M. Mercier，"John Burroughs in the Hudson River Valley: An Introduction". *The Hudson River Valley Review*, 25. 1 (Autumn 2008): 2.

2　John Tallmadge，"Rediscovering John Burroughs". *The ATQ*, 21.3 (2007):176-185.

俗，以一种全新的方式认识自己的家园。

其实，在强调区域性的同时，生物区域主义主张，生物区域意识和全球意识缺一不可。正如生物区域主义批评家林奇（Tom Lynch）指出的那样："若没有意识到地域是如何融入更大范围的生物圈和全球文化经济体系，地方化的地域意识是不全面的。然而，不明白全球是由各种层级、以各种方式相连的地域之间的无限复杂的联系所形成的联合体，不明白把这些地域视为生物区域的有益性，这样的全球意识同样是不全面的。"[1]当然，人们的地缘思维在某种程度上是不可避免的，人类在回应全球环境危机的时候，仍会以地方思维展现特定的地缘文化。一个具有世界观的生态批评研究来自各地文学之地缘背景及其文学脉络，这能"更深刻地理解与欣赏世界上各式多元的文化地景"。[2]

结合全球化与生态批评、世界主义理论，厄休拉·海斯提出了生态世界主义观点。在《地方意识与星球意识：环境想象中的全球》（*Sense of Place and Sense of Planet: The Environmental Imagination of the Global*）中，她写道："一个具有生态取向的思潮仍需与现今的全球化理论协商：也就是说，地球的社会与社会间日渐连接在一起，此连接包括了一些新的文化模式，而这些新的模式不再固定胶着在地方上。这样的一个新的过程，许多理论家如今将之称为'去地域化'。"[3]她认为，具有全球视野的生态批评家必须考虑一种世界性的，超越国家、种族/部落，或者整合性疆域的"生物区域主义"或"生态区域主义"。实际上，斯洛维克的

1　张建国，《玛丽·奥斯汀散文代表作的生物区域主义意识》，《当代外语研究》，2014年第4期，第63页。
2　张嘉如，《全球环境想象：中西生态批评实践》，镇江：江苏大学出版社，2013年，第11页。
3　张嘉如，《全球环境想象：中西生态批评实践》，镇江：江苏大学出版社，2013年，第13页。

"第三波"生态批评范式已经超越了国家、种族的界限，并将不同的人类文化相互比较，通过跨文化的方式探索全球与地方的直接冲突，以及如何将不同种类的文学与环境运动结合起来。

当我们阅读巴勒斯的作品，一方面，可以看出他深深沉浸于自己周边的环境，几十年如一日地坚持守望和探测哈德逊河谷这个出生地，这里的一切都让他心旷神怡。家乡的美景一直是巴勒斯眷恋与描写的对象，他也极力赞扬简朴的农耕生活以及他长期观察到的农民和广袤土地之间的亲缘关系。对于巴勒斯这种对家乡的深刻情怀，克拉尔·芭璐（Clara Barrus）描述道："他沉浸于周围的环境。他的遣词造句宏大、简单，就如家乡一道道风景，又如泉水般自然发生，描绘出了林中的安静与隐秘，山间小溪的清澈、悦耳与充满变化。"[1] 这种挥之不去的乡恋情结伴随着巴勒斯的一生。以自我为样，巴勒斯不断呼吁人们珍爱身边的风景与近在咫尺的家园。在古尔德（Rebecca Kneale Gould）看来，巴勒斯对家乡的自然情怀展现了"一种待在某个地方的伦理观和审美观"，[2] 而这样"珍爱本土"的价值观相对"镀金年代"的物质奢侈是个巨大的反差与讥讽。

可以说，或许没有任何一个自然文学作家能如巴勒斯一样熟知生物区域自然的艺术。在近六十年的写作生涯中，他一直抱有这样的信念：自然界中秘密无处不在，每一个灌木丛中都有新闻事件，大门外的散步可以是一生的探险。这可以看出巴勒斯深受怀特的影响。他写道："怀特把观察作为他的重要事情来办，这是

1　Clara Barrus, *The Life and Letters of John Burroughs*. Boston: Houghton Mifflin, 1925:3.

2　Rebecca Kneale Gould, "Making the Self at Home: John Burroughs, Wendell Berry and the Sacred Economy", in *Sharp Eyes: John Burroughs and American Nature Writing*. Ed. Charlotte Zoe Walker. Syracuse: Syracuse University Press, 2000:151.

千真万确的。他每天出去都会记下教区周围发生的一切，他熟知脚下的土地，每一次新的蠕动都会吸引着他的目光。四十多年如一日。"[1]和怀特一样，巴勒斯也熟知脚下的每一寸土地，比如，在卡茨基尔山的一处山坳里长着一片糖枫林，他知道每棵树的模样，了解它们各有独特的个性。对于这大大小小两百棵树的身形、体质，他都悉数在心。他说道："每年我都要回山里的那片老宅地小住一段，如果我发现哪棵树死掉了或被人砍伐了，我都会感到像是失去了一个亲人。"[2]当然，熟知周围世界绝不会消减一个人的好奇心或者兴趣点，因为在巴勒斯看来，如果某次的行走错过了什么东西，他将会在下一次的旅程中偶遇回来。自然界发生的事物都是间接性的和不规律的，自然的演出也没有固定的节目，如果这次没有显露出来，那就明天或者下周再来拜访。因此，"一个人对于周围事物的熟知不应该减少其好奇心或者兴趣"，自然界"发生的事情是时不时的、没有规律的。自然的玩耍是没有固定节目的"，而"你曾经错过的，会在下一次碰见"。[3]

　　或许是祖辈的勤劳农耕生活推促巴勒斯颂扬长期观察到的农民和广袤土地之间的亲缘关系。在绝大多数情况下，他的区域主义诗学能够很好地服务于他，尽管有时候他无法用语言去描绘他身处的环境。他一直认为，人与自然紧密相连的事实让人类明白自己本身就是自然万物中的一员，而整个自然界就是人类的大家庭，是永恒的栖居家园。对于巴勒斯来说，地方就是宇宙世界。在他的日记里，他记录了他关于鸟类和动物的知识是如何让他认识所有事物的："有许多方式可以进入自然，自然有很多面。当你

1　John Burroughs, *Indoor Studies*. Boston and New York: Houghton Mifflin, 1889:184.
2　（美）巴勒斯，《自然之门》，林东威、朱华译，桂林：漓江出版社，2009年，第143页。
3　John Burroughs, *Field and Study*. Boston and New York: Houghton Mifflin, 1919:214.

真正知道了一件事，你就会不再被欺骗了；你拥有了一个钥匙，一个标准；你找到了一个入口，而其他一切东西都是相连的、相随的。"[1]在评论巴勒斯的生物区域主义特点时，丹尼尔·佩恩强调："通过描写本土，巴勒斯勾勒出了人与出生地之间的亲密纽带关系。然而，这种家园意识最终又超越了地方限定，拓宽成了人类文明发展史中的一个永恒主题，即人与自然的关系问题。巴勒斯的这种熟知地方就能读懂世界的思想与现代生物区域主义理论恰好一脉相承。"[2]

在一次对话中，加里·斯奈德说道："现在需要的是以一种共享的生态视野来保证真正公正的和谐，这种视野不仅可以超越生物区域的界限，甚至可以超越语言的界限。北美洲曾经有一种超越部落界限的共同的相互尊重的精神，一种关于自然的共享的生态视野。"[3]如斯奈德所言，巴勒斯是一位生物区域主义作家，但同时他的视野又是世界性的，"伟大的人就像火车一样可以连接着遥远的地方，而其他则仅仅只是地方区域之人"。[4]可以说，在一定程度上，巴勒斯是个超越国家、种族或疆域的生物区域主义者。

第三节　以生态为中心的审美

在生态学概念中，生态美学有所不同，它既不关注用技术手

1　Frank Bergon, "Burroughs, Literature, and Science in the Hudson Valley". *The John Burroughs Review*, 1.1（3 April 1987）: 22.

2　吴俊龙，《约翰·巴勒斯：一个被"遗忘"的自然作家与生态批评家》，《西安外国语大学学报》，2015 年第 4 期，第 102 页。

3　朱新福，《加里·斯奈德的生态视域和自然思想》，《当代外国文学》，2008 年第 2 期，第 41 页。

4　John Burroughs, *Literary Values and Other Papers*. Boston: Houghton Mifflin, 1902: 34.

段来解答现实生活中存在的生态问题，也不会从政治、经济或者伦理层面解决生态问题的发生，而是从人类情感的审美方面介入生态问题。一般来看，经济策略的改变决定着科学技术的改变，政治制度的改变又影响着经济策略的改变，而政治制度的改变基于人们伦理观念的改变，最终人们伦理观念的改变则要顺从于人们审美情感的变化。生态美学的任务就是从根本上解决人们的审美情感与审美情趣的问题，进而激励人们从本能上做出有利于保护生态的审美行为与审美判断。

美一直被认为是人类经验最基本的组成部分。但是，就像真理和善良一样，美是一个复杂的术语，它很难被定义。人们对美的情感反应，可能是愉悦与开心，也有可能是狂欢与激动。人们研究自然，并不是因为它有用，而是因为他们喜欢自然。他们喜欢自然，因为自然是美的。不同的审美喜好可能对物种的发展和持久性起着重要的作用，因为景观或生物影响着人们的情绪以及他们的生态感受，而审美偏好也决定了景观是否被视为美丽、可持续的或是受到威胁的。随着时间的推移，这些偏好可能反映人们对于生态的理解，进而作用于他们对自然的感知。通过审美的发展，通过对生态现象和自然界更深层次的理解，人们可以更好地保护自然，与自然和谐相处。

艺术、环境与生态审美

努力纠正人们对外界自然环境的审美情感和审美态度一直是众多生态批评家的重要任务，而在审美模式上，人们则会用不同的方式去欣赏自然。环境美学家艾伦·卡尔松（Allen Carlson）认为主要有三大类：艺术模式、环境模式和生态模式。首先，艺术模式的自然欣赏是指"人类在欣赏自然的时候，按照欣赏艺术的方式来进行，关于在自然中欣赏什么和如何欣赏的问题，都是通过艺术欣赏的途径来回答"。[1]比如说，康德美学中的"无利害性"概念强调欣赏自然就和欣赏艺术一样，人们都要带着"无利害性"的眼光去看。也就是说，之所以说自然美丽，能够引起人们的审美偏爱，是由于审美的对象不与人发生利害或者功利的关系；一旦进入利害关系的范畴，那就没有什么审美欣赏可言了。但是，"自然与艺术不同，它不是人类按照某种意图设计的创造品，因此按照艺术途径来欣赏自然便面临一个无法自圆其说的理论困境"。[2]如果说自然本身是美的，那么按照艺术欣赏的途径，它一定是跟人有关系。卡尔松称这种观点为"人类沙文主义美学"观点。

不同于人类沙文主义美学，阿诺德·伯林特（Arnold Berleant）提出"参与美学"的观点，也就是自然欣赏的环境模式。在伯林特看来，环境不是外在于人的，而是与人自身相互渗透、紧密联系、不可分割的。人们不是用中立、静观、不带功利的审美方式来审视外在的自然，而是用审美的参与来欣赏自然，将自己投入自然中，成为自然一个组成部分。他认为，"在自然欣赏的过程中，欣赏者与自然本来就是融为一体的，无边无际的自然世界环绕着欣赏者，欣赏者无法将自然环境与自然分割开来，无法置身环境之外做一名纯粹的旁观者"，欣赏者"在欣赏自然的时候，自身就在自然环境之中，应该如同一个参与者那样来欣赏自然，全身心地参与并沉浸其中"。[3]

但是，自然欣赏的环境模式和生态模式还是有不小的差别。

---

1 李庆本，《卡尔松与欣赏自然的三种模式》，《山东社会科学》，2014 年第 1 期，第 86 页。
2 李庆本，《卡尔松与欣赏自然的三种模式》，《山东社会科学》，2014 年第 1 期，第 87 页。
3 李庆本，《卡尔松与欣赏自然的三种模式》，《山东社会科学》，2014 年第 1 期，第 88 页。

程相占认为，“环境美学的研究对象是不同于‘艺术审美’的‘环境审美’，它是对自黑格尔以来以艺术品为研究中心的‘艺术哲学’的批判超越，其核心问题可以概括为环境审美与艺术审美的区别与联系；而生态美学的研究对象则是‘生态审美’，它的对立面不是‘艺术审美’，而是传统的‘非生态审美’，亦即‘没有生态意识的审美’”。[1] 环境模式仍保留了艺术模式的影子，因此并没有彻底摆脱人类中心主义；而生态模式则彻底与艺术模式区别开来，在环境伦理上主张生态人文主义，在人与景观的互动方面主张平等对话。

总的来说，“生态审美是相对于传统的非生态审美而言的，它是为了回应全球性生态危机，以生态伦理学为思想基础，借助于生态知识引发想象并激发情感，旨在克服人类审美偏好的新型审美方式与审美观”。[2] 不过，生态美学和环境美学的关系也十分紧密，“如果在理论阐释上互相有更多借鉴，则完全可以从不同的角度来共同阐释人与自然生态的审美关系”。[3]

整体性生态美

生态模式主张在生态整体中来欣赏自然，欣赏什么和怎样欣赏的问题都应该在生态整体中寻求解决。在巴勒斯的作品中，他所强调的自然美就是整体美，是没经过感官体验任何改造的自然美。他认为，自然美包括“一切被称为美的事物，如它的花朵，以及一切未被称为美的东西，如它的根茎”。[4] 理解自然美要从整

1　程相占，《论环境美学与生态美学的联系与区别》，《学术研究》，2013 年第 1 期，第 130 页。
2　程相占，《论环境美学与生态美学的联系与区别》，《学术研究》，2013 年第 1 期，第 130 页。
3　曾繁仁，《生态美学导论》，北京：商务印书馆，2010 年，第 470 页。
4　（美）巴勒斯，《鸟与诗人》，杨向荣译，北京：人民文学出版社，2006 年，第 135 页。

体上出发。他写道："我们所称的自然美主要是指消极之美，换言之，由岩石、树木、丘陵、山脉、平原、水构成的大规模的、无限的、原始的背景，所有人都能看出它不具备积极的品质，只是为精神提供了美的条件，也就是健康、力量、适度等等，美是观者的一种体验。"[1] 从另一方面来看，"有时事物，如花、叶子、鲜艳的颜色、落日余晖、雨后彩虹、瀑布，可以说本身就极具美感；但是如果没有这个巨大的消极背景来显现这些事物，世界该多么乏味！这个背景唤醒和激励了人们的精神，这是不能靠纯然的美丽外形来达到的"。[2] 换句话说，每一束太阳光都承载着巨大、阴暗、看不见的一面，它在有机自然界中发挥着强有力的平衡作用，这个世界所有的崇高和卓越的力量都存在于粗粝和黑暗的射线中。

在巴勒斯看来，伟大的、粗糙的、野蛮的地球，就是人们所知道或能够知道的一切美的总和与全体！光明天使和黑暗魔鬼是互为共生的，两者共同既创造着又维持着这个世界，自然审美是两者的结合，而不是分离它们，单独审视。巴勒斯承认自然的黑暗和丑陋的一面，这是在他之前许多作家没有做过的。作为一个真正的自然文学作家，巴勒斯在自然界丑恶的事物中看到了美。与符合形式美规律的和谐、整齐、优美的环境模式不同，巴勒斯的生态模式更看重自然界中的流变、杂乱、不优美因素的审美价值。

事实上，所有自然中真正的美犹如珍珠母的虹彩，本身固有，自然而然，犹如某种出于骨血返于肌肤的健康之美。大自然不会仅仅为美而存在，美只是自然而然的结果。人们的那种健康和完

---

1 （美）巴勒斯，《标志与季节》，刘丽宁、马永波译，合肥：安徽人民出版社，2012年，第203页。
2 （美）巴勒斯，《标志与季节》，刘丽宁、马永波译，合肥：安徽人民出版社，2012年，第203页。

满的感觉很大程度上要归功于那些严格说来并不算美的东西。正是这些东西使美得以实现，恰如实质之于形式，骨骼之于血肉。自然之美既包括鲜花之艳丽妖娆，也包括根茎之朴实无华。并不存在孤立的纯粹的美，一个人也不可能通过任何拣择、过滤或净化的方式获得美。所以，"试图制造美就像试图制造真一样徒劳，而在诗歌或者其他艺术中表现的美，如果缺乏一种雄狮般的真实、健康与力量，那就是阉割了美，毁掉了它自身的意志"。[1]

然而，巴勒斯时期的文学很大程度上却是大行此道，它提供给人们的是抽掉任何前提和背景的美。诗人们或许想替读者省去面对讨厌野兽的麻烦。巴勒斯发问道：既然主要目标是美，为什么不只保留那纯粹的、地道的美这一部分呢？为何不拔掉鸟羽，摘下鲜花，从石头上刮下苔藓，从沙滩上捡走贝壳，从蜜蜂身上取下蜜囊呢？为什么不只拿走取悦读者的这一部分呢？于是，当人们打开一本新的诗集，都会毫无例外地感叹道：这是一件被脱得精光的漂亮玩意儿，而真实、力量、效用，甚至美本身，什么都没了。可以说，尽管很讨人喜欢，就像鲜艳的色彩、花朵、珠宝、香水等，但那只是招人喜欢，仅此而已。

巴勒斯强调，在任何领域里，只有那些最伟大的作品才能提供被人们称为自然奇迹的合理解释，或起码有助于人们的心灵达成与之相关的正确认识。人们看待光鲜的外表和华美的辞藻的态度完全是一种被动的欣赏，一种无益的快感。一幕华丽的舞台布景所展示的美比起荒野间的群山和树木所包含的美要浅显易懂得多，正如单纯的联想要比创造性的认知容易得多，也廉价得多。东临摹一点，西素描一线，是无法解释自然的奥秘的，而应该将

1　（美）巴勒斯，《自然之门》，林东威、朱华译，桂林：漓江出版社，2009 年，第 47 页。

自然译成另一种语言，在它与人们之间搭起一座桥梁，在某种意义上重新创造，这才是诗歌与艺术的至高境界。

当人们评价一部作品是否美的时候，应该看它是否表现了活生生的自然大美，就如巴勒斯说道："在评论家们一一列举诸如品位、想象力、韵律等用以评判诗人的老一套陈腐标准之后，我想说，除非他具有某种鲜活的特质，一种与生生不息的自然之力相呼应的东西——若非如此，所有那一切到头来并无多大意义。"[1] 在整个写作生涯中，巴勒斯都坚持认为，自然，最终是整个地球，应该是所有观察、所有解释以及美本身的基础。从某种意义上来说，"我们从未脱离过自然或者改进过她。她的准则就是我们的准则，她的甜蜜与卓越仍是我们的目标。她的健康肥沃、她的完整、她的新鲜、她的单纯、她的演化，我们都将欣然抄袭与复制"。[2]

融入性生态美

在生态美学模式中，对自然的欣赏不是俯视的，当然也不是仰视的，而是平视的。人与自然本身是统一的，人就在自然环境中，这是一个大前提，而不是在人与自然分离的前提下需要人参与到自然中。生态审美的要素之一就是要"彻底摈弃那种基于人与世界对立、主客二分的传统审美模式，代之以人与世界融合为一的'审美交融'模式"。[3] 柏林特把生态美学叫作"交融美学"、"参与美学"或"介入性美学"，意指以审美的方式欣赏自然，既不是主观照搬客体，也不是主体对客体的强加，而是通过转化与参与把自己融入广大的自然之中。

1　（美）巴勒斯，《自然之门》，林东威、朱华译，桂林：漓江出版社，2009 年，第 48 页。
2　John Burroughs, *Whitman: A Study*. Boston and New York: Houghton Mifflin, 1896:211.
3　程相占，《论生态审美的四个要点》，《天津社会科学》，2013 年第 5 期，第 121 页。

　　巴勒斯强调的欣赏自然的模式也如出一辙。他指出："当我步入田野林间，或登上山顶峰巅，我并没有仅仅凝望着美景，而是把它当作空气般呼吸着。我没有目眩神驰的感觉，也不急于将所有的美尽收眼底，生怕它转眼就会消失。我并不在乎各种杂七杂八的东西是否清理干净了，堤岸是否修整过，大地是否披上了彩装。我的快乐来自与天地相始终的大美。它就藏在岩间，附在树上，它与那原始的野性密不可分。"[1]他深情地写道："美丽依偎着山石和树木，美丽栖息在藏有秃鹰和苍鹰的干瘪的橡树残根上。我不是个旁观者，而是个参与者。秀丽的根深入土地的中心。"[2]巴勒斯这样欣赏自然的方式"体现了主体的参与性和主体与自然环境的依存关系，它是由人与自然生命关联而引发的一种生命的共感与欢歌。它是人与大自然的生命和弦，而并非自然的独奏曲"。[3]

　　参与过程中，和自然界的原初经历是极其重要的。一个人可以通过与周围环境的直接接触来学习，而身体本身就是知觉经验的场所。从这个角度来看，巴勒斯通过倚重对自然界的主观体验，以增进知识能力与欣赏水平。个体观察者在自然界中的经验变得很有价值，因为这有助于恢复感觉和情绪的分离，帮助体验到崇高而诗意的自然美与生命感悟。尽管巴勒斯也非常重视科学的准确性，但他认为，只有与人类的体验直接联系，科学理解才变得更有价值，因为最深刻的欣赏发生在自然实体中。他凭直觉认为，如果人们将对自然界的任何所谓有价值的研究限定在专门的实验室科学领域，大多数人就会觉得"了解自然"超出了他们的范围。因此，巴勒斯试图引导人们走出家门去体验美妙的经历。他希望

1　（美）巴勒斯，《自然之门》，林东威、朱华译，桂林：漓江出版社，2009年，第46—47页。
2　John Burroughs, *Birds and Poets with Other Papers*. Boston: Houghton Mifflin, 1877:112.
3　徐恒醇，《生态美学》，西安：陕西人民教育出版社，2000年，第119页。

所有人都能欣赏到日常生活中的自然现象，但要亲自联络、亲身参与："融入一件事胜于学习它，我们融入我们喜欢的东西。我们在学校学习东西，而在田野、树林和农场里融入它们。当我们满怀爱意和感激看待大自然时，她已经向我们吐露大半心声了，这比勤奋苦读学习更为有效。因此，我说，了解自然的方式是爱和享受，在户外要比在教室里或实验室里学到的更多。"[1]

巴勒斯看重的审美欣赏模式是：通过感官和情感的投入，人们沉浸于自然之中，自然界里的动植物会被更为充分地理解与认识。严格通过课本或其他技术手段猎取知识有很大的局限性，会使人们远离真正的接触和情感的体验。为了说明融入自然的重要性，巴勒斯将室内教育与直接融入自然的学习方式进行了对比，他说："这种（室内）学习太过冰冷、太专门化、太机械化，这很可能会抹去自然的光彩。它缺乏灵魂和情感；它错过了户外的装饰物，户外令人兴奋的事情，天空、云朵、风景，以及每一个跳动着的生命。"[2]

交融性自然审美的关键所在就是要彻底开放感官去感受，吸收远远胜过学习。走进自然中，人们需要在感官和情感上与周围环境互动，以认识自然界本身的美和内在价值。自然界里的万物可以使人们的感官变得敏感与协调，让人们不会错过任何美妙的景象，在荒野里尽享芬芳。通过熟知自然界，进而沉浸于其中，人们的见识可得到增强与提高。巴勒斯希望人们通过自己的感知和个人联想来评价自然界，他不断敦促读者"走出去"，把自己置身于周围的奇观之中，融入大自然，进而享受大自然带来的简单与美好。

1　John Burroughs, *Time and Change*. Boston and New York: Houghton Mifflin, 1912:259.
2　John Burroughs, *Time and Change*. Boston and New York: Houghton Mifflin, 1912:249.

　　巴勒斯自己更是以身作则，他很喜欢垂钓，认为去钓鳟鱼实际收获的远不止鱼，更是有机会去接纳自然，亲近那些山林原野、草木鸟兽。更重要的是，如果用心解读，一条满是肥美鳟鱼的小溪具有一种疗愈身心的清新魅力，它"把那些浊思杂念统统过滤，让心底的积垢全都顺流而下了"。[1] 他认为，在有体力、有热情的年轻人的面前，都有着一片新的原野等待着他们探索与开采："对于自然中的各种存在，我们只能是一知半解；它们是害羞的、不语的，与广袤的大背景混合在一起。我们必须采取主动；自然的生命是一种秩序，里面的秘密深而不露。"[2] 顺着各种小径、山谷和溪流，巴勒斯向读者展示了自然的光、声音和味道，引领他们欣赏自然的万种风情和无穷魅力。

　　实际上，自然界本身就充满着各种奇迹，自然的美也近在咫尺。然而，由于长期以来人们倾向于将自然工具化、利益化，他们的感官已经尘封，情感已经麻木，甚至退化。巴勒斯的自然文学作品总是能以生态审美的方式去理解人们居住的世界，将审美的范围由个人的自我体验延伸到更为广阔的自然界，竭力唤醒人们的五官感受，激励他们去体验自然、融入自然，用心追寻一种与自然最为纯朴也最为直接的联系，激发他们的自然天性，重获自然美的深度体验，而后进入那生生不息的生态审美世界，实现人与自然的和谐栖居。

1　（美）巴勒斯，《自然之门》，林东威、朱华译，桂林：漓江出版社，2009 年，第 11 页。
2　John Burroughs, *Leaf and Tendril*. Boston and New York: Houghton Mifflin, 1908: 23.

第四节　生态学马克思主义科技观

质疑与批判工业化和科学技术一直是生态批评家的重要职责，而作为批判美国新兴工业技术革命的先驱之一，梭罗更是认为："物质文明的进步似乎总是伴随着人性的堕落，工业文明并没有使人类生活得到提升，相反，真正有价值的东西被虚假、表象的东西所代替，造成社会生活的普遍颓废。"[1] 梭罗的批评似乎有点激进，因为伴随着科技的进步，各种利弊都会产生，我们不能把一切毒瘤都归咎于科学技术，要一分为二地看问题。

当意识到现行文化对自己田园般的卡茨基尔山有所侵蚀的时候，巴勒斯也心存焦虑，对于新技术的进步变得日益苛刻起来。然而与梭罗不同的是，巴勒斯并没有尖刻抨击物质文明和科学进步。在他看来，科学不仅有助于提升人们的物质生活水平，还能帮助提升人们的情感、想象和精神的敏感性，进而帮助人们学会与自然更为谦卑地相处。他的不同论断在某种程度上揭示了生态批评对科技文明的批判并不是完全否定其本身，而是要促使人类思考如何正确发展科学，这也充分体现了生态学马克思主义的科技伦理思想。

科学技术是灾凶吗？

自近代科学兴起以来，科学技术很快就成为生产力的核心力量，而培根有关"知识就是力量"的论断不仅得到验证，而且也逐渐发展到极致。在科学技术的日渐发展下，人对于自然的征服或者控制论占据主流。"技术统治""科学技术意识形态化""知识

1　胡志红，《西方生态批评研究》，北京：中国社会科学出版社，2006年：第74页。

霸权"等术语成为 20 世纪 60 年代以来家喻户晓的词汇。在这样的背景下，西方社会的危机就被解读为价值理性被科技理性取代的危机。正确认识科技理性和价值理性之间的关系，正确认识科学知识的确定性和不确定性之间的关系，将有助于人们应对科学技术和社会发展不协调的现实状况。

有关科学技术与环境关系的思考，存在着两种相反的观点：技术悲观主义和技术乐观主义。技术悲观主义者怀疑和否定科学的作用，认为生态危机产生的根源是科学技术，因为科学技术的发展助长了人们主宰社会命运的雄心，定会给自然带去灾难。技术悲观主义者把技术看作促使人类掠夺自然的罪魁祸首，它无限制的发展与变革导致了人与自然关系的紧张，最终酿成严重的生态危机。因此，要解决生态危机就必须反思技术的危害性，毅然放弃科学技术，杜绝技术崇拜。总之，在技术悲观主义者看来，"既然生态危机发轫于技术进步及不可避免的技术滥用，那么破解生态危机的出路也就在于摒弃技术进步"。[1]

技术乐观主义者则肯定理性至上和技术万能，他们认为，"随着技术的进步，工业文明进程中所出现的所有问题——当然包括生态环境问题，都能一一通过技术的手段和方式得到解决"。[2]也就是说，作为一种先进的工具，科学技术非但不是生态环境问题的根源，相反，它是生态危机解决的重要手段，因为科学技术拓展了人类对于自然的了解与认识，这有利于推动人与自然之间矛盾的解决。科学技术的发展进步推进了人们对于自然界奥秘的探求，使人类在控制和改造自然中无往不利。他们坚信，"只要正确地使

1 顾德学，《超越技术：以生态参与推动生态文明》，《北方论丛》，2017 年第 5 期，第 150 页。
2 徐琴，《技术：全球生态的灾星抑或救星？——生态学马克思主义的启示与局限》，《哲学研究》，2013 年第 6 期，第 31 页。

用技术，就能发挥科技之善，造福人类"。[1]

从生态学马克思主义的视角看来，环境问题不是由科学技术本身造成的，而是由现代控制自然的观念及其社会定向导致的，因此，必须深入理解这种社会意识形态的本性和功能，才能找到解决生态环境危机的根本途径。生态学马克思主义首先主张，既然科学技术本身不会引发生态危机，那么也不可能仅仅通过摒弃技术进步来加以克服；尽管它承认科学技术"在当今生态环境恶化过程中难辞其咎，但认为不能因此把当代生态危机的根源归咎于科学技术本身"。[2] 也就是说，"当前人类面临的最迫切的挑战不是征服自然，更不是废除科学技术，而是发展能够负责任地使用科学技术的能力以及培养和保护这种能力的社会制度"。[3] 生态学马克思主义明确主张，"既然当今的生态危机不是单纯的技术问题，那么就根本不可能仅仅通过技术来加以解决。那种以为技术能够解决一切问题的想法，只不过是现代性意识形态的幻觉罢了"。[4] 可见，与技术乐观主义将生态危机的解决寄希望于科学技术不同，生态学马克思主义科技观看到了科学技术解决生态危机的有限性。

汲取科学的正能量

在谈到科学技术的作用和效果时，巴勒斯认为，对美好生活的向往和对物质世界的追求并不是不重要，但是人们一定要小心不要过度被生活的物质面所蛊惑，最为关键的是找到一种平衡。

---

1 顾德学，《超越技术：以生态参与推动生态文明》，《北方论丛》，2017 年第 5 期，第 150 页。
2 徐琴，《技术：全球生态的灾星抑或救星？——生态学马克思主义的启示与局限》，《哲学研究》，2013 年第 6 期，第 32 页。
3 徐琴，《技术：全球生态的灾星抑或救星？——生态学马克思主义的启示与局限》，《哲学研究》，2013 年第 6 期，第 32 页。
4 徐琴，《技术：全球生态的灾星抑或救星？——生态学马克思主义的启示与局限》，《哲学研究》，2013 年第 6 期，第 32 页。

众所周知，19 世纪到 20 世纪初，由于科学的发展，从物质层面来看地球已经变得更为宜居，"科学确实使地球成为一个比在前科学时代更适合居住的地方"。[1] 在巴勒斯看来，缺乏"灵魂的"、"客观的"科学只能间接地为现代文明的好或坏负责，科学已经带给整个社会以物质好处，人类应该承认科学应有的地位和价值。一方面，人们祈求科学来整治社会毒瘤，而另一方面，人们又很容易把社会的毒瘤归罪于科学。在人类科学知识不断发展、物质财富不断累积之时都会出现一个难题，那就是："在获得知识的同时，如何不丢失更高的精神价值或者做到智力上不高傲自大？在获得财富的同时，如何不把我们的灵魂抵押给恶魔？简而言之，在两种情况下如何得到整个世界，而不会丧失我们自己的灵魂？"[2]就如同科学不能被责备为直接丑化自然或使自然贫瘠一样，科学也不能被指责亵渎了人类的灵魂。重要的是，如何设法使科学与人们的热情和想象力达成某种"契约"，实现一种平衡。

在马克思和恩格斯看来，科学技术的进步作用是值得肯定的，他们认为"科学技术是一种在历史上起推动作用的、革命的力量"。[3]一方面，"科学技术把人们从繁重而枯燥的工作中解放出来，并教导人们如何消解废弃物而不使之破坏环境"，另一方面，"科学技术的进步不仅发展了人类的需要，而且使人类的主观意识和智力得到了提高"。[4]可见，一味地批判科学是不恰当的，关键是人类如何使用科学，如何发挥它的正能量。巴勒斯写道："科学在

1　John Burroughs, *The Summit of the Years*. Boston and New York: Houghton Mifflin, 1913:75.
2　John Burroughs, *The Summit of the Years*. Boston: Houghton Mifflin, 1913:69.
3　何林，《生态文明的科学技术支撑——戴维佩珀的生态马克思主义科技观阐释》，《求是学刊》，2016 年第 2 期，第 35 页。
4　何林，《生态文明的科学技术支撑——戴维佩珀的生态马克思主义科技观阐释》，《求是学刊》，2016 年第 2 期，第 35 页。

人类的手中放置了伟大武器，而这些武器可以为好或恶，战争或和平，美丽或丑陋，生或死。如何使用这些武器是由那些激励我们的动机所决定的。"[1]问题的关键是，现代文明在利用科技来为人类造福时，如何设法保持与周围环境的和谐关系。巴勒斯解释道："我们能用科学知识去改善和美化我们的地球，或者我们能用它丑化和耗尽地球。我们能够用它毒害空气、腐蚀水域、污染乡村，用喧闹不和谐的噪声来侵蚀我们的灵魂，或者我们能够用它去减轻或消除这些东西。"[2]

巴勒斯认为，若缺乏对生命更高价值的清晰认识，缺乏对内在精神世界的伟大基本真理的直观感受，科学是不能拯救人们的。精神上的真理需在精神上领悟，物质的真理和逻辑的真理——客观世界的一切真理——需在智力上领悟，"后者给了我们力量和征服地球的钥匙，但只有前者才能拯救我们——把我们从科学时代的物质主义中拯救出来"。[3]巴勒斯写道："我总是倾向于为物理科学辩护，反对指责唯物主义——认为物质主义是那些活在精神世界中的人的敌人；但当我这样做的时候，我发现我在无意识地与自己争论，反对同样半明半暗的指责。在我们这个机械而科学的时代，物质世界以千百种方式压迫着我们，我有时也感到它的沉重。"[4]他强调，在这个科学时代，人们积累了大量纯科学的知识财富，而人们的头脑里也储存了大量的物质欲望。但倘若人类赚得了全世界，却赔上自己的灵魂，这有什么益处呢？难道那些来自人们内心深处的爱、尊敬、谦卑和对世界之美的欣赏必须让位于

1　John Burroughs, *The Summit of the Years*. Boston: Houghton Mifflin, 1913:67.

2　John Burroughs, *The Summit of the Years*. Boston: Houghton Mifflin, 1913:66.

3　John Burroughs, *The Summit of the Years*. Boston and New York: Houghton Mifflin, 1913:53-54.

4　John Burroughs, *The Summit of the Years*. Boston and New York: Houghton Mifflin, 1913:49.

物质欲望吗？因此，不是科学本身的问题，而是人的问题，"生态差异取决于技术被谁使用，被唯利是图的人使用，技术就成了潘多拉的盒子；若在拥有环境意识和生态意识的人手中，技术就能造福人类"。[1]实际上，对于科学的使用完全取决于人们灵魂最深处的东西，取决于人们的目标和价值观。

巴勒斯强调，科学非但对人们的灵魂无害，而且有助于丰富人们的灵魂。这就在于人们以怎样的方式行进：是以一种只关注物质世界与物质获取的方式行进，还是以一种昭示着更为广阔前景的方式行进？诚然，科学本身无力消除物质与精神的鸿沟，但是，科学一旦能与人的"内在的精神世界"相合并，它就能够帮助人们更为正确地与周围的世界融合在一起。正如达尔文的进化论，它让人们认识到与所有生命之间的联结，进而击碎了人们欲脱离其他生物而高高在上的荒唐梦想。因此，从某种意义上来说，是进化论帮助人们走出了与自然隔离的模式，进入与周围世界联系日益紧密的状态之中。在科学的帮助下，人们看到了所有人其实是一个共同体，一个人的幸福就是全体的幸福。如果人们能够明白自己是地球整体中密不可分的一部分的话，那么他们就不会利用科学技术去损坏或毒害地球。

尽管在科学技术的应用上有这样或那样的缺陷，但是它积极正面的价值是不容否认的，在某种程度上说，它是人类生活的福祉，也是人类建立美好社会的凭借。所以，我们不能因噎废食，一味地拒绝与排斥科学技术。其实，"只要使用得当，科学技术本身不仅有助于物质财富增长，也有助于改善人与自然的关系。换言之，科学

1　顾德学，《超越技术：以生态参与推动生态文明》，《北方论丛》，2017年第5期，第151页。

技术非但不是生态问题的根源，而且生态治理必须依赖之"。[1]

摒弃消费文化

生态批评家唐纳德·沃斯特（Donald Worster）曾指出："我们今天所面临的全球性生态危机，起因不在生态系统自身，而在于我们的文化系统。要度过这一危机，必须尽可能清楚地理解我们的文化对自然的影响。"[2] 其实，巴勒斯早就意识到了这一点，他始终强调人与自然的亲密接触的重要性。然而，倘若人与自然的亲密关系如此重要，为什么人类却如此漠视自然，如此蹂躏自然呢？巴勒斯认为，人之所以与自然日渐隔离以及生态环境逐渐恶化是与现存的社会文化体系密不可分的，导致生态危机的根源也是文化系统下的生产方式——其本性是力图最大限度地获取利润，进而不断引发了环境恶化与生态危机。

整个 19 世纪，美国的主流文化把自然看作可供挥霍的资源，一种被人们自由计算和买卖的商品。更让人不安的是，美国人不仅倾向于把自然看作可以销售的东西，而且还把自己看成日益从自然中脱离出来的独立个体。在科学技术的辅助下，这些个体能够控制自然来为自己谋利益。伴随着鼓吹发展的号角，工业革命的滚滚车轮碾在人们赖以生存的自然之上，文化对自然的入侵在"进步"的旗号下显得如此顺理成章。巴勒斯强调：毫无疑问的是，人类对待生命和自然的态度正在从信仰的时代转变为科学的时代！但是无论得失最终如何，"这样的转变就像命运本身一样无法避免；它符合人类心智进化的方向，它就像风或潮汐那样不能被

---

1 顾德学，《超越技术：以生态参与推动生态文明》，《北方论丛》，2017 年第 5 期，第 151 页。
2 王诺，《欧美生态文学》，北京：北京大学出版社，2003 年，第 49 页。

阻止或阻碍"。[1] 巴勒斯把这种在社会各个方面显现出来的主流文化态度定义为"科学的精神""精明计算的生意精神""获取精神"等。但是，这些主流文化态度严重破坏了人与自然原本亲密的关系，强行把人与自然隔离开来，造成了一场逐渐恶化的生态危机。

在巴勒斯看来，要改善人与自然的关系，消除生态危机，不仅需要驱散人们有关自然资源用之不竭的神话，防止它们被过度使用，同时还要转变主流文化中人们疏离自然的态度，引导人们更亲密地欣赏自然。巴勒斯警告说，人类已经用尽了地球数千年来的储蓄，枯竭了她的富饶，掠夺了未来几代人繁荣的可能性。在人类沉迷于追求物质进步的过程中，地球已经"破产"了，她终将成为一个"被吸干的橘子"。[2] 要解决此问题，不仅需要对自然资源的合理利用，更需要应对文化中出现的问题。他认为，尽管美国文化拥有多方面的惠利和好处，但是那是一种"人类曾经看到过的最具毁灭性、最为杀戮灵魂的文化"。[3]

实际上，这种文化消解了时间和空间的存在，充满了各式噪声与忙碌。它以地球、空气和水的力量来武装人们，却削弱了人们对个人力量来源的控制；它延长了寿命，却限制了休闲；它倍增了人们的需求，却减弱了人们享受简单快乐的能力；它开辟了高度和深处，却使人们的生活变得浅薄；它大量地增设教育机构，但对真正的文化却作用甚微。知识来了，智慧却迟迟不来。因为智慧不能或不愿通过铁路、汽车、飞机而来，也不能通过电报或电话赶过来；它更有可能步行而来，或骑在驴上，或被拉在一匹马上，而不是坐在任何一辆火雷的战车上。

1　John Burroughs, *The Summit of the Years*. Boston and New York: Houghton Mifflin, 1913:48.
2　John Burroughs, *Leaf and Tendril*. Boston and New York: Houghton Mifflin, 1908:204.
3　John Burroughs, *The Summit of the Years*. Boston: Houghton Mifflin, 1913:50.

其实，在文化中，一旦超越了某个特定的点，确切的知识远远比不上同情、爱和欣赏。关于狗的确切知识，比如，在人类的生活中，关于狗分辨色彩、钻过迷宫等的确切知识，远没有爱狗、陪伴狗那样真正有价值。人们可以通过对莎士比亚的分析和评论来了解他，却有可能完全误读他；人们可以通过对动物进行的许多试验来了解它，但实际上对它们一无所知。人们不仅仅满足于了解动物的本性，更想知道它后天可以习得什么。总之，"通过一种审问的方式，我们在实验室里折磨它，我们使其挨饿、电击它、冻结它、烧毁它、禁闭它、解剖它，我们从各方面以不同方式施以压力，找出一些关于它的习惯或心理过程的信息，而这些通常是不值得了解的"。[1]

巴勒斯认为，随着科学思维的兴起，伟大的创造性文学和艺术却衰落下去。随着以科学原则为基础教育的普及，人的独创性却在逐渐消失。科学倾向于消除地方的和个体的东西，它有利于推行普遍性与全球性的东西。它使人们的思想和性格逐渐一致。它"统一"了各个国家，在某种程度上，它驯服并改变了这些国家。人们越是生活在科学精神和物质精神中，就越是远离真正的文学精神。人们越是依赖报纸的气息，就越有可能把真正的文学艺术拒之门外。人们越是生活在坚硬的、精打细算的商业精神里，离大师作品的精神就会越远。人们越是屈从于工业精神的狂热和竞争，伟大艺术作品的天堂之门就越会向人们关闭。

总之，尽管环境的日益恶化主要体现在人与自然的关系危机上，但是其真正落点却在人类的文化、生活方式上。巴勒斯强调，人不仅是物质的、身体上的人，更是情感的、精神上的人；不能

1　John Burroughs, *The Summit of the Years*. Boston and New York: Houghton Mifflin, 1913:51-52.

过度追求物质利益。在他看来，不是监管不善或者计划不负责任，而是文化中广为流传的漠视自然的态度最终扭曲和枯竭了人与自然相互依存的条件。他告诫读者，光从书本中是不足以学到大自然的奥秘的，人们必须去接近自然，完全融入自然，亲自观察和体验，才会真切感受到自然中的万千生命。当现行文化体系中人与自然的关系得到了强化，人们就会改变对待自然的态度，那种一味漠视、蹂躏自然的"毁灭性"文化也必将随之褪色。

然而遗憾的是，崇尚唯发展的主导文化恰恰与之相反。在整个文明的框架中，人们都感到了这种压迫——这种文明具有许多特权和好处，但是对大批人来说，它有着许多致命的缺点。巴勒斯断言：在这样一个唯发展的文化里，人们能够获得大量的事实，但或许会丢失自己的灵魂。他不悦地观察到如此现象："我们的年轻人手里拿着笔和纸走进了树林去学习有关自然的知识。他们与碰到的每个花朵、小鸟、树木进行不容让步的讨价还价；他们想要实实在在可触摸的财产。自然作为充满生机的人间乐园，作为被爱的、共同栖息的、引人遐想的东西，现在已经很少被如此认知了。自然只是一处被开采的矿，一条让人垂钓的小河，一棵被摇晃的树，一片被收割的土地。现代的新新人类多么渴望对鸟类知识的全面掌握，但是他们的研究成果却是一大串干瘪瘪的不相干的事实。"[1] 在这样的文化观念里，人们是无法真正了解自然的。若想重回人与自然甜蜜的过去，就必须对现行文化系统中疏离自然的态度做个彻底的修正。

倘若人们能够把自己看作与所有生命密不可分的话，一个充满责任、和平与健康的文化模式才会到来！这样的文化才能真正

1　John Burroughs, *The Summit of the Years*. Boston and New York: Houghton Mifflin, 1913:52.

消除人类生态危机，实现人与自然的和谐栖居；也唯有这样的文化，才是人类真正渴望的文化。正如利奥波德所言："人类只有在人口激增、城市化、工业化、商品经济化和自我评价高涨的过程中，获得真正解决污染、资源耗尽等难题的能力，进而真正重返与自然的和谐，那才是真正的文明与进步。"[1] 在人类社会不断发展的过程里，怎样才能把对自然的爱、工业和经济的发展以及科学的进步构建出人与自然和谐栖居的画面？这正是巴勒斯一直努力思索的东西，也是生态学马克思主义科技观的诉求所在。

第五节　简单生活观

与消费文化下的人生观不同，简单生活观"主张人类节制物质需要，拒绝消费文化对人们的诱惑，尽可能简化物质生活，减轻生态承载的压力，腾出更多时间和精力丰富人的精神生活"。[2] 实际上，追求简单的物质生活和丰富的精神生活，把人类社会的发展、经济的增长、物质的需要限制在生态系统可以承载的限度内，这是人类应尽的生态责任，而对简单生活的渴望也是自然文学作家一致的生活哲学理念。

巴勒斯的一生都在践行着简朴生活的艺术，鼓励读者去发现近在咫尺的自然之美。作为简单生活的倡导者，巴勒斯从华盛顿特区的城市生活中抽身而出，投入纽约西公园的乡村农耕生活。在这里，他在明火上做饭，从泉眼中取水，每天在户外漫步，并

1　王诺，《欧美生态文学》，北京：北京大学出版社，2003 年，第 190 页。
2　王诺，《欧美生态批评：生态文学研究概论》，上海：学林出版社，2008 年，第 208 页。

写下如此经历的美好。在工业化和城市化兴起的时代，巴勒斯的自然文学不断赞美简单的生活，吸引了成千上万的游客来到他的小屋。他强调，人们要学会把自己投入当下的时刻，投身到手头的简单事情上。如果一个人把自己的心放在"非凡、遥远的东西，比如富有、名望、权力上，那么他很可能会很失望；他将会浪费时间去寻找实现这些事情的捷径"。[1] 然而，现实生活中是没有捷径可走的，因为拥有任何东西都必须付出代价，比如辛勤工作、拥有耐心、学会去爱和自我牺牲等。

本质上，巴勒斯的自然文学创作就是对 19 世纪中叶美国日益壮大的工业化精神的一种回应。在《冬日阳光》中，他隐约感受到了物质主义正在侵蚀整个美国，在沉思于户外散步带来欢乐的同时，他对人类远离简朴生活的现象进行了评论："我们不再足够天真、足够单纯地去享受散步带来的乐趣了。我们渴望惊奇、兴奋、偏远，看不到上帝的高速公路——这是人的简单与忠诚腐化的一个标志。"[2]

远离财富与名利

作为一个追求简单生活的人，巴勒斯不融于当时物质主义盛行的社会氛围，他从不追求奢华的生活。他认为，许多人对于生活总是失望，是因为他们的目标出现了问题，听从了野心的呼唤，总想不劳而获，而没有注重真正内在的声音。在他看来，19 世纪的美国社会无限制追逐财富是最让人痛心的社会场景，他写道："在我们的时代，几乎所有阶层的人都在疯狂地追逐财富，我把它

1　John Burroughs, *Leaf and Tendril*. Boston and New York: Houghton Mifflin, 1908: 254.
2　John Burroughs, *Winter Sunshine*. Boston: Houghton Mifflin, 1875:30.

称为在这个世界上曾经看到过的最让人哀悼的事件之一。"[1] 这样的美国社会生活毫无疑问是任何时代所看到的"最为丑陋的、最为物质的"生活，那种文明也是"最为吵闹的、最为不安的"，那种商业与工业精神也是"最为疯狂的、最为杀戮人性的"。[2]

在巴勒斯看来，简单的生活并不意味着离群索居的生活，而是"把生活降低到最低的限度，把生活赶到一个角落，考量并质问它：生活真正的意义是什么"[3]。梭罗把生活赶到了瓦尔登湖畔的茅草屋里，而任何人在任何地方也可以做到。梭罗来到瓦尔登湖，远离尘嚣，在这里研究与冥想，他发现一年只要工作六个星期，就可以满足他所有的生活开支，然后他就可以在整个冬天和大半个夏天自由、空闲地生活与学习了。梭罗认为："在这个世界上，只要一个人活得简单、明智，维持自己的生活不是一件很难的事情，充其量也只算个消遣。"[4]

财富与名利从来不是巴勒斯追逐的东西。他写道："我从来不寻求财富，我一直太忙于欣赏我周围的世界，我也没有做生意的才能。我是一个十分成功的农场主和水果种植户。我爱土地。我喜欢看着庄稼成长成熟，但是如果让我去经营它们，把它们变成现金，那会折磨我的灵魂，因为我无法忍受市场里弥漫的那种钩心斗角与明争暗抢。"[5] 他强调，人的欲望和追求是无止境的，就是它们让人精疲力竭，永无尽头，在看似接近享受的时候，幸福却无限遥远；相反，人越是接近他的自然状态，他的能力和欲望差别就越小，也就越容易达到幸福的终点。只有在一个人看似一无

1 John Burroughs, *Leaf and Tendril*. Boston and New York: Houghton Mifflin, 1908: 257.
2 John Burroughs, *The Summit of the Years*. Boston and New York: Houghton Mifflin, 1913:68.
3 John Burroughs, *The Last Harvest*. Boston and New York: Houghton Mifflin, 1922:108.
4 John Burroughs, *The Last Harvest*. Boston and New York: Houghton Mifflin, 1922:109-110.
5 John Burroughs, *Leaf and Tendril*. Boston and New York: Houghton Mifflin, 1908: 256.

所有的时候，他的痛苦才最为轻微。人类的苦楚不在于缺乏什么，而在于对那些东西感到需要。真实的世界是有限度的，痛苦则来自那无边无际的物质追求与痴心妄想。

灯红酒绿的大城市不是巴勒斯的生活目标，他总是醉心于令他心旷神怡的大自然。他认为，最好的文明实验就是简单的乡村生活，"哪里有安全愉快的乡村生活，哪里就能将城镇的许多便利和设施与乡村的自由和福利联系起来，哪里就会呈现高度文明的景象"。[1] 简单的乡村生活是巴勒斯一生钟爱的，他写道："我宁愿照料牛，也不愿意保管国玺。哪里有奶牛，哪里就有世外桃源；只要她的影响占了上风，就会有满足、谦卑、甜蜜、平凡的生活。"[2] 相比于农村，城市则是堕落的源泉："一个国家起初常常是从它的大城市开始腐败的，甚至会一直在那里腐败下去，只能凭借能抗菌的新鲜的乡村血液来拯救。"[3] 巴勒斯这一点看法与卢梭不谋而合，因为在卢梭看来，人种也将因为城市而退化，"城市是坑陷人类的深渊。经过几代人之后，人种就要消灭或退化；必须使人类得到更新，而能够更新人类的，往往是农村"。[4] 乡村生活给卢梭留下了深刻的印象，它的新奇和幸福一直萦绕在卢梭的心头："乡村对我真是太新奇了，我不知厌倦地享受着它。我对它产生了一种非常浓厚的兴趣，这种兴趣一直没有减退过。"[5] 只要一想起乡村生活的幸福时光，卢梭便会因为远离乡村的乐趣而感到惆怅，直到返回乡村时，这种惆怅才会被治愈。所以，卢梭也建议把孩子送到乡

1　（美）巴勒斯，《标志与季节》，刘丽宁、马永波译，合肥：安徽人民出版社，2012年，第179页。
2　（美）巴勒斯，《标志与季节》，刘丽宁、马永波译，合肥：安徽人民出版社，2012年，第195页。
3　（美）巴勒斯，《标志与季节》，刘丽宁、马永波译，合肥：安徽人民出版社，2012年，第181页。
4　鲁枢元主编，《自然与人文：生态批评学术资源库（上册）》，上海：学林出版社，2006年，第367页。
5　鲁枢元主编，《自然与人文：生态批评学术资源库（上册）》，上海：学林出版社，2006年，第370页。

村去，在这里可以恢复他们在人口过多之地的污浊空气中失去的精力。

巴勒斯赞美简单的生活，喜欢简洁的衣着和简单的生活方式，也发现了它的很多美妙之处。他认为越简洁就会越幸福，呼吁人们能够像他那样简朴而幸福地生活。他写道："哦，去享受地球上伟大的、阳光灿烂的、欢乐的生活吧！就像鸟儿一样快乐！就像山上的牛一样满足！就像树叶在风中翩翩起舞，沙沙作响！就像海水在向大海低语和闪耀一样！"[1] 关于简单生活，巴勒斯给出了中肯的建议："很多人都了解裸泳的畅快——甩掉衣服的牵绊，赤条条扎入水中，这就是我所说的简单生活——与事物直截了当地接触，剥去生活的一切伪装——美舍豪宅、奢华的陈设、铺张的习惯，统统抛弃。"[2] 他进而向读者发出邀请："去亲身接触物质生活的源泉吧，去体味空气与水令人激奋的感觉吧，去清晨漫游或者傍晚散步吧，去细细品尝野莓子的滋味吧，去为夜晚的繁星而激动不已吧，去为春天里的一处鸟巢或一枝野花而欢欣鼓舞吧！而这些还只是简单生活的部分回报而已。"[3] 可以说，巴勒斯形成了一种个人的哲学，将他对生活的广泛看法提炼成一种值得借鉴的信条，那就是——过简单的生活。巴勒斯有关简单生活的哲理性思考对当时的物质生活方式所带来的潜在危机发出了警告。

1862 年，巴勒斯写了一首题为"等待"（Waiting）的诗歌，于次年三月发表，当时的他仅有 25 岁。这首诗自发表后受到了公众的热捧，名噪一时。1886 年，他应邀去耶鲁大学做演讲时被引荐给了海伦·凯勒。凯勒向巴勒斯重复了这首诗，说她完全相信它，

1　John Burroughs, *Leaf and Tendril*. Boston and New York: Houghton Mifflin, 1908: 243.
2　（美）巴勒斯，《自然之门》，林东威、朱华译，桂林：漓江出版社，2009 年，第 264 页。
3　（美）巴勒斯，《自然之门》，林东威、朱华译，桂林：漓江出版社，2009 年，第 264 页。

非常喜欢这首诗。诗的第一节是这样写的："我合上双手静静等待，不去想风、潮汐或者大海，也不去抱怨时光或者命运，哦！因为我的终将到来。"通过这首诗，巴勒斯表现出"从简单生活与放松状态中获取的一种人生平静和欢乐，可以看到这是对19世纪中期美国社会人们急切步调的反驳与讽刺"。三年多以后，巴勒斯在《叶与卷须》中又表达了同样的思想："给出你最好的东西，你将得到最好的东西。不管早晚，我们都会以一种方式或者另一种方式得到应该得到的东西。"[1]

简单即美德

巴勒斯十分钟情于徒步，极力赞美这种简单的美德。他写道："徒步能够让教徒们摆脱倦怠，摆脱他们对尘世的斤斤计较，摆脱他们对自己、对身边人的苛求和菲薄，摆脱他们对衣着的挑剔和炫耀，魔鬼正是在这些方面困扰着人们。没有什么比徒步这种简单的美德更让人幸福的了。让我们开始用双脚走路吧，而不要乘车骑马，不要用屁股走路。"[2]他强调，如果一个民族不愿意亲近、接触土壤，徒步在大地和山岭的羊肠小道上，那么这个民族就不是"这块土地的主人，而一个过度依赖车辆和道路的种族简直就是在萎靡，就是在堕落"。[3]他进而呼吁人们丢掉欲望，轻装上阵："人的身躯就是自己的马儿，骑着自己的身躯，行走在其长无比的道路，永远下不得鞍马。最轻量级的骑乘者就是快乐的心灵。而你的心灵如果怀着忧伤、郁闷、乖僻、怨恨或者某些割舍不掉的追求、欲望，那你在身躯的马鞍上乘坐得就会很沉重，身躯就会

1　John Burroughs, *Leaf and Tendril*. Boston and New York: Houghton Mifflin, 1908: 238.
2　（美）巴勒斯，《冬日阳光》，张念群译，合肥：安徽人民出版社，2012年，第40页。
3　（美）巴勒斯，《冬日阳光》，张念群译，合肥：安徽人民出版社，2012年，第32页。

像一头疲惫的老马，走不了多远，就会垮下去。"[1] 在巴勒斯看来，徒步能把一个人调整到悠然信步的状态，用如此简单休闲的方式就能找到精神和肉体的愉悦和欢乐。当舒展筋骨，调动所有感官去接纳缤纷的大千世界，一个人就会感到神清气爽，无比欢畅。在这样的状态下，人们会感到开心和幸福。

　　和梭罗一样，巴勒斯也是个了不起的步行者。其实，梭罗的《散步》一文正好是巴勒斯 1873 年一篇文章的"早期版"，名为《让人快乐的道路》(Exhilarations of the Road)，收录在 1875 年出版的《冬日阳光》一书中。在这篇文章中，巴勒斯发问道：英国人为什么表现出的精神比美国人更加饱满、精力更加充沛呢？只是他们更爱好徒步。即使是英国的贵族也不会把自己困在马车里，而一个美国的新兴贵族和刚刚富起来的人则离不开自己的马车。一旦失去，他就会寸步难行，他就废了。而梭罗却是与众不同的，他是一个徒步旅行者，他比起那些坐在马车里的人看到的更多，他"拥有田野、森林、山峰和小路给予的某种特权，路边的草莓属于他，沿着道路流淌的泉水也属于他"。[2] 梭罗成了"一匹能走路的好马"，"一个孤独而可怜的流浪者"，但是，巴勒斯就是要赞颂这样的徒步旅行者，因为"谁光着脚走在素面朝天的大路上，谁就算找到了人生的美好开端"。[3] 巴勒斯和梭罗想让人们知道，"户外空气有这样的魅力，它能够加强种族与大地的纽带。几乎就像田野里耕作的农夫，与土壤相当亲近，与农夫相比，走路人与大自然关系更为亲近，因为他更自由，他的心态更为悠闲"。[4] 然而，

1　（美）巴勒斯，《冬日阳光》，张念群译，合肥：安徽人民出版社，2012 年，第 33 页。
2　（美）巴勒斯，《冬日阳光》，张念群译，合肥：安徽人民出版社，2012 年，第 42 页。
3　（美）巴勒斯，《冬日阳光》，张念群译，合肥：安徽人民出版社，2012 年，第 43 页。
4　（美）巴勒斯，《冬日阳光》，张念群译，合肥：安徽人民出版社，2012 年，第 49 页。

让巴勒斯和梭罗沮丧的是，很多著名的温泉或者滨海胜地有许多号称追求健康和热爱乡间空气的人们蜂拥而至，但看不到有人在野外或者林间散步，更甭提有人鞋子沾满泥土、手上脸上都晒得黑黢黢的，在乡村的小道上跋涉了，他们"唯一的消遣似乎就是吃啊穿啊，要不就在酒店附近干坐着你瞪着我我瞪着你。男的无聊，女的疲惫，每个人好像都在叹息：上帝啊，该怎么做才能既快乐又不至于庸俗呢？"[1]

除此之外，巴勒斯也极力赞美徒手劳作的美德与特性，反对机械化，他认为是它剥夺了农场生活的某些生动性和别致性。他写道："无论我们多么赞美机械化以及机械化发明的能力，都没有像人一样的机器，他们直接用手来工作，那些由他们制作或改变的东西，具有机械所不能给予的一种美德和特性。"[2]徒手劳作可以驱赶走笼罩在一个人心头的阴霾，让他开心、有力量起来："如果一个人感到忧郁、空虚和闷闷不乐，生活好像不值一活，那么徒手去劳作吧。掘挖、锄地、砍伐、锯木、搅拌、脱粒，任何可以增快脉搏、驱除不悦的事情。不到半个时辰，忧郁的魔鬼将会被翻倒出来；一刻钟后，厌倦无聊便会逃离；一会儿工夫，一个人的容貌将会明朗起来。"[3]

人们常说，知足是幸福的第一条件，但知足的第一条件又是什么？在巴勒斯看来，没有吃的、喝的、穿的东西或住的地方，人们不可能长久地幸福生活，它们是非常必要和重要的，但当人们分明拥有了这些东西的时候，看似几乎达到完美，却仍然缺乏幸福，这是为什么？巴勒斯由此做了一个类比："什么是小溪的最

1　（美）巴勒斯，《自然之门》，林东威、朱华译，桂林：漓江出版社，2009年，第10页。
2　（美）巴勒斯，《标志与季节》，刘丽宁、马永波译，合肥：安徽人民出版社，2012年，第185页。
3　John Burroughs, *Literary Values and Other Papers*. Boston: Houghton Mifflin, 1902:283.

佳选择？那就是不断流动向前。如果水流停止了，它就会停滞变质。所以，对于人类来说，最好的事情就是让自己身上的气流不断运动，这包括身体的、道德的和智力上的流淌。因此，幸福的秘诀就是要做点什么，做些有益的工作。"[1] 如果夺走所有人的职业，让他们无所事事的话，这个世界将会变得毫无意义，不久也将会消亡殆尽！

在持续多年与自然交流之后，巴勒斯总结道："与自然交流和熟知她的方式倾向于带来简单的生活观。我们越来越看见世界的愚蠢与自负，进而去欣赏真正有价值的东西。我们让自己背负太多的错误，我们的文化在我们中间滋生了如此多错误或肤浅的需求，以至于脱离了我们力量和健康的真正源头。如此之远，犹如鸿沟。对我来说，当我日渐长大，我越来越倾向于减少我的行囊，卸掉多余的东西。我变得越来越爱上简单的东西和简单的人——一个小房子、林中的一间小草屋、海岸上的一顶帐篷。"[2]

诗意地栖居

1867 年，结婚十年后，巴勒斯和妻子厄休拉在华盛顿中心真正定居了下来，过上了舒适的家庭生活。从他们的位置来看，巴勒斯可以同时获得乡村和城市（与朋友惠特曼和许多其他文学名人频繁社交）的优势。到 1872 年，巴勒斯在有酬工作、文学认可和家庭稳定等方面为自己创造了更成功的华盛顿生活。但让人匪夷所思的是，他突然辞去了职务，回到家乡开始了农耕和写作的生活。这样的决定令人费解，因为在华盛顿的生活似乎更适合实

1　John Burroughs, *Literary Values and Other Papers*. Boston: Houghton Mifflin, 1902:278. .
2　John Burroughs, *Time and Change*. Boston and New York: Houghton Mifflin, 1912:265.

现他所渴望的适度成功：谋生的手段、进入自然的途径和写作的机会等。他的工作不仅提供了金钱，还提供了时间和空间来完成"涂鸦"的文学作品。更重要的是，华盛顿被证明是像巴勒斯这样热爱自然的人的理想城市。内战后的华盛顿仍然是一座年轻的城市，步行即可到达郊外漫步，《冬日阳光》中的许多文章都基于他在华盛顿周边的闲暇漫步。

那么，为什么巴勒斯会冒着个人的、职业的和财务的巨大风险，做出至少表面上看来不必要的举动呢？有人说，巴勒斯从事农耕是为了给他的家庭建立一个安全的经济基础。当然，巴勒斯是一位不错的农耕小能手，他知道什么时候扩大自己的耕种地盘，如何调整作物以适应市场的需求，以及如何雇用管理助手、和他们一起工作等。在农业和管理技能方面，巴勒斯最终超越了他的弟弟，后者从未离开过他们年轻时的家庭农场。但没有人会说，农耕生活本就稳定或没有风险。一周的暴雨或晚霜就可能抹去一年的劳动与投资。实际上，巴勒斯在农耕上的成功源于一种愿望，那就是让农场的生活变得足够可行。它来自一种感觉，那就是除了农村生活之外，任何生活都是不可接受的。对巴勒斯来说，乡村创造了一种独特的生活方式，同时也为他提供了一个反思的机会。写作和农耕是相互影响的活动，将体力劳动和脑力劳动带入一种平衡的关系，巴勒斯由此开始了一个精神和心理革新的过程。虽然巴勒斯的文学和心智发展需要他尽早离开年轻时的农场，但他的精神成长和幸福感获取又需要他回归到农村的日常生活，以提升自我的精神，创造新的生活。巴勒斯渴望着每天的耕种、劳动和写作，通过回归土地，培育自然——而不仅仅是造访自然，巴勒斯希望也能培育和提升自我。

　　作为一位实践他所宣扬的理念的作家，巴勒斯的广受欢迎表明了人们对自然的广泛关注，这是对城市的一种解脱之术，也是那些受到城市化不利影响的人们塑造性格的一种方式。巴勒斯的自我意识和自然意识的变化表明他的使命感也在增长与变化，这种使命感与他在这片土地上生活的美学和精神交织在一起。这种使命感就是，在自然界中为自己洗礼，然后成为这种洗礼所能带来福祉的先知。随着他在农耕实践和精神提升方面经验的不断加深，他的写作也获得了更高的深度和广度，进而向越来越多渴望与土地直接接触的民众宣讲了农耕生活的美德。他的文章印证了人们可以在自家后院找到精神上和心理上的财富。总之，对精神世界更新的渴望促使巴勒斯重返农耕生活，去过诗意的田园生活。

　　在巴勒斯的书信中，26 岁的他就写下了这样一段话："如果你拥有了我对自然和书籍的爱的话，你会更加幸福的。把我对读书和写作的兴致、对大地和天空的爱拿走的话，我将成为凡间最痛苦的人……如果财富装满了我的钱包，却让我内心挨饿的话，我不会有任何的感激……我清晰看到唯一值得拥有的成功就是向内的，实质上的，无法看见的；比如，智慧的获取和对于宇宙的理解，瞥见美丽的东西和理解上帝之物的意义——苏格拉底的成功是一无所有，他从不兜售自己或者从事的某种职业，最终被自己的同胞毒害。但这是唯一的成功——一个人灵魂里的——不是他钱包里的或者头衔里的……我愿意被人称作邪恶和反宗教的；这毫不重要；只要有大地和天空，只要我灵魂里有似夏日般无限的平静，那我还在意什么！"[1]

　　是的，"只要有大地和天空，只要我灵魂里有似夏日般无限的

1　Clara Barrus, *The Life and Letters of John Burroughs*. Boston: Houghton Mifflin, 1925:92.

平静，那我还在意什么"。巴勒斯就是这样一个大自然的热爱者，在大自然面前，他永远是个谦卑而勤奋的小学生，瞪圆了好奇的眼睛，蹑手蹑脚，屏住呼吸，恭恭敬敬，战战兢兢，如临深渊，如履薄冰，怀着无限的景仰之情，无尽的求知之欲，欣然聆听每一句教诲，记下每一点感悟。他探索出了一条独属自己的自然之道，不论是他用以观察和认识自然的那种需要付出无穷耐心的深入细微的方式，还是他平实、流畅、客观、细腻、幽默而诗意的散文风格，都令人难以模仿，也很难被超越。正如《自然之门》的译者在译后记里说的那样，与当时的缪尔和后来的利奥波德不同，巴勒斯走的是一条不同的道路，他"采取的是一种更加个人化的、温和而诗意的方式，他不是一个活动家和圣战领袖，而是一个农民、诗人和禅者，是大自然孝顺的儿子、忠实的门徒和勤奋的学生；他没有掀起任何声势浩大的运动，而只是通过自身默默的博物学实践而建立起与大自然之间的亲密关系，再把从大自然那里学到的东西孜孜不倦地传授给我们，潜移默化地把我们引向对自然的热爱、对生命的敬畏；他的文字如润物无声的细雨，又如一剂为我们带来健康而高尚生活的葡萄糖溶液，一点一滴地注入我们的心灵"。[1]

在整个世界都在被物质主义和金钱梦想诱惑的情况下，当我们再次聆听巴勒斯的话语"只要有大地和天空，只要我灵魂里有似夏日般无限的平静，那我还在意什么"，我们会有多么感慨与愧疚！在日益全球化的时代里，自然和人类都面临着越来越大的压力，人和自然的关系成为一个越来越重要的思考主题，因此人们需要从诸如巴勒斯这些自然文学大师们那里尽可能汲取养分。作

---

[1]　巴勒斯，《自然之门》，林东威、朱华译，桂林：漓江出版社，2009 年，第 270—271 页。

为美国"自然文学之父"，巴勒斯强调与原始自然的直接接触，强调品尝野生草莓的味道，强调享受早晚的散步；关于社会、自然和质朴，他分享了在简单生活和贴近自然中所发现的欢乐。巴勒斯奉劝人们逃离倦怠的文明，回归自然，寻求简单生活提供的欢愉，最终从中寻求一种文化与精神的出路。他强调，如果"在人们内心的生活和体验中，有任何东西对应或类似于夜晚中的繁星，那就是远离世界的吵闹和喧嚣，让自己走进独自冥想的氛围中"[1]，重拾起仰望星空、驻足观鸟、停下赏花的怡然之情。

1　John Burroughs, *Literary Values and Other Papers*. Boston: Houghton Mifflin, 1902:41-42.

第四章

批评的"绿色"转向：巴勒斯文学评论的生态维度

　　从 1870 年到 1920 年间，巴勒斯最受欢迎的是他的自然文学作品，他的自然散文受到了数百万人的阅读和好评，19 世纪中晚期美国自然文学的繁荣离不开他的巨大贡献。作为爱默生、梭罗和惠特曼等超验主义传统的重要继承者，巴勒斯对这一遗产本身和三位重要人物的声誉提升都很有帮助。尽管在 20 世纪初，他的非凡文学声誉和知名度有所下降，但仍深深影响了许多著名的自然文学作家，特别是那些致力于培养读者生态意识、保持与地方道德关系并扎根于此的作家。毋庸置疑，巴勒斯是一位十分出色的自然文学作家，影响力广泛。

　　除此之外，巴勒斯还撰写了大量的文学评论性文章，多数从理论和实践上带着生态批评的观点出发。重新审视巴勒斯对怀特、爱默生、梭罗和惠特曼等人的评论，人们可以在美国文学史的版图上添加有用的细枝末节。仔细阅读巴勒斯有关惠特曼等人的作品，就会发现，这些作品本身就十分有趣。当巴勒斯撰写文学批评时，他是以一个文学自然主义者的身份书写的，在这个方面，惠特曼对他写作的影响是明显的。集两种身份于一身的巴勒斯，其生态批评家身份可能不比他作为一个自然文学作家的身份逊色。尽管他的"生态批评宣言之所以具有影响力，主要是因为他是一位畅销的自然文学作家"[1]，而当他同时以两者身份写作时，是最引人注目的。除了为生态批评本身提供了一个早期的范例，巴勒斯也是生态批评家的学习榜样，因为他非常认同批评的主题，并且完全沉浸在其中。

作为"一位相当过得去的文学评论家"[2]，通过评论怀特、爱默生、梭罗和惠特曼等人的作品，巴勒斯践行着一个生态批评家的重要职责，他的文学批评暗含许多超前的生态批评指向。在本章里，我们将从《塞耳彭自然史》的田园思想、爱默生的生态视野、《瓦尔登湖》的生态价值及惠特曼的生态文艺观等方面对巴勒斯作为早期生态批评家的思想进行解读。通过对巴勒斯生态批评对象的逐个剖析，将有利于我们理解巴勒斯与不同批评客体之间的联系以及他对于不同客体所持的不同的生态批评维度。

第一节　牧歌中的乡土文学:《塞耳彭自然史》的田园思想

众所周知，生态学领域中两个最主要的路线都源自 18 世纪，一是田园式路线，二是帝国式路线，前者以吉尔伯特·怀特为代表，其观点是"倡导人们过一种简单和谐的生活，目的在于使他们恢复到一种与其他有机体和平共存的状态"。[3] 后者以卡尔·林奈（Carl Linnaeus）为代表，目的是通过理性的实践和艰苦的劳动建立人们

1　David Mazel, *A Century of Early Ecocriticism*. Athens and London: The University of Georgia Press, 2001:5.

2　David Mazel, *A Century of Early Ecocriticism*. Athens and London: The University of Georgia Press, 2001:12.

3　（美）沃斯特，《自然的经济体系：生态思想史》，侯文蕙译，北京：商务印书馆，1999 年，第 1 页。

对自然的统治。这是两种价值取向完全相反的生态观。

1789 年，怀特的《塞耳彭自然史》不但奠定了英美自然文学的基础，也成为生态科学早期最重要的作品之一。怀特天生有敏锐的头脑，他的写作风格也反映了这种机敏性，他将训练有素的环境意识和对自然的爱带入了他的自然史研究中。在围绕乡村的散步和兜圈中，怀特全神贯注于周围的生活，对任何新鲜的自然知识，他的好奇心从未减弱。在他看来，对动植物生活的调查是一件麻烦和困难的事情，只有那些具有积极心态和好奇心的人以及居住在乡村里的人才能完成。他对周围自然的热爱在社区里广为人知，他就像一块磁铁，吸引了周围所有的自然知识，对自然的熟知让他成为"自然文学中的福尔摩斯"，四面八方的人也涌向了他。人们给他带来了鸟、蛋、巢、动物或任何天然的好奇心，向他报告任何不寻常的事情。在他的帮助下，人们才开始使用他们的眼睛和耳朵。

1871 年，当巴勒斯第一本自然文学作品出版的时候，他就被尊称为"美国的吉尔伯特·怀特"。到 19 世纪 80 年代，巴勒斯成为当时阐释自然最受欢迎的作家，但在他的心中，怀特依旧是真正的"自然学家之父"，他也准确预测了怀特的《塞耳彭自然史》必将成为人们喜爱的经典图书之一。巴勒斯认为，自然、朋友和书籍是人生中重要的三种财富，而他本人也博览群书。在所有书籍中，有一本书对他的影响最为深刻，那就是《塞耳彭自然史》。他写道："每隔六到七年，我都会重读少数几本书，有一本就是吉尔伯特·怀特的《塞耳彭自然史》。"[1] 巴勒斯一直强调，怀特才是一位真正的观察者，一位有侦探眼光的人。多年以后，巴勒斯自己

1　John Burroughs, *Literary Values and Other Papers*. Boston: Houghton Mifflin, 1902:185.

也不觉间成为怀特那样的自然文学作家，拜访他的人络绎不绝，他也成为"美国自然文学中的福尔摩斯"。

塞耳彭圣地

在生态思想和自然文学领域里，《塞耳彭自然史》绝对是重要基石，而怀特的家乡塞耳彭也成为众多自然文学作家朝拜的圣地。它坐落于伦敦西南方汉普郡的田园和山丘间，是一个宁静安详的小村落，与所有英国式的乡村一样，它散发出一股道德感，令人联想到秩序、安详、庄严、条理井然、深厚的习俗和敬虔的传统等。山丘上的圣玛利教堂俯视着整片青翠的山谷和其间的居民——包括人类和其他生物。这是一座建于亨利七世时期的哥特式建筑，其内的圣水盆则为五六世纪的古董。教堂庭院有一棵树龄超过 1200 年的紫杉，枝叶依旧青葱繁茂。老树与教堂密切的联结，强烈暗示着人与自然共生共荣的事实。

怀特牧师就像这个村子一样，安静而谦逊，没有野心。在二十多年的教会工作中，他拥有足够的闲暇，每天在教区里观察自然，然后寄给两位好友：动物学者彭南特和法官兼律师白林顿。在两位好友的鼓励下，他终于勉为其难地把信件稍作修改出版成书。到 20 世纪中叶，发行已超过一百个版本。由于塞耳彭地形多变，距海岸不远，又有丰沛的雨量，形成了十分复杂的植物群，再加上有各种不同种类的土壤，使得怀特的研究领域更加丰富多样。也因此，像他这么博学的人，竟可以将一生奉献给这么小的一个地域，这与 18 世纪一般英国生物科学家热衷于走遍天涯海角去收集奇花异草并作分类的作风迥异。年复一年，怀特沿着牧羊场旁的小径缓缓而行，或找寻新品种的蝴蝶，或观察燕子在邻居的烟囱下筑巢，或蹲伏在小树丛里窥视野鸭和鹬鸟在池塘里觅食。除了记录各种有趣的观察之外，怀特一直期许自己能以哲学家的立场来探讨自然——描述动物的生活和彼此之间的对话。

作为一位耐心而诚实的观察家，怀特学识渊博、通晓古今，具有敏锐的观察力与锐利的眼睛，对于塞耳彭周围的自然风景了如指掌。然而，当怀特在幽静的乡间做自然观察的时候，整个英国的政治、经济和社会正进行着一场翻天覆地的巨变。美国殖民地的独立战争严重地打击了英国的商业政策，法国大革命带来了暴动，还有一个影响人与自然关系最为深刻的变迁——英国成为全世界第一个迈向工业化社会的国家。随着蒸汽机、纺纱机、织布机的发明以及工厂系统的建立，人口大量从乡间涌向匆忙杂沓、环境恶劣的都市。更糟的是，历史悠久的农业生产方式遭到破坏，不但土地商品化，生产也以市场需求为导向，所有人类活动只有一个共同目标，就是要全力以赴地促进生产以增加财富。

由于整个英国正忙着适应急剧变迁的现代化社会生活，没人有闲情逸致去聆听蟋蟀的鸣叫和鹬鸟的歌唱。直到半个世纪之后，大约从19世纪30年代开始，怀特的作品才被饱受工业化、都市化之苦的新一代人所发现，他们以羡慕的心情去回顾书中所描述的祥和、悠闲、平衡与宁静的生活，而这也是他们自己身处的社会所失落的。怀特的风格表明，乡村生活的乐趣和快乐是历代诗人都吟唱的，如果人们觉得乡村令人讨厌，或者不如拥挤的大都市令人愉快，那是他们自己的错。它为那些寻求理性和宁静享受的人提供了许多令人愉快的资源。在晴朗的天气下，漫步于清澈的河水边或者凉爽的山谷中，这样美丽的风景，对热爱乡村的人有着巨大的魅力。

环境与焦虑：巴勒斯的英国之旅

在阐释巴勒斯对怀特的评论之前，我们有必要了解一下巴勒斯与大不列颠的情缘，因为巴勒斯的英国之旅在一定程度上加深了他对怀特的认知与理解。1871 年 10 月，在《醒来的森林》出版几个月后，巴勒斯和另外两个财政部的员工被派遣到英国开展两个月的公务，他们的任务是送去一千五百万新的美国债券，并负责监督到期票据的销毁工作。在打包的时候，充满傲气的年轻的巴勒斯决定带上几本自己的新作，其中的一本是指定给爱默生的好朋友托马斯·卡莱尔的。他还打算送一本给威廉·罗赛蒂（William Rossetti），一个推崇惠特曼的英国文学评论家。当时居住在伦敦的惠特曼的朋友蒙丘尔·康韦（Moncure Conway）已经承诺把巴勒斯介绍给这两个人。

在英国，巴勒斯和卡莱尔讨论了惠特曼的新作《民主的前景》（*Democratic Vistas*）。在作品中，惠特曼大量引用卡莱尔的观点，来说明美国的民主以现有身份存在就是一个幌子、一种虚伪和一次失败。在美国内战时期，惠特曼就引用了卡莱尔的观点，批评了美国内战的残酷与毫无意义。在评析英国民主的时候，卡莱尔认为英国的民主正遭受一种由贪婪和工业化所带来的"恶臭的、巨型的道德败坏"。[1]惠特曼也强调，当时的美国也经历着同样无秩序的变体，并认为，在美国，"从来没有像现在这样存在如此肤浅的心灵，就如我们以某种方式被赋予了一个巨大的、完全被指定的身体躯壳，剩下的少有或没有灵魂了"。[2]同样，在巴勒斯的心

1　Edward Renehan, *John Burroughs: An American Naturalist*. Post Mills, Vt.: Chelsea Green Pub. Co., 1992:99.

2　Edward Renehan, *John Burroughs: An American Naturalist*. Post Mills, Vt.: Chelsea Green Pub. Co., 1992:100.

中，不管美国的民主在物质方面多么发达、在引领美国公众走出泥潭方面多么成功，但就社会方面来说，它是失败的。美国变得越来越强大、越来越富足，但在宗教、道德、文学和审美等方面，它却毫无起色。

巴勒斯的下一站是罗赛蒂的家。罗赛蒂编辑出版了惠特曼的作品，名为"惠特曼的诗歌"。在会见罗赛蒂的时候，巴勒斯表达了对罗赛蒂在英国率先出版惠特曼作品的感激之情。对于罗赛蒂润色作品以适应英国的法律禁止使用猥亵言语的情况，巴勒斯表示理解，并对罗赛蒂为基本保持惠特曼作品的精神而做出的努力感到欣慰。当惠特曼对于作品的删减不是很高兴时，巴勒斯对惠特曼说道："是让你的一些诗歌现在让人知晓、以后再知晓全部好，还是一首都不知晓好呢？不要弄错了，罗赛蒂不是敌人，他是个朋友。"[1]

英国之行不仅使他结交了一些朋友，更让巴勒斯对英国乡村美景赞叹不已。在几天的旅行之后，巴勒斯由衷爱上了英国乡村的风景、那里的人们以及他们的生活步调。巴勒斯发现英国乡村有着突显某种文明的东西，而美国的乡村看上去没有规划，如临时罗列一般。在英国，乡村给人一种经过仔细雕琢的感觉，反映了长久以来人文精神的影响。巴勒斯把英国之行的见闻写进了《十月的国外之旅》（An October Abroad）一文里，收录在 1875 年出版的《冬日阳光》中。巴勒斯不太喜欢远程旅行，而且海上航行会让他觉得可怕，但当他踏上英格兰土地的时候，他便陶醉于周围的一切：树木、田野、小鸟、花儿、农舍、马车等。他写道：

1　Edward Renehan, *John Burroughs: An American Naturalist*. Post Mills, Vt.: Chelsea Green Pub. Co., 1992:101.

"对英格兰的第一印象让我陶醉！"[1] 周围的一切景物都那么欢快："我看到英格兰在溪流里欢笑，在道路上欢笑，在桥梁上欢笑，在田野上的牛群和羊群中欢笑。"[2] 英格兰犹如被一道道风景画卷包围着，它们也深深刻在巴勒斯的脑海之中，让他目不暇接，这种田园牧歌的情调让巴勒斯流连忘返。

1882 年 5 月 5 日，巴勒斯带着妻子和 4 岁的儿子再次开启英国之旅。海上航行 12 天后，他们来到了英格兰。到达英格兰不久，巴勒斯就给他的哥哥写信，充满热情地描写他在那儿发现的田园风光，称他从来没有看到过如此精致的农场。同样，他告诉朋友本顿说："不像我们那儿，这儿没有一丁点的野蛮与深邃，而是有种人文的柔和、宁静和如画般的效果，这是你无法描述的。"[3] 在英格兰，巴勒斯看见了清新的田野、牧场中的牛羊、爬满常春藤的墙壁、高大的植物、完好的道路、青翠的群山等，景致随处可见。关于这次的所有见闻，他也写了一些文章，收录在 1884 年出版的《清新的原野》中。

巴勒斯对英格兰的风光赞叹不已，他说："英格兰的风景给人的强烈印象是宁静。对于眼睛而言，特别是美洲人的眼睛，从未有过这样恬静的感受。实际上，美洲过分地倾向于将它的风景中的污秽与壮观混合在一起，形成强烈的反差，处处给人不安的情绪。而这里，野外大自然十足的宁静就像梦一般。"[4] 再次造访英国，巴勒斯让自己完全沉浸于各色自然景象中，他想"长时间地、充分地将自己浸泡在甘美而仁慈的山水之中，进一步体验十一年前

1　（美）巴勒斯，《冬日阳光》，张念群译，合肥：安徽人民出版社，2012 年，第 121 页。

2　（美）巴勒斯，《冬日阳光》，张念群译，合肥：安徽人民出版社，2012 年，第 122 页。

3　Edward Renehan, *John Burroughs: An American Naturalist*. Post Mills, Vt.: Chelsea Green Pub. Co., 1992:145.

4　（美）巴勒斯，《清新的原野》，川美译，合肥：安徽人民出版社，2012 年，第 26 页。

匆忙拜访过一个秋天的期间留下的印象"。[1] 巴勒斯完全沉浸于英格兰繁茂且丰富的田园牧歌的自然风光中。

当巴勒斯第一次来到英国的时候，他认为不像美国东北部的风景，英国的乡村风景没有被工厂所腐蚀。然而，当他这回再次拜访英格兰的时候，他却发现英国的情况与美国并没有两样。关于科技发展对风景和灵魂的不利影响，英国人不比美国人聪明到哪儿去。巴勒斯告诉本顿，他注意到英国乡村的风景正遭受着让人心绪不宁的"侮辱"："太多的地平线上都有工业的触碰。画面最显著的部分还是纯净的，但是背景已有了煤烟的污渍、黑铁的侵入。河流流淌在平静的草原，但是在许多农场中间，总会发现某个工厂以及工厂带来的一切。比如，刺耳的、有节奏的自动化响声，天空的沉默及水下的死寂，没有鱼儿、没有鸟类、没有蟾蜍，它们比人类都知道不宜居住在有毒气的工厂旁边。"[2] 尽管大片的地方依旧美丽，但是"这个地方充满着旧画面，现代化的黑暗恶魔如阴云般笼罩着"。[3] 英格兰的乡村生活如美国的乡村生活一样正在被威胁。

1882 年 8 月，当巴勒斯在"河畔小屋"招待奥斯卡·王尔德的时候，他谈到了最近访问英国的经历。巴勒斯没有像往常一样邀请王尔德去远足，可能他觉得粗糙的小路和陡峭的山峰不适合王尔德。巴勒斯和王尔德坐在摇椅上谈论了几个小时，其中最重要的主题就是惠特曼。王尔德非常欣赏惠特曼，其母亲也是第一个在国外推广惠特曼作品的人。除了共同欣赏惠特曼的诗歌以外，

1　（美）巴勒斯，《清新的原野》，川美译，合肥：安徽人民出版社，2012 年，第 7 页。

2　Edward Renehan, *John Burroughs: An American Naturalist*. Post Mills, Vt.: Chelsea Green Pub. Co., 1992:146.

3　Edward Renehan, *John Burroughs: An American Naturalist*. Post Mills, Vt.: Chelsea Green Pub. Co., 1992:146.

巴勒斯和王尔德对于现代发明和科学技术的结果一致地不满意。
王尔德告诉巴勒斯，他认为美国是世界上最为吵闹的国家，一个
人早上醒来的时候不是被夜莺的歌声而是被蒸汽机的轰鸣声唤醒。
他们都认为英国和美国在把科学应用到生活的方式上都是失败的。

　　巧合的是，巴勒斯和王尔德都对约翰·罗斯金十分崇拜。罗斯
金长期抗议施加在英国风景上的侮辱与伤害，称之为现代社会的
恶臭显现。早在 1866 年，罗斯金就在作品中哀悼英国乡村的消
亡，他特地评论了英国南部的一个地方，这也是巴勒斯拜访过的、
王尔德非常熟悉的一片区域。罗斯金写道：再也没有清澈的水域
在歌唱了，再也没有青青的牧草在春天闪耀了，再也没有鲜艳的
花朵充满激情地绽放了。数代人以来，这个地方保持着它的原始
与纯朴，但是，最近它却遭受着鲁莽的、慵懒的对待，水域和林
地遭受毁坏；而现在"这个地方卑鄙的人类把他们的街道和房屋
弄得恶臭，引得整个河流漂浮着毒液般的东西，延伸到所有地方，
而在这些地方，上帝原本让这些水域带给人类的是快乐和健康"。[1]
王尔德评论说，罗斯金的观点很正确，但是他没有明白整个"阴
险"问题的全部。事实是，人类已经不可能远离这些该死的机器
了，不管一个人藏在哪里，它们都会把他挖出来。最后，王尔德
指了指巴勒斯平静的农场以及下面的河流，悲痛地说："某个地方
有种毒药也正在渗透着，在不远的将来就会流到你那个宜人的花
园中。"[2] 正如华兹华斯 1802 年的一首诗《我们让世界无法承受》一
样，工业革命对环境的破坏是多么令人痛心。而两百多年过去了，

1　Edward Renehan, *John Burroughs: An American Naturalist*. Post Mills, Vt.: Chelsea Green Pub. Co., 1992:150.
2　Edward Renehan, *John Burroughs: An American Naturalist*. Post Mills, Vt.: Chelsea Green Pub. Co., 1992:150.

人类对环境的破坏以及对物质的追求只能说变本加厉了。

扎根乡土的田园文学

作为一本自己爱不释手的书，在巴勒斯看来，《塞耳彭自然史》虽短小，但它却超越了很多博学的、冗长的巨著，这主要是因为它真诚、直接、简单、平实且充满着爱。巴勒斯写道："没有一定的真诚和节制，这个世界上的东西不会长久的。树木没有一定的平衡与均衡不会生长和直立。人没有一定程度的简单化不会活过半辈子，太多的东西、不规则的事情和各种扭曲会毁灭他的。书籍也是这样，唯有真诚的书籍才能存活；唯有完全的真实才能经得起时间的考验。"[1]因此，当那么多博学而精雕细琢的论著都沉在了海浪之下时，这本书却在海浪上如此安全地漂浮着。它"长寿"的秘诀是什么？人们只能说出它的品质，却追溯不到这些品质的来源。就像面包、肉或牛奶，它简单而有益健康。也许正是这种未经精练的品质，使这本书保持了生命力。像调味品一样辛辣刺激的书，或者像糖果和糕点一样甜腻的书，看起来生存的机会要少得多。

巴勒斯强调，正如一个人长寿需要身心健康，有节制、有规律，再加上有活力，一本书的存活也是如此。那些激情澎湃、铺张奢华的书可能会燃烧世界一段时间，但终究会化为灰烬、遭人遗弃。巴勒斯评论道："文学或者艺术最为永久和根本的品质就像水或牛奶一样简单，或犹如大气中的氧气；它不是来自远方，它比我们认为的更加普通和为人熟知。"[2]《塞耳彭自然史》的简洁、直接

1　John Burroughs, *Literary Values and Other Papers*. Boston: Houghton Mifflin, 1902:5.
2　John Burroughs, *Indoor Studies*. Boston and New York: Houghton Mifflin, 1889:182.

以及对于熟悉之物和风景的处理让它成为一本对读者来说永不厌倦的书。

此外，在巴勒斯看来，《塞耳彭自然史》的魔力还在于它扎根乡土。巴勒斯写道："它有一种永久的魅力。它在很大程度上就像乡村的事情本身。"[1] 按照巴勒斯的理解，一个人要想全面欣赏怀特的作品，首先他必须是个土生土长的乡下人，能够与禽兽为邻，与乡村自然景象为伴，建立一定的同志般的亲密关系。自然当然是普遍的与全体的，但它同样也是"地方性的、独特的——为每位穿衣者裁剪不同的衣裳，给予每一片土地属于自己的土壤和天空，赋予每种花与之相配的动物"[2]。

作为独特地域的产物，《塞耳彭自然史》不是一个城市人走进乡村而写出的书，而是一个天生的乡下人，头脑中固有一种乡村的质地。假如让一个人把他的足迹踏上某片土地，说"这就是家"，然后让他描述周围的事物，或者描写事物与天气、周围的动物和植物之间的关系，他的描述不会激起人们的兴趣。扎根当地、熟知周围的一切，才会"有种家一般的空气，一种隐秘性和独特性"[3]。对于一个匆匆的过路人来说，农场和乡村的房子似乎都是一样的，但是对于那些土生土长的人来说，它们是多么的不同啊！他们已经仔细阅读过那些匆忙的眼睛无法看到的细小字体；每一条地平线，每道弯弯曲曲的丘陵或山谷，每一棵树，每一块岩石，每一缕春光，每一处转弯的道路和风景，都有它独特之处，给他们留下了深刻的印象。

更为重要的是，这本书弥漫着英格兰那种田园般的宁静、甜

1　John Burroughs, *Literary Values and Other Papers*. Boston: Houghton Mifflin, 1902:185.
2　（美）巴勒斯，《河上漂流记》，马永波、石蕾译，北京：中国国际广播出版社，2013年，第75页。
3　John Burroughs, *Indoor Studies*. Boston and New York: Houghton Mifflin, 1889:179.

蜜与和谐。巴勒斯写道，通过此书，"我真正瞥见一个人在那里的真正生活；我们看见他随处走动，专注地关爱周围自然的每一个时段。我们瞥见简陋村舍、阡陌小径和劳作的人们，我们看见培根在烟囱里烘干，我们看见穷苦人在沃尔默森林采集白嘴鸦筑巢时丢下的木棍和树枝，我们看见他们在大树砍倒后索取树梢"。[1]怀特笔下的塞耳彭舒适而幽静，读者瞥见了人们的来来往往，伟大的世界远在天边，又近在眼前。事实上，怀特对人性的触碰和人物形象的描写也给读者增添了很多乐趣。1882年，在第二次造访英国的时候，巴勒斯朝拜了怀特的故乡塞耳彭。在游览塞耳彭的时候，他发现，这里的变化是缓慢的。塞耳彭的所有基本特征和怀特时期没有多大差别，它仍旧是个卑微的乡下小村庄；它的教堂、房屋、陡坡林地、沃尔默森林以及年老的紫杉，都在那里。

巴勒斯认为，怀特没有什么文学上的抱负，他的文体是学者的文体，他是一个奉献于自然知识的学者。他的文如其人，深得人心，魅力四射。最重要的是，让怀特的书保持鲜活的无疑是它健全的风格——句子中充满了人的鲜活气息，内容与想法跃然纸上，表达简单明了。怀特只是深爱当地的田园自然风光，没有为了其他的抱负而写作。《塞耳彭自然史》将会永葆青春，因为它充满着活生生的喘着气的句子。巴勒斯进而评论道："当一个人读到如今的作家写到英格兰的乡村生活以及与那里有关的野生生命的时候，他会发现他们没有了怀特这个自然学家的魅力；我想这主要还是因为他们带着有意而为的目的去写自然。他们选定了主题，而不是主题选择了他们。他们爱鸟类与花儿，只是为了它们能够带来的文学效果。进入田地或者森林，以优雅的句子描述一个人

1　John Burroughs, *Literary Values and Other Papers*. Boston: Houghton Mifflin, 1902:186-187.

看到的东西——鸟类、树木、花儿、云朵、小溪，这不需要什么了不起的才能；但是如果要呈现出这些东西的感染力，抓住它们重要的和有趣的特征，让读者有同感地去与它们交流，这就是另外一件事情了。"[1]

巴勒斯的论断充分解释了，为什么在怀特之后有很多的自然文学作家，但是"到目前为止，怀特在这个领域的英国作家中仍是鹤立鸡群。大不列颠后来的许多文学作品尽管受到了自然研究的启发，愉悦可读，但是这些作品却没有塞耳彭教区那本书的甜蜜、魔力和真诚"。[2]很多人都在模仿怀特，但是都没有他成功。巴勒斯强调，《塞耳彭自然史》看似不是一本伟大的书，却是一本真正的书，一本活着的书，它"没有吸引大量的读者，但是缺少了它，没有哪个图书馆是完整的。作为事实的储藏室，它是有价值的；作为观察艺术的文章，它是有价值的；它的价值还在于它的甜蜜风格的魅力"。[3]正如巴勒斯评论的那样，阅读《塞耳彭自然史》时，"一个人不会带着激动或者急切的渴望去读它，读它要慢节奏；它叙述的不是重要的事件；它缺乏雄辩，或机智，或高深莫测；它只是偶尔闪烁着一点幽默或者一丝幻想，然而它却存活了一百多年，而且注定还要活上数百年"。[4]

1　John Burroughs, *Literary Values and Other Papers*. Boston: Houghton Mifflin, 1902:187-188.

2　John Burroughs, *Indoor Studies*. Boston and New York: Houghton Mifflin, 1889:192.

3　John Burroughs, *Indoor Studies*. Boston and New York: Houghton Mifflin, 1889:180.

4　John Burroughs, *Literary Values and Other Papers*. Boston: Houghton Mifflin, 1902:185.

第二节　自然的精神与道德价值：爱默生的生态视野

作为超验主义代表性人物，爱默生是个抛弃了宗教教条和经文的人，他深信个人主义、思想的独立性和自力更生。在他看来，宇宙是由自然和灵魂组成的。他把自然视为上帝，一个无所不在、无所不能的精神存在；他把自然对人的道德影响视为最纯粹、最神圣的；他还主张灵魂的直觉性和内在的上帝的存在。在作品中，爱默生谈到了如森林和空气等各样的自然形式，歌颂了自然对人的道德和宗教影响。爱默生将自然描述为一个神秘且仁慈的存在，她可以净化人类的精神和灵魂，为人类提供不可或缺的精神营养。爱默生鼓励人们全身心融入自然之中，与外部世界融为一体。他所说的"灵魂"超越了人们身体的物理极限。事实上，爱默生通过人性化和人格化来揭开自然的神秘面纱。他认为，大自然永远不会有卑鄙的外表，而最聪明的人也无法勒索出她所有的秘密，她永远不会成为智慧的玩物。对爱默生而言，大自然就是灵感以及生命的源泉。

从《醒来的森林》（1871）到其死后出版的《最后的收获》（*The Last Harvest*）（1922），巴勒斯曾多次引用爱默生的话语，也写了不少关于爱默生的文章。这些引用通常把爱默生作为范例、灵感或权威——特别是在涉及与自然、宗教或文学有关问题的时候。没有人会怀疑爱默生对于巴勒斯自然文学创作的重要性，而巴勒斯也在其文学评论中不断阐释着对爱默生的理解。在巴勒斯看来，爱默生在过去的一代中，比其他任何美国作家都更深入地影响众人，无论是男性还是女性。但在巴勒斯生活的时代，爱默生是否仍然能够这样是令人怀疑的。因为当照亮爱默生书页的至高天堂的群星被眼下这个匆忙的、物欲横流的时代的尘埃和迷雾所遮蔽时，爱默生的影响看起来是多么的微弱。

对于巴勒斯，爱默生是严格意义上的"精神之父"，一个伟大的人，一个神圣的人。巴勒斯谈论道：爱默生的某些作品，普通读者第一次阅读时，一定会觉得它是一种奇怪感觉的混合体，完全缺乏散文的逻辑，甚至常常近乎荒诞。然而，如果读者不因此气馁，很快就会看到灵魂最纯净的金色脉络在其中流淌，并能感受到洞察大自然的方式。巴勒斯回忆道，当他还年轻，第一次看到它们时，他对它们一无所知，尤其是他刚读过英国的权威散文家和哲学家时，如约瑟夫·艾迪生（Joseph Addison）、塞缪尔·约翰逊、约翰·洛克、蒲柏（Alexander Pope）等。所有这些作家的作品都具有伦理意义，时而是劝导式的，时而是说教式的，但从来不是神秘的与超验的。当他一头扎进爱默生的作品中时，就如同一头扎入了一个陌生的世界。而几年后，当他再次打开爱默生的作品时，它们就像滋润着干裂双唇的泉水，教给了巴勒斯一种充满诗意的、预言般看待事物的方式。当爱默生逝世的时候，巴勒斯写道："随着爱默生的离世，活着就是件蠢事。不管我是谁，好像我几乎所有一切都归功于他。"[1] 即使在生命的尽头，巴勒斯还在思考着爱默生。很明显，巴勒斯深爱着爱默生，自始至终珍视爱默生的影响，从他的作品和个人身上不断汲取着精神营养。

巴勒斯的"精神之父"

写日记是巴勒斯持续一生的习惯。在 19 世纪 50 年代中期的一本日记的扉页上，巴勒斯有着这样的题字："这是孤独、情感和

1　Clara Barrus, *The Heart of Burroughs' Journals*. Boston: Houghton Mifflin, 1928:87-88.

学习之书。"在 1859 年另一本的扉页上，他写下了无助的浪漫主义的句子："这是一本思绪波浪之书，时不时在我的岸上留下几个光滑的石砾。"随后他记下"真理的学徒"这几个字，并且画下了一只眼睛，那或许是爱默生的目光。巴勒斯认为，他首次出版的散文是笨拙的约翰逊式的重复；他为一些杂志写的短篇散文犹如"知识美食家餐桌上的残羹"。在一篇散文中，他提出反对超自然现象的支持者，表明年轻时的巴勒斯的散文呈现出不自然的、修辞学的倾向："我们假设那些天体的东西会离开不朽的明亮海岸，进而降临到尘世间灰暗的角落，仅仅旨在满足独特个体的闲散好奇心，这一点与我们应该拥有这些天体的想法是多么的吻合！"[1] 巴勒斯后来也说到这些散文仅仅是"二手真理"，它们是"稻壳、稻壳，没有谷粒呀"。当巴勒斯把约翰逊的"漫步者"和"闲散人"换成了爱默生的笔触时，谷粒终将饱满了。爱默生的大胆与不拘一格深深吸引了巴勒斯。

在《鸟与诗人》中，巴勒斯写了一篇题为"爱默生"的文章，以致敬爱默生早期的作品，但同时他也指出，"爱默生的特点在后期写作中发生了很大的变化。他的玉米不再交融于牛奶之中，而变得坚硬起来。那种扩张式的革命性力量已经从他身上消失，但他仍然是一个具有非凡捕捉才能和出其不意的叙述才华的作家"。[2] 这不应该解读为对爱默生的轻视，而应是一种诚实而有洞察力的文学评价，大多数现代批评家也都同意巴勒斯的这一观点。在回忆早期对爱默生的看法时，巴勒斯认为，爱默生最看重的就是青春和天才。如果一个人拥有它们，就会理解并喜欢爱默生；如果没

1　Clara Barrus, *The Life and Letters of John Burroughs*. Boston: Houghton Mifflin, 1925:39.

2　（美）巴勒斯，《鸟与诗人》，杨向荣译，北京：人民文学出版社，2006 年，第 161 页。

有其中一项或者两个都不具备，这个人就不会从爱默生身上得到多少东西。一个人精神与身体成熟的过程，与各种有机生长物一样，或多或少是一个僵硬和韧化的过程——一种强度和耐力的硬化。在硬化到来之前，他的思想还没有成熟，不太挑剔，仍然充满勇敢和慷慨的冲动，可能有点稚嫩，但乐观开朗。爱默生的吸引力就在一个人年轻或成年初期时最为强烈。

不过，对于爱默生的热爱，巴勒斯几十年间都没有太大的变化，相反还在不断增长与加深。年轻的时候，巴勒斯就崇拜爱默生，因为爱默生是"思想正在形成、理想化的年轻人的代言人与预言家，他的声音来自高处，永久沐浴在精神的艳阳下"。[1] 年老的时候从爱默生身上学到的东西，即使到年老也不会忘记："我发现，即使当他老的时候，一个人早年从爱默生身上学到的东西也不会离开他。这种东西就是一种习性、一套价值，以及对于创造物的根本上是好的、健康的坚定信仰。他帮助你在自然中和土地上感到自在。"[2] 爱默生总是充满着希望和勇气，他是悲观主义和物质主义的一剂良药，是个十足的、不可战胜的乐观主义者。尽管爱默生认为美国的文化也存有地狱般的东西，但好的东西会从邪恶中升起，最终战胜邪恶。

在讨论爱默生的诗歌时，巴勒斯认为他最好的诗歌是写雄蜂和山雀的。"山雀"是"真正的爱默生式的小鸟"，因为爱默生不是一个"激情夏日的歌者"，他的诗行可能不悦耳，却充满了所有简洁、纯真事物的一切活力与独特。它们就像松针，爱雪的松针，那是新英格兰冬天独特的风景。爱默生独特的诗歌风格就像松针和山

1　John Burroughs, *The Last Harvest*. Boston and New York: Houghton Mifflin, 1922:2.

2　John Burroughs, *The Last Harvest*. Boston and New York: Houghton Mifflin, 1922:2.

雀一样，具有典型的地方特色——圣洁而单纯。正是这种圣洁与单纯让爱默生在新英格兰范围内那么卓尔不群和无可辩驳。爱默生是大师级人物，是新英格兰这片土地和人民所能孕育出的大师。他的思想精致、超然，叙述清晰、分明，观点大胆，血气方刚。巴勒斯写道，爱默生的"纯粹和简约自始至终都给人留下极其深刻的印象，犹如一只坚果"。[1]爱默生自己就是精华和简约的代表。在这方面，文学史上没有任何别的作家比他更出色。他身上的每一处微不足道的东西都很重要，不能等闲视之，就"犹如一些芳香宜人的野花野草，比如鼠茅草、薄荷、鹿蹄草、檫木——哪怕最微不足道的部分都散发着整体的气息"。[2]

巴勒斯强调，爱默生是极端文化的产物，他永远无法忍受颓废和低俗。过去的大师们似乎从不回避人类生活中粗俗的一面，而是忠实地接受它，并把自己的根深深扎进去，从中获取支撑和力量。但是爱默生不同，他喜欢圣人，不喜欢罪人，他喜欢预言家和先知超过荷马、莎士比亚和但丁。爱默生似乎跟所有诗人较劲，他认为："荷马太自由了，弥尔顿太学究了，惠特曼嚎叫得太野蛮了。"[3]在他看来，真正的诗人还没有出现。所以，爱默生的世界观不同于莎士比亚的接受型和创作型的世界观，他的世界观是提炼型和选择型的，需要不断地追求理性和神性。爱默生的作品能点燃人们的心灵；人们可以瞥见高贵的举止，或者感受宗教和诗歌的刺激。他写的每一行字里都潜藏着英雄的品质，总有一种伟大榜样的激励，那就是高昂而无畏的态度，以及充满挑战的愉快对抗。

1　（美）巴勒斯，《鸟与诗人》，杨向荣译，北京：人民文学出版社，2006 年，第 141 页。
2　（美）巴勒斯，《鸟与诗人》，杨向荣译，北京：人民文学出版社，2006 年，第 146 页。
3　（美）巴勒斯，《鸟与诗人》，杨向荣译，北京：人民文学出版社，2006 年，第 151 页。

　　当然，巴勒斯并不是唯一一个对爱默生充满钦佩的人。惠特曼对自己早期遭遇的描述——"我在煮，在煮，在煮；爱默生让我沸腾了"——似乎是19世纪中叶任何一位有抱负的美国作家的情况。正是在这一时期，爱默生的吸引力或多或少地影响了所有年轻的、正在崛起的作家，使他们不得不通过一种媒介进行对话。在这种媒介中，他们已经被有力地加快了速度，学会了如何正确思考。这正是巴勒斯的经历。事实上，巴勒斯在这一时期几乎所有的作品都试图以爱默生的身份说话。巴勒斯仍然醉心于爱默生，在日记中，他写了一系列关于天才和诗歌的文章，爱默生的核心思想在他的作品中呈现了出来。正如巴勒斯后来所写的那样，他早年就"感染"了写作的"病"，但只是在阅读爱默生之后，他才知道如何开始这项工作。

　　其实，巴勒斯最早的写作野心就是由爱默生和《大西洋月刊》杂志共同塑造的。巴勒斯第一次读爱默生是在1856年的春天，当时他仅有19岁。起初，他阅读爱默生的随笔，觉得这位老作家很难读懂。一年后，巴勒斯又重读爱默生，在几个月的时间里，他阅读了他能找到的爱默生的每一部作品。这段经历被证明是巴勒斯人生和事业的分水岭。在这几个月里，巴勒斯既想写作又想以作家的身份赢得声誉的愿望得到了相当大的关注，他的文学目标只是模糊地实现了。爱默生的态度与看法常常在巴勒斯的作品中显露出来，爱默生帮助他更好地表达文学，加快了他对美的感知，激发和滋养了他的宗教天性，加快了他的良知觉醒，激发了他的性格，纠正了他的品位。总之，对于巴勒斯来说，爱默生不是科学或理性的代言人，而是灵魂的代言人。

　　在后期的写作中，虽然巴勒斯对爱默生也颇有微词，但总体变化不大。他写道："尽管我们可能在某种程度上已经超越他，现在也觉得他的悖论、大胆、夸大或轻描淡写减弱了我们曾经以为的新奇和刺激，但我们永远在内心深处珍爱他。"[1] 作为美国文学中的一个特例，爱默生并不代表长久或者普遍的状况。和他那个时代的粗糙相比较，他显得太过于精致了！但在美国文学史上，在美国道德和宗教发展中，爱默生是如此重要的人物，美国人民将时刻感激他，就如巴勒斯所坚信的，爱默生的作品必将和但丁、塞万提斯或培根等人的作品一样"都可以贴上不朽的标签"，而且会对"当前的我们以及可能会在未来迷失的国家具有重要的意义"。[2]

自然是人类精神和道德生活的范式

爱默生的代表作《论自然》对后来的自然文学作家影响深刻，其中就包括梭罗和巴勒斯。但是爱默生不是像梭罗、巴勒斯或者安妮·迪拉德那种意义上的自然文学作家，因为后者都花费大量的时间近距离研究一个特定地方的自然史，并且写出了他们对它的深深热爱之情。除了爱默生在一些诗歌里提到自然现象，或者在少数几篇散文里描绘了康科德周围的风景和动植物外，读者很少能发现他对于自然的密切观察和异样的喜爱。

对于爱默生来说，自然的主要用处在于它能实现某种智性的东西，为了自然本身而研究自然不是件有趣的事情，他努力想在自然中找到一种道义或一种智性的良药。他的《论自然》就是富有宗教意义的诗意情感，他写道："走进自然不仅仅是走进一种药

1　John Burroughs, *Literary Values and Other Papers*. Boston: Houghton Mifflin, 1902: 211.
2　（美）巴勒斯，《鸟与诗人》，杨向荣译，北京：人民文学出版社，2006年，第161页。

品，它更是健康。当一个人走进森林，生活中没有什么东西能降
临到他的头上，所有的灾难，所有的羞辱，自然都能给予他甜蜜
的安慰。"[1]爱默生认为，自然为人类提供各种原材料，而人类可以
从中发现有用途的东西。不过，他的"有用论"超越传统意义上
的实用性——自然提供给爱默生一些材料，而他把这些材料变成
一个个象征物，进而去揭示它们在宇宙精神上的重要性。除了这
种"服务"之外，爱默生对自然的其他魅力并不在意。他认为，
自然之所以是文学创作取之不尽的源泉，主要在于它是精神的
象征。

当谈到卡莱尔和爱默生时，巴勒斯写道："尽管个性和脾气差
异很大，但是这两个人都被同种磁力所吸引——道德情感。卡莱
尔的作品涉及的都是人——历史、传记、政治事件和政府；而爱
默生的都是理念、自然和诗歌。但是，他们的基石是一样的。两
个人都宣扬一种福音。"[2]这样看来，爱默生从来不会像梭罗一样深
陷沼泽池塘观察睡莲上的蚊子，或整个早上坐在同一个地点；或者
像巴勒斯一样观察蓝鸟的筑巢习惯，或站在人行桥上数分钟不动。
这样的密切研究自然的方式不会引起爱默生的兴趣。他的兴趣是
整体上的，而不是具体的观察；他的眼睛只关注整体的风景，而不
是离析的现象。

在《最后的收获》中，巴勒斯就爱默生与自然的关系评价道：
"他坚信人类的灵魂中没有一段文字，没有一丁点思想的影子，是
不能在自然界中找到它的象征的，他一直警觉于发现自己的心
灵与外部世界的关系。"[3]在巴勒斯看来，惠蒂尔（John Greenleaf

1　John Burroughs, *The Last Harvest*. Boston and New York: Houghton Mifflin, 1922: 41-42.
2　John Burroughs, *The Last Harvest*. Boston and New York: Houghton Mifflin, 1922: 80.
3　John Burroughs, *The Last Harvest*. Boston and New York: Houghton Mifflin, 1922: 57.

Whittier）是新英格兰的典型诗人，但爱默生是更伟大的诗人。爱默生是一位世界诗人，而惠蒂尔的作品在国外鲜为人知。只要在说英语的地方，爱默生都是众所周知的。爱默生在任何意义上都不是像彭斯（Robert Burns）或拜伦那样受欢迎的诗人，但他是少数的上等诗人，不断寻求具有某种智性或精神内容的诗歌。爱默生对于自然的兴趣主要是理性的，不是感性的；是精神上的，而不是科学上的。他认为，科学在某种程度上剥夺了自然的魅力；对于一个没有想象力或者缺乏对美的敏感性的人来说，自然就是没有魔力的，但是，如果一个人拥有了这些天赋，它们会比科学的知识在欣赏自然美方面有用。除非科学能够带给爱默生象征和寓意，否则在他看来，科学是毫无用处的。

爱默生有关自然的观点对于美国自然文学的影响无疑是深刻的，因为正是爱默生的卓越努力，才为他自己以及他的同胞们创造出了与宇宙的一种独特联系。通过追问一些特别的问题以及使用一些独到的洞察方法，爱默生把看上去陌生的、混乱的自然变成了一体的、美丽的、有道德秩序的自然。他提出的"超灵""宇宙灵魂"等有特点的认识论解构了传统意义上笛卡尔的二元论。"超灵"成为宇宙最为主要的元素，正是这种"超灵"或者"精神"创造了其他一切东西。自然就是一种精神现象，它是精神的结果，而这样一种精神也寄宿在每个人身上。

与新英格兰的其他诗人和散文家不同，爱默生是一个回归到早期类型的作家。他是道德理想的诗人与预言家，他的重要性是宗教上的，他的诗歌是东方神秘主义和吟游诗人的激情结合，然后嫁接在精明的、节俭的、新英格兰清教徒式的树干上。他诗歌的音调和狂野的、不确定的旋律犹如是从狂风中的竖琴里发出的一般。没有人的写作能够在这方面超越他——对于具体的、真实的和熟悉的事物的掌控；也没有人能够在另一方面超越他——他写作的那种不可捉摸的、神秘的暗示以及它的隐晦特征。一方面是美国人的才智和精明，另一方面是东方式的虔诚、泛神论和象征主义，爱默生就是"诗人中的吟游者，哲学家中的先知，散文家中的预言家，伦理学家中的神谕"。[1]

爱默生的这种"不可捉摸的、神秘的暗示以及它的隐晦"写作表现出了他对自然精神价值的偏好，并有种与之合为一体的渴望；也就是说，当爱默生洞察自然的时候，那种产生自然的精神和寄居在人身上的精神一起融合在观看者的"眼力"中。这种"眼力"就是把人与自然、自然界与超自然界连接在一起的东西。换句话说，人看事实，就是要在它们中寻找意义；人看自然事物，就是要在它们中寻找精神上的意义，因为"精神"就是自然的缘由，"精神"产生了自然。当爱默生看见这个"精神"的时候，他就把整个世界连接起来了，这样就消除了"我"和"他者"的问题，因为"眼力"瓦解了"观看者"和"被看者"、主体和客体之间的距离，通过与"精神"亲密接触，人会感觉到与整个宇宙生命融为一体。

爱默生所说的"眼力"就是"理念"。因此，他很喜欢理念，而不是事物，他喜欢思考那些抽象的东西，而不是具体的。他的作品读起来不像是从一个人到另一个人的启示，而是从一种理念到另一种理念的传递。对于新的东西，爱默生总是很殷勤，不断找寻新的理念和新的人，正如巴勒斯评论的那样："爱默生缺乏对人类的同情心。他不在意人类本身，他只在意他们所象征的人性

1　John Burroughs, *The Last Harvest*. Boston and New York: Houghton Mifflin, 1922:10.

天赋。"[1] 爱默生只面向未来，面向新的东西，过去的刚一过去就被抹去了。他的主要特点是美国式的，他对新事物非常热情——他渴望并欢迎新思想和新的人，也许可以称他是天生的激进主义者。在希望能够找到新的真理方面，从来没有一位作家如此坦率、如此极端地发表言论。任何新的和大胆的东西都会立刻引起他的注意，即将到来的东西是神圣的，但没有一个真理无比崇高，在明天新思想的照耀下，它可能又变得微不足道了。因此，爱默生所有的知识和观点都是为新的理念服务的。很明显，他"总是在寻找一个新的、比刚刚出现的更为伟大的人"。[2]

作为一名作家，爱默生试图让所有旧思想在他大胆的断言中显得微不足道。他随时准备向一个比自己更能概括的人展示自己的观点。他所有的知识、所有的意见都受新思想的支配。他不走寻常路，也不以合乎逻辑的方式寻求真理。他用头脑中的冲动和愤怒来寻找它。他称自己为"实验者"，并表示自己并没有预设任何事情都是真的或假的。他以随机、预言的方式触及了许多崇高的真理。事实上，在那个时代，很少有伟大的思想不是爱默生大胆的猜测所表明的。他思想中支离破碎、像炮弹一样的特点往往非常有效。他对新事物的希望和信心表现在他对未来人的严肃预言与期望中。

除了如何看自然，爱默生还教会了后来的自然文学作家如何通过自然去看事物，也就是说如何看到自然面纱下的真理。对于爱默生来说，看到现象是重要的，但更为重要的是看到它如何向人们揭示道德上的真理。巴勒斯评论道："与其说爱默生在解释一

1　John Burroughs, *Literary Values and Other Papers*. Boston: Houghton Mifflin, 1902:213.
2　John Burroughs, *Literary Values and Other Papers*. Boston: Houghton Mifflin, 1902:215.

种哲学,还不如说他在庆祝一种观点或法则。他不谆谆劝导一种美德,但是他在活跃我们的道德意识。"[1]爱默生自始至终都把道德放在首位,而且这种道德贯穿在他自己所达到的、远在读者之上的对道德的冷静并诗化的处理中。他始终是一位传教士,他的主题,无论是什么名字,始终是宗教的,或者他所认为的宗教,即道德法则的普遍性。没有一个爱默生的热爱者不会爱他本身的样子。他是一个难得一见的人,可能是英文文学或任何其他文学中最具星光的天才。他的书是写给年轻和有宗教信仰的人的,"正如他用别的事物来写诗,道德则用他来写诗。他从世界看到的只有伦理,不过却是用审美本能来看待的"。[2]

在爱默生看来,要想获得道德意义上的秩序,一个人首先必须学会理解美。换句话说,审美为一个人将来的道德伦理观打下了坚实的根基。而为了能够理解美,人类首先必须意识到自然是他们需求的管家,自然是人类的第一个母亲,为人类提供一切生活品。一旦人类知道自然的各个部分是如何和谐工作为其提供物质需要的,他们就会更深刻地理解自然作为整体的"不同的,但统一的"的概念。因此在每次看自然的时候,人类就能意识到自然的和谐与统一。看到整体与部分的关系,看见自然的和谐与统一,就是一种审美上的洞察能力。在巴勒斯看来,"爱默生的主旨是非常重要的,并且用少见的效度和魅力把它表达了出来。他的文章就是一种审美意义上的诱惑,一种伦理意义上的刺激物与滋补品"。[3]尽管爱默生不灌输美德,但能提高人们的道德感;他不教宗教,而是把所有的自然都表现为宗教,并倡导将自然研究作为

1　John Burroughs, *Literary Values and Other Papers*. Boston: Houghton Mifflin, 1902:216.

2　(美)巴勒斯,《鸟与诗人》,杨向荣译,北京:人民文学出版社,2006年,第153页。

3　John Burroughs, *Indoor Studies*. Boston and New York: Houghton Mifflin, 1889:161.

宗教洞察的途径。巴勒斯很清楚 19 世纪的科学发现，但和爱默生一样，他完全意识到，人类仍有必要为自己披上"宇宙寒衣"，寻求与宇宙的精神联系，将科学、自然和神圣网络在一起，以满足人类的道德与精神需求。

总之，从认识到自然为人类提供物质需要，到喜爱自然，渴望与自然融为一体，再到把自然设定为人类道德生活的范式，爱默生的自然道德伦理观清晰可见。他的自然道德伦理观也滋补、拯救了许多人，正如巴勒斯所言："我们走近他就如同我们走到一处泉涌边喝水，那是一处有着独具匠心的美德的泉水，一处含有铁元素、硫元素或者其他矿物成分的泉水。在我们这个病态的社会，他已经拯救了我们中很多人的生命。"[1]

留住自然的"永恒之光"

与自然接触，尽管每个人都是十足的艺术家，以自己的方式去完美、准确地表达自然，但是在日常经验中，当"自然之光"作用于人的感觉时，却不能使人在表达时变得足够机敏和聪慧，进而表达真正的自我之感。但是，这样的"自然之光"对于诗人和演说家尤为不可或缺。如果诗人和演说家沐浴在自然中，生活在森林中，没有人为的防范与刻意的追求，自然滋养着他们的思想，外界的变化与纷争不会扰乱他们的修行。"自然之光"的合力能够在他们身上达到某种平衡与协调，使他们在呈现和表达时没有语言障碍和思绪混乱。他们看到和掌握了别人无法企及的东西，跨越了所有的经验，心游万仞，是"人类的代表，具有强大的力

1　John Burroughs, *Indoor Studies*. Boston and New York: Houghton Mifflin, 1889:169.

量，接受和聆听自然的真谛，并把它传授给人们"。[1]而对于任何一个社会的人来说，在各种名利场的诱惑下，更需要"自然之光"的照耀与警示。

和所有评论家一样，著名的爱默生论断也引起了巴勒斯的注意，他完全认同爱默生全身心沐浴自然的体验、与自然融为一体的理想信念以及把人与自然看成无法分割的命运共同体的核心观点。在这种人与自然的和谐统一中，人们会加深对自然作为整体的理解，也会加深他们对于自然的热爱。对自然的爱也把爱默生带到乡村生活中，使他追寻瓦尔登湖及其周围的森林。他喜欢栖息在树林里的隐居鸟，在没有其他社会交际的情况下，他亦在森林里过得很好，因为有诸如鹧鸪等鸟类的陪伴。他对自然的爱是与自然交流的爱，并且他已经在自然中找到了道德和智性上的滋补品。他写自然的目的并不是让人们走近他，而是让他们走进自然，保持自己的理解和看法，进而以自己的方式达成与自然的和谐统一。爱默生写道："我撰写和演说了二十五年或三十年新颖的东西，但是现在还没有一个弟子。为什么？不是说我所说的不真实，不是说它们找到了聪明的接受者，而是因为我没有任何愿望把人带到我这里来，我要把他们带到自己那里去。"[2]爱默生不断引导读者走进自然，时刻沐浴在"自然之光"中。自然的作用永远不能被低估与轻视。比起复杂的人际关系，苟且偷生的城市社会生活，人们更应该到朴实的乡村生活中锤炼自己的灵魂与心境，因为自然给人们的感悟与启示要比城市中鳞次栉比的高楼大厦、各式各样的高级沙龙多得多。人们不能忽视"自然之光"对心灵

1 鲁枢元主编，《自然与人文：生态批评学术资源库（上册）》，上海：学林出版社，2006年，第400页。
2 John Burroughs, *The Last Harvest*. Boston and New York: Houghton Mifflin, 1922:72.

的照射，忽视它的存在会带给人们和社会诸多问题。

如果就像爱默生所认为的那样，自然和精神两者实为一体，那么从诗意观察到科学研究再到精神洞察，巴勒斯的职业生涯就有了真正的蜕变。巴勒斯认为，在最自命不凡的科学研究中，在对生命和意识本质的研究中，人们试图用物理和化学的术语来解释它们，然而科学研究已到了尽头。尽管物质世界的真理在智性上是可辨的，精神世界的真理在精神上是可辨的，但所有与人们内心世界相关的问题是科学无法触及的。对于所有这些事实，巴勒斯强调，这并不是科学的责任，而是人类自身的问题。在对科学的反应中，人们要记住一个真理：当科学被有益使用时，它是完全有益的。不过，如果没有对内在精神世界的伟大基本真理的直觉感知，科学是无法拯救人类的。白天的物理之光是不能照亮人们深刻的内心的，人们的内心唯有通过精神的探索之光才能深入，正如当人们散步时，自然史的知识只起次要的作用，与其用自然事实来装备头脑，不如让人们的精神沐浴在自然的光芒之下。

在《琥珀中的瑕疵》（Flies in Amber）一文中，巴勒斯写道：爱默生的《论自然》被人们遗忘了，爱默生过时了。自然在美国文化中的位置已经不那么重要了，现行的美国文化成了大众文化的天下，人们关注电影等时尚娱乐，自然已被消除。人们不再关注自然的"永恒之光"，而取而代之的是大众娱乐的"炙热阳光"，正如阳光射灭了人们的灯柱或蜡烛，在"无限光"的照射下，人们的心灵之光也变得暗淡下来。随着时间的流逝，人们在某种程度上已经"超越"了爱默生，发现他的思想不再新颖、刺激了，但人们要在心中珍视他，因为爱默生的"自然之光"将会一直照耀下去，警醒下去。正如巴勒斯所强调的那样，爱默生的"自然之光"会历久不变，他"就像从花园里跑出来的花儿一样，在一个毗邻的房间里找到住处，但那永远是一朵花园之花"。[1]

对于爱默生，巴勒斯呼吁一种恒久的崇拜。他自己也多次访问马萨诸塞州的康科德，并在 1879 年奥利弗·温德尔·霍尔姆斯（Oliver Wendell Holmes）七十岁生日的早餐会上最后一次见到了爱默生。爱默生的健康状况严重恶化，导致了明显的失语症，以至于无法说出最亲近朋友的名字，也无法回答最简单的问题。然而，爱默生一如既往的平静，他的表情似乎在说：让天塌下来，这与我有何关系？他的脸比那个时代的任何一位作家都更具有人们所称的神性，那美妙、亲切、睿智的微笑——灵魂的微笑——不仅是善良天性的微笑，好客的微笑，更是精神上的主动拥抱。1917 年 10 月，巴勒斯再次造访爱默生的老家、墓地以及瓦尔登湖和其他熟悉的地点。对于爱默生，巴勒斯深情地写道："让我们永远记住爱默生，让他活在我们的心中，这样一个人在我们中工作过、生活过！让我们把他的勇敢、英雄般的话语教给我们的孩子，让我们的生活根植在和他有着一样稳定根基的伦理上！让我们到康科德去朝拜他吧，在他的骨灰安息的松树下脱帽致敬他吧！他在理想的美丽田地里留下了一座庄园！他留给我们许多财富，而这些是盗贼无法闯入偷走的，是时光无法腐蚀的，是锈迹或飞蛾无法摧毁的！"[2]

1　John Burroughs, *Literary Values and Other Papers*. Boston: Houghton Mifflin, 1902:212.
2　John Burroughs, *The Last Harvest*. Boston and New York: Houghton Mifflin, 1922:102.

第三节　绿色经典文学：《瓦尔登湖》的生态价值

在 19 世纪和 20 世纪早期伟大的自然文学作家等级排位中，许多人认为巴勒斯是在梭罗之后的。先于巴勒斯的梭罗被认为是美国自然散文写作的始创者，大师级人物。如果说梭罗是爱默生智力上的孩子，那么巴勒斯应该是梭罗年轻的竞争兄弟。1897年，在《世纪杂志》（ *The Century Magazine* ）上，汉密尔顿·梅彼（ Hamilton Mabie ）发表了一篇文章，题为"约翰·巴勒斯"。梅彼对巴勒斯与梭罗进行了对比分析，他指出："像梭罗一样，约翰·巴勒斯完全是本土的；他不可能生长在其他任何领土中。几乎在每一部出名的作品中，我们的文学都显露出外来的影响；但是梭罗和巴勒斯则是本土所产，他们在鲜花和水果中再现了某种独特的品质。"[1] 梅彼认为："在这两者中，梭罗享有更加完整的正式教育；但是巴勒斯对各种人生经历的影响则更加敏感。梭罗思想更加坚定，具有更大的抵抗力量之特性；而巴勒斯对他所处时代的环境、周围的朋友、艺术的魔力则更加敏感。梭罗会把更多的时间放在土拨鼠上，不会放在卡莱尔、阿诺德或者惠特曼身上；巴勒斯则强调他受恩于华兹华斯、阿诺德、爱默生与惠特曼。巴勒斯有更开放的头脑，更富有同情心和赞同力，有更大的接触范围。他有时给我们一种不像梭罗那样尖锐和独具创新的感觉，但是他和梭罗同样具有美国独特性，在他身上，有一种更加成熟、更加健全的品质。"[2]

1　David Mazel, *A Century of Early Ecocriticism*. Athens and London: The University of Georgia Press, 2001: 82.

2　David Mazel, *A Century of Early Ecocriticism*. Athens and London: The University of Georgia Press, 2001: 82.

　　在巴勒斯的眼中，梭罗是一位生活评论家，代表着追求简单生活和高尚思想的文学力量。他的自然知识只是旁门侧道。当沉思的漫游者在森林或海滩上收集树叶、花朵或贝壳时，梭罗也收集了它们，但同时他又思考着更高的事物。他和森林之神还有别的事，而不是清点他们的物品。他不仅仅是一个自然的学生和观察者，还有其他额外的身份，正是这种额外的身份给了他的自然写作额外的分量和价值。他是一个梦想家，一个理想主义者，一个热情的道德教师，在田野和树林中寻找灵感。他书中的自然史是次要的，吸引他的不是关于周围野生生命的确切事实，而是超自然史。他给人们带来的是福音，而不是历史。他的科学只是他道德的女仆，他的森林知识是他的道德和智性教导的陪衬。他带给人们的花朵或标本总是"充满了思想"，他首先代表了一种道德的力量。

　　对于梭罗的写作，巴勒斯的主要争论点就是梭罗将自然作为一种工具来宣讲哲学，他觉得梭罗这种处理自然的方式是对自然的不尊重。巴勒斯认为，应该用观察者的眼光来看自然，不应带有任何的说教目的。和梭罗的布道与说教相比，巴勒斯只是看与描述。在他的身上，人们看不见梭罗的影子，但他的血管里流淌着和梭罗一样强有力的血液。因此，关于文学的目标，巴勒斯声称他的与梭罗所坚信的完全不同。他承认，梭罗热爱自然，其书中不乏令人愉快的自然史观察，但梭罗更热爱超自然。巴勒斯写道："我和梭罗很少或者没有相似之处。梭罗的目标主要是伦理的，就像爱默生的一样；而我的目标，如果有的话，是完全艺术的。"[1]

　　对于伦理的东西，巴勒斯声称他毫不在意，他也不会布道任

1　Clara Barrus, *The Life and Letters of John Burroughs*. Boston: Houghton Mifflin, 1925: 212.

何一个字眼。他写鸟，或鳟鱼，或风景，都是为了它们本身而写，无论如何都要写得真实。如果可能，他会写得风景如画。巴勒斯认为，看自然就是去观察她、报道她，他不同意梭罗向读者给出"答案"的倾向。巴勒斯自己也害怕与梭罗的比较，并希望通过批评梭罗的作品与梭罗区分开来。为了与梭罗有所不同，巴勒斯使用了不同于梭罗的写作修辞。如果梭罗的目的是在作品中传授道德课的话，那么巴勒斯写自然仅仅是因为她的美给他带来了快乐，他没有任何的道德目的，他对任何教义或道德目的都感到恼火。在思考宗教和自然的时候，巴勒斯会把爱默生的观点考虑在内，就像宗教一样，自然是通向更高意义的大门。尽管梭罗和巴勒斯都在探索更高意义上的问题，但是梭罗在他作品中提出了自己的观点，而巴勒斯给出的只是一个平台，他让读者自己去寻找答案。

其实，巴勒斯的文学创作与梭罗之前的文学自然史传统的关系更为密切。与之前的文学自然主义者一样，巴勒斯为研究和体验自然的个人提供了动态的描述，在人类的上帝赋予对地球无限统治的权力被视为理所当然的时代，他竭力为自然的价值辩护。如果巴勒斯确实回避了任何依赖道德说教的方法，那么他是如何解决写作自然史和将自然与人类联系起来的问题的呢？与他的前任不同，巴勒斯回避了将自然神学作为他情绪反应的基础；相反，他更加强调人与自然的关系，将情感语域转向自然的能力，同时保持他的语言足够接近某种神圣的感觉，他采用了现代文学自然史的传统写作方式。

异曲同工

关于梭罗，巴勒斯撰写了一些较为重要的评论性文章。1882

年，他在《世纪杂志》上发表了一篇有关梭罗的文章，此文章被收录在《室内研究》（*Indoor Studies*）中。在这篇名为"亨利·D.梭罗"的文章中，巴勒斯对这位康科德的漫游者、作家和哲学家给予了模棱两可的赞扬，认为梭罗就是极端化的爱默生式人物。换句话说，梭罗就是一个完全的背道而驰者，固执己见走自己路的人，以至于把自己放在了与时间相对立的境况。巴勒斯写道："如果按照这些词的通常理解的话，梭罗就是一个缺乏怜悯、同情、慷慨与爱国精神的人。然而，他的生活却表现出一种对'原则'的挚爱，这则是成千上万人中鲜有的。而与此对应的是，他的作品中总流淌着一种最纯真、最珍贵诗歌和最好智慧的血液。鉴于此，时光只会提升而不会降低他所做贡献的价值。"[1]

对于梭罗对"原则"的挚爱，巴勒斯羡慕不已，但是他发现梭罗那种虔诚的伦理观以及坚定的词语在许多方面太过肯定了：梭罗的道德本性之轮廓十分坚固和高贵，但是他直接的个性表现却并不总是让人高兴，也并不总能充满人文关怀。巴勒斯认为，当梭罗不是直视人们而是斜视的时候，他的轮廓才表现得最好。他把十分坚强的意志力与非常敏感脆弱的个性结合在一起，就像如铁的茎秆上盛开着一朵非常美丽却脆弱的花朵。如果他的个性更加自由和灵活些，自我屈服和自我放逐的能力再强些，他会是个伟大的诗人。但是，他生命中主要的目标是道德的、知识的，而非艺术的。巴勒斯写道："在极大程度上，他与那些渴望金钱、野心勃勃的人群走的路正好相反，他尖锐地责问、告诫和讥讽路人。我们都看见他、记住他，并且感受到了他话语的刻薄。"[2]

1　John Burroughs, *Indoor Studies*. Boston and New York: Houghton Mifflin, 1889: 6.
2　John Burroughs, *Indoor Studies*. Boston and New York: Houghton Mifflin, 1889: 12-13.

　　当然，巴勒斯与梭罗确实也有着诸多共同之处。首先，他们都是伟大的漫步者。在他们看来，每一次行走都是一次洗礼，每一次到树林里散步都是一场宗教仪式，每一次在小溪里洗澡都是一项拯救法令。大自然的教堂里没有异教徒，所有人都是信徒。自然宗教的美在于人们一直拥有它；人们不必在遥远的神话和传说中，在地下墓穴中，在乱糟糟的文本中，在死去的圣徒或嗜酒的修士的奇迹中寻找它。它就在这里，它无处不在。蟋蟀叽叽喳喳地叫着，鸟儿唱着，微风吟诵着，雷声宣告着，溪流潺潺细诉着。它的香味从犁过的田野升起，它在晨风中，它在森林的气息中，它在海水的浪花中。霜用精致的文字书写它，露水推动它，彩虹把它画在云上。它不是由主教或牧师承保的保险单；它甚至不是一种信仰；它是一种爱，一种热情，一种对自然真理的奉献。

　　其次，他们都是大山的热爱者。梭罗和他的蒙纳德诺克山，巴勒斯和他的卡茨基尔山——他们都从大山中汲取了一种独特的精神价值。巴勒斯这样写道："阿拉伯人认为大山稳固了地球，并将地球的所有元素聚集在一起。而当到达一座高山的山顶时，他们就能体会到一览众山小的感觉。山对于富于想象的东方人来说，要比我们意义多得多。对于他们来说山是神圣的，是神灵的居所。他们将祭品放在山上。"[1] 当巴勒斯攀缘岩石时，跋山涉水时，他便想到了梭罗的诗句："当春天搅动我的血液，伴随着到处游走的本能，我能得到足够的沙砾，在这条古老的马尔波诺夫大道上。"[2] 梭罗也认为，爬山让人经历一种自我的"更高的高度"，一个人将会兴奋并且充满着超验的意识。当然，在高山耸立的孤独中，一

1　（美）巴勒斯，《河畔小屋》，马永波、毕国菊译，合肥：安徽人民出版社，2012年，第19页。
2　（美）巴勒斯，《冬日阳光》，张念群译，合肥：安徽人民出版社，2012年，第21页。

个人能够在自然中寻找到上帝，看见整个世界都充满生命和神圣，因此山是值得崇拜的东西。上帝隐含在自然里，这是巴勒斯和梭罗都认同的。

再次，他们都是"处所"的写作者。梭罗的一生基本上都是在自己的故乡度过的。和梭罗一样，巴勒斯也是以自己熟悉的家乡自然为写作对象，他的二十多部散文都是在卡茨基尔山创作完成的。如果说梭罗把康科德视为宇宙的缩影，那么巴勒斯则是把卡茨基尔山地区看作宇宙的缩影。通过自己最熟悉的家乡体验，他们各自感知着整个世界，并鼓励读者也参与到对自己过去的感性旅程中。通过这种方式，人们的感官回忆可能会被重新点燃，并可能引发对环境的欣赏。对自然界的超个人认同可能会产生伦理后果，会帮助人们找回与土地的早期和稀有的文化关系。意识到与景观进行直接感官互动的重要性，可能会让人们意识到自己与居住的景观之间有着复杂的联系。这种超个人的情感可能会培养人们对环境的更多关注和尊重。基于个人与地方之间的超个人联系的发展，巴勒斯和梭罗与当地生物、景观之间的亲密联系可能比任何人想象的都更具政治意义。与当地的超个人联系应该被视为一种巨大的力量，一旦人们将注意力转移到围绕他们日常生活的熟悉现象上来，他们可能会对许多地方产生更大的爱。

最后，他们都是简单生活观的倡导者。"简单化"都是他们两人内心声音的流露。他们都认为，物质生活的富足不会带给人们幸福，如果人们缺乏思想，没有丰富的精神生活，人们是不会心满意足的。也就是说，人可能在最富有的时候，却表现得最为贫穷；人们不需要物质巨富。通过自身的经历，巴勒斯和梭罗不断强调简单生活的重要性，提倡并践行简单生活观，呼吁人们改变物质主义的生活方式，坚持人与自然和谐相处，努力过平静的简单生活，不断追求精神世界的富足与充盈。

一部永恒的绿色经典

尽管对梭罗的自然写作目的并不苟同，但巴勒斯对梭罗的《瓦尔登湖》却大加赞誉，认为它是"第一个，也有可能是唯一的自然经典"。[1] 他评价道："在爱默生之后，再也没有新英格兰作家的名字比梭罗更加绿色、更加新鲜了。"[2] 在巴勒斯看来，这本书之所以能够成为经典，流传于世，主要在于它表现了真正的生命的呼吸，体现了一种新鲜的、独特的个性，描绘出了人如何贴近自然而艺术地生活的实践经验。总之，它是对高尚的贫穷的一首赞歌，而这种贫穷完全夺走了财富的光辉。巴勒斯强调，尽管梭罗对自己的同胞进行了严厉的批评，但他的思想品质、他对于生活的诚意、他写作主题的可触性以及他罕见的文学表达能力，都赢得了每一代读者的青睐。在新英格兰的生活和文学中，他就像瓦尔登湖一样新鲜，"在他的第一个百年诞辰之际，他的名声比以往任何时候都更有活力"。[3]

梭罗出生在康科德，早年受到爱默生的影响；他是哈佛大学的毕业生，他的一生都在为国家和社会组织的利益而奋斗。他当然是他所谴责的文明的产物，也是他那个时代的产物。当他坐火车去波士顿，或在邮局投递信件，或收到一封信，或读一本书，或参观图书馆，或看报纸时，他都是这些利益的分享者。他并没有声称自己独立于其他人类。作为现代社会的"抗体"，梭罗使人们

1　John Burroughs, "A Critical Glance into Thoreau". *Atlantic Monthly*, 123(June 1919): 779.
2　John Burroughs, *The Last Harvest*. Boston and New York: Houghton Mifflin, 1922:103.
3　John Burroughs, *The Last Harvest*. Boston and New York: Houghton Mifflin, 1922:103.

抗拒商业的干腐、社会乐趣的诱惑、财富和地位的狂傲，他是一个具有特殊能力的文学"杀菌剂"，这在美国文学史上是罕见的。梭罗是个理想的绝对忠诚者。他宣称，他写作的目标就如早晨像雄鸡啼叫一样，吵醒他的邻居，擦去他眼睛上迷离的薄雾，进而使其看到生活的真实价值。出于这样的目的，梭罗总是带着悖论、双关语和讽刺的口吻，用一种意想不到的结果惊讶读者。比如，他觉得"贫穷比财富更有吸引力，孤独比交际更受欢迎，泥炭藓沼泽比花田更令人向往"。[1]

作为康科德的一名伟大的旅人，梭罗在田野和树林里散步，在日记里记录着他看到、听到和思考的东西，这成了他生活的一部分。他不断重复着同样的事情，但总是带回新的事实，或新的印象，因为他对每天的变化和周围的季节变化非常敏感。在两年多的时间里，在瓦尔登湖畔的森林里，梭罗写出了影响深远的《瓦尔登湖》，而它已经成为"自然的经典文学"。[2]巴勒斯评论道："《瓦尔登湖》是一段美妙而令人愉快的吹嘘，但它远不止于此。它是文学；这是大自然的福音。它使马萨诸塞州的一个小池塘闻名遐迩，成为许多虔诚朝圣者的圣地。"[3]

当把梭罗和爱默生放在一起比较时，巴勒斯认为，梭罗更加具有原创性，文学风格的许多方面都比爱默生强。从某种意义上说，《瓦尔登湖》即使不比爱默生的作品长久，也将会和它们一样长存。这本书是甜蜜的孤独的成果，比爱默生所知道的那个世界更为孤独与超然，也更为甜蜜。梭罗的散文具有火炉和篝火的品质，而这些品质是爱默生的作品所缺乏的。爱默生的文本更像是

1 John Burroughs, *The Last Harvest*. Boston and New York: Houghton Mifflin, 1922:121.
2 John Burroughs, *The Last Harvest*. Boston and New York: Houghton Mifflin, 1922:119.
3 John Burroughs, *The Last Harvest*. Boston and New York: Houghton Mifflin, 1922:110.

万花筒，装满了哲学与诗歌思想的珍宝，而梭罗的文本更像是一条编织严密、多彩多样的纺织品。这是两种不同的类型！尽管梭罗不是伟大的哲学家、博物学家、诗人，但作为一位自然文学作家和有独到见解的人物，他在美国文学中独树一帜。梭罗的哲学是以自己为终点的，或者说是完全主观的，经常是异想天开的，几乎总是不合逻辑。他的作品中有一些粗俗之处，会让兢兢业业的文学工匠不寒而栗，有些观察的错误会让严肃的博物学家感到惊奇，但他的作品饱含一种愉悦的象征，一种描述的巧妙，一种新鲜的观察，这让所有读者都很高兴。

对于《瓦尔登湖》，巴勒斯给予很高的评价。他认为，它是新鲜的、原创的、鼓舞人心的，它会存活着并将继续存活下去，而且将指引更多的人走向荒野、走向自然。总之，梭罗从荒野中给人们带来了福音，他把孤独的瓦尔登湖变成了"最为纯洁、思想最为高尚的一汪思想的泉涌"，[1]而瓦尔登湖也必将成为一代又一代自然爱好者的朝圣之地。

"野性"的力量

作为一个有着很强的地方依恋的人，梭罗不是一个游牧之人，很少远游出他的故乡。他几乎像土拨鼠一样本地化，认为康科德包含了所有值得一看的东西。但是，他的精神就如同任何一个游牧人一样信马由缰，不受任何限制。他认为大自然无处不在，但是人们必须保持清醒才能看到她。巴勒斯认为：梭罗不仅在追求上、品位上，还在希望与想象力上造就了一种极端的野性，他的"整个生活都在追求一种野性的力量，不仅在自然，而且在文学、

1　John Burroughs, "A Critical Glance into Thoreau". *Atlantic Monthly*, 123(June 1919): 786.

生活和道德里"。[1] 他的极端是让他远离文化的一个尝试，他惊人的悖论只是他野性的一种表现形式，他是一个"如此具有野性的人，野性的热爱者"。[2] 他几乎不关心科学，野外就是中心所在，自然那种最难以启齿的、最难以捉摸的印象是最令他着迷的。

在很大程度上，梭罗鄙视白种人，而一说到印第安土著人，他的热情便被点燃了。他是法国血统，而他的每一滴血似乎都流向了原住民。他羡慕他们，垂涎他们的知识、艺术与木工技艺。他写道："印第安人比我们更接近野性自然。"[3] 当向导告诉他所见事物的印第安名字，而这些名字又不同于他所知道的科学名称的时候，他很是惊喜。梭罗认为，美国的诗歌是白人的诗歌，如果美国人能有幸聆听一下印第安缪斯的唱腔的话，那么他们就会明白为什么印第安人不愿意用文明来代替野蛮了。实际上，梭罗在自然中所追寻的东西游离于科学之外，游离于诗歌之外，游离于哲学之外，那是一种被他叫作"更高法则"的模糊的东西，他一直在寻求一些"超验的、无法找到的、野性的"东西。

巴勒斯认为，美国（甚至任何其他国家）第一个信奉步行的人应该是梭罗，他也是第一个宣布野外福音的人。他带着与那些老隐士一样的精神走进了荒野，像他们一样虔诚，他的日记中的许多段落都揭示了这种精神。他会让自己的生活成为圣礼，他抛弃了旧的宗教术语和思想，并坚持自己的新术语和新思想。他宁愿粗野地生活，具有野性和冒险性，与自然亲密接触，熟悉野外风景，获得一手资料。所以，梭罗的写作基本上属于行走的文学，他的自然史是步行者的自然史，生动且有趣。在梭罗看来，行走的艺术只来自

1　John Burroughs, *Literary Values and Other Papers*. Boston: Houghton Mifflin, 1902:217.
2　John Burroughs, *Indoor Studies*. Boston and New York: Houghton Mifflin, 1889:19.
3　John Burroughs, *Literary Values and Other Papers*. Boston: Houghton Mifflin, 1902:218.

上帝的恩典。要成为一名步行者，需要上天的直接特许，一定出生在步行者的家庭里。为了保持身心健康，梭罗每天至少花四个小时——通常不止——在树林里漫步，在山丘和田野间漫步，绝对不受世俗的束缚。梭罗与荒野生活的关系如此亲密，就像老圣人一样，他对它们拥有某种神秘的力量。当一个人这样生活时，他已经是大自然的一部分，他不仅仅是个旅行家，大自然也不怕向他展示自己。对于那些终身在原野山林中度过的人来说，"他们已是大自然的一部分，他们在工作的间歇里比诗人和哲学家等都适宜观察大自然，因为后者总是带着一定的目的前去观察"。[1]

和梭罗相比，华兹华斯也是一个步行的诗人，其作品也弥漫着户外的新鲜空气，但华兹华斯并不是梭罗意义上的神圣步行者，他没有像梭罗那样离开人群。华兹华斯追求的目标，与其说是人类的野性，不如说是道德的重要性。尽管他经常出没于瀑布、峡湾、岩石和湖水间；尽管他并不反感乡间小路，也不反感英国乡村半驯化的天性；尽管他是一个大自然热爱者，甚至称自己为自然的崇拜者；尽管他似乎每天都像梭罗一样在自然中散步——但是华兹华斯"不是在寻找荒野中失去的天堂，也没有对文明的艺术和习俗发动战争，人与生命才是他对自然兴趣的基石"。[2] 华兹华斯从他身边的自然与人性——路边的鸟、花和瀑布，以及路边的人——中获得了他美好的诗歌收获。他称自己是自然的崇拜者，但他崇拜的是半人类状态的自然，长期受到人类影响的自然。它是一种柔软、湿润、肥沃、温顺的自然，不是极端野性的自然，它表明了一种像放牛牧羊一样古老而持久的家庭生活。他的诗歌反映了

1　鲁枢元主编，《自然与人文：生态批评学术资源库（上册）》，上海：学林出版社，2006年，第418页。

2　John Burroughs, *The Last Harvest*. Boston and New York: Houghton Mifflin, 1922:130.

这些特点，反映了欧洲景观的崇高道德和历史意义，而梭罗的写作则源于美洲更为反复无常和未加梳理的大自然的野性与捉摸不定。和华兹华斯相比，梭罗追求的是野性的呼唤。

追寻着野性呼唤的梭罗，可以被称作一个长有硬壳的人，如同一块烤得很硬的面包。对于牙齿不够坚硬的人来说，他难以下咽，但是对于有一副好牙齿的人来说，他则异常甜蜜。梭罗认为，他的天才来自一个比农业更古老的时代，他会像啄木鸟把嘴啄进树干，毫不顾忌地、自由而准确地把铁锹插进土里，他的天性中有一种对一切野性的独特向往。他不会待在生命的舱室里，他要走到世界的桅杆上、甲板上。他不喜欢在平和的天气里散步，他以暴风雨、霜冻和寒冷为己悦，它们迎合他的口味。他写道："如果想知道暴风雨的价值，我们必须长时间待在雨中，与之为伴，这样暴风雨才能穿透我们的皮肤。"[1]这样的暴风雨尝起来味道不错，它让人明白屋顶和篝火的重要性。他的这种带着硬壳的、嬉戏的、任性的一意孤行是他作为作家的一种独特魅力。

巴勒斯强调，人们热爱梭罗的作品，是因为首先世界热爱一个能够藐视它、背弃它，却又能创造美好的作家；其次，是因为他献给世界的书有非常高的文学和伦理价值。与他的伟大"邻居"爱默生一起，梭罗为其长期以来喜爱居住的小镇增添了新的光彩。对于梭罗，巴勒斯最终评价道，"同时代的人中有更伟大的人，但我怀疑是否还有更真诚的人，或更致力于理想目的的人。如果他不是这个、那个或其他伟人，他就是梭罗，他很好地填补了自己的位置，并在他的国家的文学里留下了积极而鲜明的印象"。[2]

1　John Burroughs, *Indoor Studies*. Boston and New York: Houghton Mifflin, 1889:25.

2　John Burroughs, *Indoor Studies*. Boston and New York: Houghton Mifflin, 1889:6

第四节　自然即艺术的标准：惠特曼的生态文艺观

爱默生对巴勒斯写作的影响巨大，但最重要的影响却毫无疑问来自惠特曼。爱默生是巴勒斯最欣赏的人，而惠特曼则是巴勒斯最爱的人。1854 年，惠特曼的《草叶集》出版，诗集以独特的自由诗体极大地影响了美国及世界文坛。《草叶集》刚刚出版的时候，并未得到文学界以及评论界的认可。爱默生以欣喜的心情阅读了《草叶集》，并且写出了热情洋溢的贺信，而二十岁左右的巴勒斯第一次接触到惠特曼的诗歌时，就被这位新诗人作品中更大、更自由的氛围所吸引。正是由于读到了《草叶集》，巴勒斯才决定放弃教师工作，开启他的惠特曼朝拜之旅，目的就是一睹诗人的真正风采。当巴勒斯见到惠特曼本人时，便对惠特曼作品的晦涩不那么担心了。惠特曼是如此的健全、甜美、温柔、迷人，同时又是如此睿智和宽容。巴勒斯很快就对《草叶集》产生了与对惠特曼同样的信心，甚至对不理解的部分也产生了同样的自信。巴勒斯看到的惠特曼及其作品是一体的。

巴勒斯认为，没有一位现代诗人像惠特曼那样需要被评论和解读。为让读者更好地了解惠特曼及其诗集的内容，从 1866 年开始，巴勒斯写了许多关于惠特曼的评论性文章，向读者推介惠特曼。巴勒斯写惠特曼的主要目的，就像写自然一样，是告诉读者他发现了什么，进而希望能引导他们自己去发现。在巴勒斯看来，惠特曼的作品源于一种习惯或态度，这种习惯或态度与人们所熟悉的当代文学截然不同——它是如此的原始，几乎不受刻苦培养的正式艺术的影响，与当时的任何诗歌没有亲密的联系。惠特曼的思想是一种独立的思考与认知能力，它有一种人格，一个完整的人类实体。它无法解释自己，因为它的运作是综合式的，而不是分析式的；它的主要动力是爱，而不仅仅是知识。因此，《草叶集》必然会让大多数胆小怕事、娇生惯养的读者感到震惊，巴勒斯想通过在书和读者之间加入自己的评论来减轻这种阵痛。对于惠特曼，巴勒斯写道："我对惠特曼了解越多，我就越喜欢他，他是我见过最聪明的人。他发表意见后，再没有什么可说的了，就像大自然在说话一样。"[1]

一辈子的挚友

1857 年与厄休拉结婚后，巴勒斯陷入了经济困境。厄休拉原本是纽约一个有钱农场主的女儿，从小就在富裕的环境中长大。与妻子的传统愿望相违背，巴勒斯希望成为一名作家，并对惠特曼产生了兴趣。1861 年巴勒斯读到了《草叶集》，惠特曼很快就取代了爱默生，成了他心目中的文学英雄。他写道："最初喜欢上《草叶集》时，我就被散见于全书中的那些独立的短诗深深地迷住了。我盯着这些诗句，全然不顾其他。常常寥寥几行就点透了让我困惑良久的问题的核心。"[2] 曾经有一次，为了见到惠特曼，巴勒斯利用学校的假期旅行到纽约，因为他听说在那里可能会碰到惠特曼，但却无功而返。

1862 年，巴勒斯专门光顾普法夫（Pfaff）的啤酒窖，这是一个波希米亚式的卖酒处以及曼哈顿文学生活的中心。在那里的文学辩论中，巴勒斯支持惠特曼，期待着每时每刻与诗人见面。同年秋天，巴勒斯结识了诗人迈伦·本顿（Myron Beecher Benton），他

1　Michael Roberston, *Worshiping Walt*. Princeton and Oxford: Princeton University Press, 2008:42.
2　（美）巴勒斯，《鸟与诗人》，杨向荣译，北京：人民文学出版社，2006 年，第 167 页。

们两个都是惠特曼的狂热追随者。在本顿农场，两个人贪婪地阅读着惠特曼的新书。在他们看来，惠特曼就是一个爱默生长期呼吁的、具有独立思想的、美国土生土长的艺术家的化身。美国内战早期，本顿搬到华盛顿，在那里开了一家军事用品店。1863 年初，惠特曼来到华盛顿，本顿尝试接近惠特曼，并最终成为朋友。本顿写信告诉巴勒斯，在暖洋洋的下午，惠特曼如何走进他的小店，坐在椅子上，一边摇着扇子，一边与他交谈。本顿也向惠特曼介绍了巴勒斯，惠特曼说很想见见这个年轻的作家与老师。在本顿的诱惑下，巴勒斯终于忍受不住了，在 1863 年的秋天辞去了教学工作，前往华盛顿。1864 年，巴勒斯在华盛顿找工作的时候，惠特曼前往一家军队医院看护受伤的士兵，巴勒斯第一次见到了惠特曼。惠特曼试图招募新的助手，他邀请巴勒斯一起来。然而在早些时候一次令人绝望的就业尝试中，巴勒斯曾短暂为一个埋葬被运往华盛顿的联军士兵的机组工作。护理伤势严重的病人和处理残破的尸体一样令巴勒斯感到厌恶，他很快就辞去了工作。不过，惠特曼很快开始称呼巴勒斯为"杰克"，他们之间建立了持久的友谊，成了一辈子的朋友。

在抵达华盛顿前不久，巴勒斯就开始认真对待鸟类和其他方面的自然文学写作。后来，惠特曼做了大量的工作，帮助巴勒斯从事并编纂这类文学作品。惠特曼鼓励巴勒斯开创一部关于自然的文学作品，力保观察的真实性，既在科学上做到精确，同时在对自然的赞美上又要富有诗意。惠特曼告诉巴勒斯，自然散文倘若如生活般真实，必须有类似于诗歌的想象，应该有一种对真理的直觉感知，光靠纯粹的科学观察是不够的。正是听从了惠特曼的建议，在担任财政部职员，后来又担任银行监察员的同时，巴勒斯成长为了一名作家，开始向杂志推销作品。在观察自然方面，巴勒斯反过来又影响了惠特曼，教惠特曼如何擦亮眼睛，注意精准的细节。作为一个致力于辨别和描述野外生物的艺术家，巴勒斯在写作上勤奋练习，立志要把鸟儿从科学家手中"解放"出来，成为"散文家奥杜邦"。[1]

在余下的生命里，巴勒斯时刻信奉惠特曼的格言：用冰冷的散文描写和严谨的科学报道是不可能充分描述自然的力量、美和意义的，要用画家的眼睛、诗人的耳朵去真正理解自然。在惠特曼的推动下，巴勒斯努力撰写与野外环境相适应的文学作品，同时也不缺乏对野外和森林生活的诗意想象。惠特曼阅读和编辑了巴勒斯早期的散文，甚至为巴勒斯出版的第一本自然文学作品提供了书名，那就是《醒来的森林》，又译为《延龄草》。对于惠特曼的影响，沃伦评论道："对于巴勒斯作为自然文学作家和评论家的影响，惠特曼和爱默生、梭罗一样重要，但是惠特曼对于巴勒斯职业生涯的影响是最持久、最深远的。"[2]

在漫长的岁月里，随着巴勒斯声名的远扬，他会定期撰写有关惠特曼的文章，在所有诋毁他的人面前为他辩护。1882 年，当纽约作家俱乐部成立时，巴勒斯拒绝了他们的邀请，因为他知道惠特曼没有被邀请加入。五年后，巴勒斯加入这个拥有众多知名作家的俱乐部，其中包括马克·吐温（Mark Twain）和理查德·沃森·吉尔德（Richard Watson Gilder）。他们在纽约麦迪逊广场剧院为惠特曼的演讲提供了资金。

1891 年的圣诞节，巴勒斯去拜访惠特曼，当时惠特曼的健康

1　Michael Roberston, Worshiping Walt. Princeton and Oxford: Princeton University Press, 2008: 39.

2　James Perrin Warren, *John Burroughs and the Place of Nature*. Athens: The University of Georgia Press, 2006: 42.

已经开始衰败了。巴勒斯写道："沃尔特闭着眼睛躺在床上，但他认识我，把我的名字说成'老的'约翰，并且亲吻我。他让我在他旁边坐一会儿。我握住他的手，他无力地咳嗽，问起我的家人，并向妻子和朱利安问好。他给我两份完整的诗歌，他告诉我在哪里可以找到它们。过了一会儿，担心会使他感到疲劳，我起身走出去。他说，'没关系，约翰'，显然是指他即将走到尽头。"[1]

1892 年 3 月 25 日，惠特曼去世，巴勒斯立即前往卡姆登，在那里他与画家托马斯·埃金斯（Thomas Eakins）、作家朱利安·霍桑（纳撒尼尔·霍桑之子）以及其他一些人成为荣誉的扶柩者。1896 年巴勒斯出版了《惠特曼：一个研究》（Whitman: A Study），一部关于《草叶集》的热情论著。在巴勒斯看来，《草叶集》不仅对美国文学的贡献重大，也对所有英语文学意义非凡。而关于惠特曼，巴勒斯也写道："我全心全意接受惠特曼，毫无保留。我把他看成到目前为止我们文学风景中的一座大山。对于我来说，他改变了我们文学的整个方面、整个氛围。"[2]

在《惠特曼：一个研究》出版的前一年，巴勒斯为自己建了一个小木屋，从里弗斯岛往内陆走两英里，他称之为"山间石屋"，小木屋就在树林里。巴勒斯把这片树林叫作"惠特曼的土地"，他经常带客人到惠特曼站在瀑布旁边的地方参观，就像往常一样，他会大声朗读《草叶集》。《惠特曼：一个研究》出版后，巴勒斯一如既往地是惠特曼的门徒，他把自然主义者的目光转向惠特曼，把惠特曼当作具有独创精神的样本，认为惠特曼的作品超越了通常的艺术范畴。而当时的情况是，惠特曼因为缺乏艺术品位和文

1　Michael Roberston, *Worshiping Walt*. Princeton and Oxford: Princeton University Press, 2008: 49.
2　John Burroughs, *Whitman: A Study*. Boston and New York: Houghton Mifflin, 1896: 297.

学修养而受到普遍的攻击，而巴勒斯反过来攻击了"文学"的局限性，以此为惠特曼辩护。1921 年 3 月 29 日，巴勒斯去世。4 月 3 日，就在他 84 岁生日那天，被安葬在卡茨基尔山农场。在坟墓被关闭之前，悼念者把从惠特曼墓前摘下的一圈常春藤抛在了巴勒斯的棺木上。

自然至上的艺术追求

巴勒斯的第一部作品并不是自然文学，而是关于惠特曼的一部评论，题目是"关于沃尔特·惠特曼作为诗人和人的注解"（*Notes on Walt Whitman as Poet and Person*）。此书出版于 1867 年春，对于这本书，惠特曼在编辑上起到了很大作用。巴勒斯的传记作家爱德华·勒内汉写道："在后来的日子里，巴勒斯对于一个事实是相当坦诚的，那就是《注解》的大部分内容，惠特曼都看过和修改过。一旦篇章完成，诗人就会评阅，并与巴勒斯讨论手稿，甚至自己动手写了一章，题为'自然的普遍标准'。"[1] 就是在这短短的一章中，惠特曼表达了他对文学作品一个最为重要的评判，而这样的观点也是巴勒斯所认同的。

在这篇文章中，惠特曼大胆地以自然为中心，把客观世界作为评价艺术的标准，并把"环境"与"人类"相连起来，使艺术家表现出与"外在自然界中景象"的一种精神上的亲缘关系。惠特曼问道："在所有的小牛试刀之后，诗歌和其他艺术那不变的、可能是决定性的准则为什么又回到了至高自然的准则了呢？"[2] 通过提出"至高自然"的标准，实际上惠特曼试图劝说人们接受这样

1　Edward Renehan, *John Burroughs: An American Naturalist*. Post Mills, Vt.: Chelsea Green Pub. Co., 1992: 84-85.

2　John Burroughs, *Notes on Walt Whitman as Poet and Person*. New York: American News Company, 1867: 37.

一种观点：人类的精神和自然的精神是可以相互转换的。物质世界的精神力量被认为是人类灵性的唯一来源，这使人们清楚地了解了最高哲学和宗教的唯一入口。接着，惠特曼给出了这样的阐述："除了仰仗自己的才能之外，我认为真正的艺术作品主要来自创作者对自然充满热情的隶属和认同关系。我可以更进一步说，我虽不是个艺术家，但是我认为任何时代一个好的艺术家都会同意我的看法，那就是，不管艺术品被夸耀得如何美丽绝伦，这样的美丽都从属于外在自然界中景象那一日、一时的美丽。"[1] 这样来看，通过究问，惠特曼强调了自然的重要性：自然是一切艺术的尺度，是起点，更是终点。

在阐释这一看法之后，惠特曼便哀叹在那个时代的诗歌和批评中完全缺乏自然精神，都是以"人"为中心、为"人"服务的，这让惠特曼感到实为伤感。他痛心地写道："现代诗歌很少谈及自然，或者少有对她的赞誉。从始至终，诗歌的主题都是'人'。"[2] 而惠特曼所追求的就是生活外部的东西，就是自然本身。他认为，真正的诗人要做自然的观察者，更要做自然的参与者，与自然融为一体。自然的标准就是文学创作的标准，因为不管在任何时候，只有在遵循自然精神之下，人类才能获得健康、甜美；只有在遵循自然精神之下，人们才能对一首诗做出本质上合理的判断，无论它的主题是什么。总之，"只有在自然万物的精神感召下，人类才能够健康、甜蜜和均衡发展"。[3]

1　John Burroughs, *Notes on Walt Whitman as Poet and Person*. New York: American News Company, 1867: 38.

2　John Burroughs, *Notes on Walt Whitman as Poet and Person*. New York: American News Company, 1867: 41.

3　John Burroughs, *Notes on Walt Whitman as Poet and Person*. New York: American News Company, 1867: 38.

　　作为惠特曼的评论者，巴勒斯十分欣赏这种自然精神，而他本人也深深汲取着自然精神的营养。事实上，巴勒斯和惠特曼是无法区分的，这正是重点所在，因为评论家和诗人都吸收了自然精神，他们的精神是彼此呼应的。当巴勒斯详细描述农场劳动和生活对他的影响时，他就像吞噬食物一样，迅速地吸收它们，如同周围的一切都是属于他的。他喜欢大自然，并与之融为一体。惠特曼诗歌的被发现，正是在巴勒斯成长的适当阶段。艺术和自然、艺术家和评论家、惠特曼和巴勒斯之间没有任何的界限。随着对惠特曼的了解越多，对《草叶集》的研究越多，巴勒斯就越能发现这本书的意义，也越能清楚地看到，诗集里预示着一种新型的人和一种诗歌文学的新开始。尽管有一些令人生畏的东西，但诗集背后预示着一些重要而宏大的东西，在对生活、精神和自然更广泛的看法上深刻影响着巴勒斯。在《鹰之飞翔》（The Flight of the Eagle）一文中，巴勒斯道出了初读《草叶集》时的印象："能够让你与真正的自然、自然中的物体和景象融为一体。"[1]

　　在巴勒斯看来，书籍和艺术品对于一个作者的影响肯定很重要，但是仅凭知识或者文化的天赋就可以从事文学创作，这就有所偏颇。因为有一种东西比所有书籍和天才作品的熏陶、阅读等更高级、更深刻，那就是"一个人在成为作家之前借助宇宙中一切可见的对象，以及他与这些事物的主客观联系，对自然精神的吸收与同化"。[2]一个人只有真正读懂了日出、大海、森林、暴雨、狂风、夏日、黑夜、星空等这些自然的东西，并深深镶嵌于自己的内心世界，变得完全不可言传之后，他才能创造出真正的作品。

1　John Burroughs, *Birds and Poets with Other Papers*. Boston: Houghton Mifflin, 1877:215.
2　（美）巴勒斯，《鸟与诗人》，杨向荣译，北京：人民文学出版社，2006 年，第 169 页。

因此，要想创作出好的作品，必须首先学会与自然亲密无间，熟知自然的喜好，热爱自然，用自然的精神来指导一切。作家无论在何处安家，都能获得自然最强大、最仁慈的力量，而只有那些懂得自然、融入自然的人，才能创造出真正的艺术作品。

在《惠特曼：一个研究》中，巴勒斯深化了惠特曼的这一思想理念。他评论道：惠特曼的书"不是一座神殿；它是一片树林，一亩田地，一架高速；风景，风景，到处是风景"。[1]巴勒斯提醒读者，惠特曼的写作展现着原始野性的自然：无限之大，悸动不停，充满着健康、活泼与力量。而这样的文学作品创作完全有别于19世纪后期那种在巴勒斯看来"狭隘的、限定的，甚至是琐碎的"美国文学传统。一个读者若想从惠特曼的作品中找出其他诗人拥有的创作主旨的话，那就大错特错了。惠特曼不停告诉读者，他一直都在努力赶超自然巨大的力量与进程，他在大海、高山、宇宙中寻求暗示。简而言之，惠特曼就是自然，自然就是惠特曼，惠特曼比任何人都了解自然。在《接受宇宙》中，巴勒斯评论道："惠特曼对自然的态度与所有其他诗人形成鲜明对比，不论是古代的还是现代的"，因为"他不赋予自然人性或者深入自然理解自己；他不把它装饰成神；他不看穿它像透过面纱到达远处的精神实质，如爱默生经常做的那样；他不采集花束，也不在他的书房里蒸馏荒野的芳香"，但是"他对自然的了解胜过任何其他诗人；他在它那里看到艺术与生活的更深的含义；而它是整体的自然——不是部分的"。[2]

这种自然即艺术标准的审美让巴勒斯从对华兹华斯的崇拜转向了惠特曼。华兹华斯一直是巴勒斯钟爱的自然诗人，但当他读

1　John Burroughs, *Whitman: A Study*. Boston and New York: Houghton Mifflin, 1896:120.
2　（美）巴勒斯，《接受宇宙》，川美译，合肥：安徽人民出版社，2012年，第261-262页。

了惠特曼的作品之后，他认为华兹华斯诗歌里所呈现的自然并不是一个有机的自然整体，只是东敲西打、零零碎碎的呈现。相反，惠特曼的自然观念是整体的存在，是整个宇宙。对巴勒斯来说，确实很少人能"提供"惠特曼的精神，但许多人可以通过对他的阅读，发现本质中"更深层次的意义"。巴勒斯将惠特曼的诗歌作为一幅风景来解读，这种倾向融合了文学和环境，人类和非人类的双重行为。

在巴勒斯看来，像华兹华斯这样的自然诗人尽管在某些方面让人羡慕，但是"他们只是自然的持卡访问者，只打算从中索取比喻和外形"。[1]而惠特曼的作品却提供给人们一个真正的作为有机体的自然，那是一个"浑圆的、翻滚的、有力量的"自然，就是整个大地。巴勒斯写道："惠特曼没有私人的东西，他从来不会独自躲在角落里，一脸的舒逸和自由。他把我放到山上，或者使我开始一段无尽的旅程。华兹华斯是我的自然诗人，幽静如田园般，但是我看到这儿有个更为广阔、更为根本的自然诗人，实际是宇宙本身的诗人。不是小山谷和荒野的诗人，而是大地和整个地球的诗人。"[2]惠特曼的诗歌"是原生质的事物的雏形，但始终都是强悍有力，富有生机，充满着大地之盐，将其持续不断地溶解在诗中，在他那个时代和国家，还没有其他诗人能够做到"。[3]通过这样的评论，巴勒斯强调华兹华斯的诗歌是静止的、有限的，而惠特曼的诗歌则与之相反，它们是运动的、无限的。

从惠特曼身上，人们可以得到的东西是无穷无尽的，人们在

1　John Burroughs, *Notes on Walt Whitman as Poet and Person*. New York: American News Company, 1867: 47.

2　John Burroughs, *Whitman: A Study*. Boston and New York: Houghton Mifflin, 1896:4.

3　（美）巴勒斯，《标志与季节》，刘丽宁、马永波译，合肥：安徽人民出版社，2012年，第133页。

他身上找到了比其他所有诗人更多的精神食粮，对他反应最充分的读者似乎是那些充满诗情画意的人。他比其他任何现代作家都更充分地提供原始的元素，类似于高山和海岸未经呼吸的空气，这是诗歌和文学的动脉血液。人们不能用当时的模式、品位或艺术形式来要求他，当人们用有机自然的标准来检验他时，便能在他身上寻求到具有活力和特征的东西。正如《草叶集》一样，这是一本关于生活和民族所有主要问题的慷慨激昂的大型演讲。它就像原始文学一样，既有预言般的呐喊，也有游吟诗人般的朴素和平实。它所呼吸和散发的是真实的东西，真实的男人和女人。它没有蒸馏和浓缩的香味，而是露天、岸边、树林和山顶几乎无法触摸的气味。它渴望像大自然一样坦诚和直率。它的目的是让大自然用原始的能量毫无节制地说话。它的标准是自然的普遍标准。诗人从不脱离自我，而是将一切都融入自己，并使其充分展现自己的个性。它的形式不是所谓的艺术。它的建议可以在有机自然中，在树木、云中，以及在生命和流动的水流中找到。《草叶集》体现并利用了一种性格，这种性格并没有被文明所征服，而是保持了一种甜蜜而理智的野蛮，通过书籍、艺术、文明，始终回归到新鲜、淳朴的自然，并从中汲取力量。

总之，惠特曼的诗歌不只是云中的彩虹，也是云、天空，也是云层之上的星球，那是对整个自然的态度。惠特曼要用它打造出他的创作法则，用他的标准去检验他自己的创作，并寻求效仿自然的心智、公正和仁慈。这些自然的标准正是惠特曼所诉求的，而这也将他与其他诗人区分开来。不管别人的评价如何，惠特曼的想象力由含蓄的泥土烧制而成，他为大自然的清新海角所打动，而他用自然指导一切、自然至上的艺术超前诉求至今仍影响深刻。

通过评论惠特曼，巴勒斯强调应该把自然作为评价艺术的标准；通过宇宙中可见的物体，一个作者对自然精神的吸收，以及他主观和客观上与它们的联系，用自然作为普遍的法则来衡量一切文学作品的好与坏。少了自然精神的指导原则，是创作不出真正有价值的作品的。没有它，文学作品可能会有雕像的美；但只有它，文学作品才能有生命之美。文学创作必须遵守这样的信条：自然界是文学作品的重要来源，"没有对自然界的熟知，文学作品可如同雕塑般庄严、雄伟，但是有了它，文学作品才有了生活的美"。[1]

唯一的宇宙诗人

作为惠特曼最早的弟子之一，巴勒斯开创了对《草叶集》的精神化解读，将其视为后基督教经典，一部自然与个性的福音。巴勒斯致力于将惠特曼称为宇宙的诗人，并将他称为佛陀的化身。爱默生可能会同意这一看法，因为他曾经说过《草叶集》是东方经典的一部分。惠特曼的精神和同情心胜过任何一个人，尽管不是最智慧的人，却是最伟大的人，是"最具象征性的人，是最伟大思想、情感、灵魂的化身"。[2]众多惠特曼的爱好者走向他是为了接触他的灵魂，被他"对生命和宇宙的态度所吸引、所振奋；为了他的健康有力的信仰，他对整个世界的同情心，为了他的眼界的开阔和语言的智慧"。[3]

惠特曼不像新英格兰诗人那样本土化，他把更多的目光投向西部，让自己在任何地方都像在家里一样，把一些典型的场景和事件以及从四面八方来的所有行业、活动和职业等通常压缩成一

1　John Burroughs, *Birds and Poets with Other Papers*. Boston: Houghton Mifflin, 1877:216.
2　（美）巴勒斯，《接受宇宙》，川美译，合肥：安徽人民出版社，2012 年，第 254 页。
3　（美）巴勒斯，《接受宇宙》，川美译，合肥：安徽人民出版社，2012 年，第 255—256 页。

条线，并把自己与大陆上所有困境下的人联系在一起。像过往的诗人一样，除了偶尔通过天文学或地质学等伟大科学开辟的远景外，他不太关注自然，而是关注生命、运动和个性，并加入了一点自然史，以帮助定位他的位置。在自然界的每一个地方，惠特曼都能找到人的联系和回应。他对海洋和森林充满了激情，"他的田野，他的岩石，他的树木，不是死的物质，而是活的同伴"。[1]

和其他诗人不一样的是，惠特曼从来不会掩饰或装扮什么，他的思想和灵魂是祖露于世的，不需要任何的裁剪缝接。他瞄准的是给予读者户外的新鲜的空气，这让他独显于现代英语诗人中，他的风是山谷的风，是海岸的风，而不是花园的风，他所描述的美"不只是森林、河流、湖泊或者丛林，他的目标是整个自然"。[2]而随着巴勒斯发现惠特曼的自然诗歌，巴勒斯对自然的爱与理解也日益加深了。巴勒斯写道："时间足以恰当，正是在1861年的时候，我在树林中读到了《草叶集》。"[3]巴勒斯强调，惠特曼的作品都是"在整个自然精神的洗礼下，因此它们是甜蜜和健康的，与那些过于细致的艺术品相比较，就如同田地里的劳动者与脸色苍白、消化不良的无所事事者比较一样"。[4]惠特曼这样的整体自然观在当时是别具一格的，比其他任何诗人的自然观都要凸显，因为他在自然中看到了有关艺术和生命的更为深层的意义，那是整个自然。

惠特曼的自然呈现不是为人类服务的，它有着更深层的意义，那就是：真正的宇宙诗人，应去倾听自然的声音，他的观念应是为

1　John Burroughs. *Pepacton*. Boston and New York: Houghton Mifflin, 1881:120.
2　（美）巴勒斯，《接受宇宙》，川美译，合肥：安徽人民出版社，2012年，第260页。
3　John Burroughs, *Whitman: A Study*. Boston and New York: Houghton Mifflin, 1896:10.
4　John Burroughs, *Whitman: A Study*. Boston and New York: Houghton Mifflin, 1896:245.

自然服务的。唯有这样，才能与自然真正合为一体，与自然世界交融。也唯有这样，自然作为整体有机存在的生态观念才能被真正付诸实践。而这样的自然观也让惠特曼超越了时间与空间的限制，最终成为真正意义上的"宇宙"诗人。巴勒斯评论道："惠特曼是个伟大的民主人士，但是他首先是个伟大的人，伟大的宇宙、整个世界的气流都围绕着他而转。他是个典型的美国诗人，但是他的美国主义只是帮助他走向宇宙的一扇门而已。"[1]

当阅读惠特曼的诗歌时，读者需要大的视角，他的脸不能太靠近书，必须保持一种宽宏大量的精神，一种与它本身同等的慈善和信仰。如果看得太近，它往往显得语无伦次，毫无意义。惠特曼的诗歌自始至终是一个巨大的、反思的、热情的、富有磁性的、相当原始的、充满想象力的人的一次坚定的尝试，它试图颠覆 19 世纪的物质主义，尤其面向一个新的民主国家，这个国家正在大陆上全面发展。这种诗意的热情，使它充满了精神上的深层含义，揭示了普遍的自然秩序。诗人没有任何先例、批评或偏袒，而是正视并充满爱意地面对他所处的时代和土地上的生活，并将它们融入他热情的人性中，赋予它们最深刻的诗意。在吵嚷的物质主义的侵袭下，诗人时刻保持镇静和沉着。他把自己分散在这一切之上，接受并吸收这一切，不排斥任何一部分；他的品质，他的个性，在这一切中闪耀，就像阳光透过蒸汽一样。

总的来看，惠特曼不是那种注重优雅美丽的形式的诗人，但是他对于自然的了解却胜过任何其他诗人。巴勒斯总结道："具有学者气的、详细描述、精心打磨、富于建筑学结构的，是丁尼生式的气息和技术，华兹华斯则是甜蜜的田园生活和与之相关的山

1　John Burroughs, *Whitman: A Study*. Boston and New York: Houghton Mifflin, 1896: 25.

丘及小树林，而爱默生的荒野和幽僻的神秘与魔力，它们都不属于他；弥尔顿的史诗的庄严、莎士比亚的戏剧的力量，也不属于他"；而是着手于"无休止的探求，不是郊游式的，也不是度假式的，而是每天、每夜地穿越宇宙的旅行"。[1]

1　（美）巴勒斯，《接受宇宙》，川美译，合肥：安徽人民出版社，2012 年，第 262 页。

结语
世界就是我们的家

我们已经阐释了巴勒斯自然文学的生态意蕴及其文学评论的生态批评维度，但关于巴勒斯，广为流传的观点是他不是个十足的环境主义者或生态主义者，尤其是与他的朋友约翰·缪尔相比较。缪尔为保护受威胁的旷野而倡导政治行为，成了后期作家争相效仿的对象。像缪尔这样与环境运动紧密相连的"福音传道者"，才是现代环境评论家的"宠儿"。与缪尔活跃的环境激进主义相反，巴勒斯常被描述成一个更加被动的自然热爱者，这可以从他的文章中瞥见：他在铁杉树林旁教堂的走廊里闲逛；黄昏时分，在田野里漫步；或者只是坐在一块石头上，手拿着粉色杜鹃花倾听。巴勒斯对自然界细微的差别十分敏感，他那双敏锐的眼睛有意避开了空气和水的污染、资源的浪费、人类对自然的过度侵犯等，而这正是一个真正的环保主义者积极谴责的。此外，他不仅是福特的朋友，而且是爱迪生和费尔斯通（Harvey Samuel Firestone）的朋友，他似乎没有考虑到他们的发明可能引起的破坏。他总是一个乐观主义者，不由分说地喜欢人们。在书中，他也几乎不太批评任何人或任何事。

面对这样的情况，我们认为，最好的办法还是用巴勒斯自己的话来回应。当然，从其六十多年的写作生涯中选择什么样的词汇与话语是很重要的，因为巴勒斯的著作包含了近三十本书、三百篇散文和五十多份未公开发表的日记。这些都呈现了一位作家的复杂性和矛盾性，大大超出了"通俗的、蓄着络腮胡子、和蔼可亲的"巴勒斯智者的形象。尽管在早期的作品中，巴勒斯对自然和生活表现出了一种温和而满足的看法，但渐渐他也产生了一种强烈的不满情绪。对于生活中的发明和进步，他不悦地认为：它们把人们从大自然和生活中带走了，生命被打上了人为的烙印，人们的野心就是获得财富。对于生活中人为破坏的问题，巴勒斯写道：人类的科学知识和"庞大的人造事物体系将缩短人类在这个星球上的历史"。[1]

尽管巴勒斯的个性与作品都是乐观的，但他确实也批评了福特、爱迪生和费尔斯通等工业巨头的发明与技术所带来的破坏，他也充分意识到科学技术的发展可能指引的可怕方向，并通过许多散文表现出了批判性的观察。他意味深长地写道："我们生活在一个铁器时代，我们应该尽我们所能阻止铁器进入我们的灵魂。"[2] 在《科学正当时》（In the Noon of Science）一文中，他警告说："缺乏远见，科学是无法拯救我们的。在这种情况下，文明就像没有前灯的发动机在运转。"[3] 这种对未来的盲目追求，让巴勒斯产生了一种悲叹。鉴于如此强烈的担忧，我们很难理解巴勒斯是如何赢得"环境破坏的被动观察者"这一"声誉"的。其实，很少有人能够在有生之年目睹巴勒斯所经历过的社会转变与动荡。美国内战期间，巴勒斯在华盛顿工作；他的最后一本书是在第一次世界大战后出版的。他的生活跨度如此之大，社会环境的巨变又是如此

1　John Burroughs, *Time and Change*. Boston&New York: Houghton Mifflin, 1912: 239.
2　John Burroughs, *Under the Maples*. Boston&New York: Houghton Mifflin, 1921: 111.
3　John Burroughs, *The Summit of the Years*. Boston&New York: Houghton Mifflin, 1913: 53.

复杂。我们批评巴勒斯，可能代表了一种不好的倾向，即我们把现在的观点强加于过去；我们谴责某人没有预见到历史已经证明的事，同样地，我们自己受文化束缚之事也会受到后人的讥笑。其实，把当代意义上的"环境保护主义者"或"自然保护主义者"这些词强行用到19世纪中期的自然主义者身上，也会歪曲历史背景。按照这样的标准，缪尔在他早期的职业生涯中也并不是个自然资源保护主义者。用当代概念的视角来看过去，可以让我们从"后见之明"中得到一丝"安慰"。比如，我们可以洋洋自得地坐着，时不时责备梭罗的目光短浅，正如布伊尔在《环境的想象》中写到的那样，告诉梭罗："你是在摸索一种你未曾把握的生态愿景；你的环保主义时断时续；你的生物中心主义半生不熟。"[1]

然而，从环保主义的概念来评价巴勒斯是合适的。他的事业一直延续到20世纪初，当时环保运动已经很广泛地开展了。在倾心投入的环保主义者身上所表现出来的政治的、伦理的和美学维度的冲动，在巴勒斯身上也很明显，尽管他的政治维度无疑是最薄弱的。事实上，一些环保主义者在政治上有所主张，另一些人从道德出发，而巴勒斯写作初期则迷恋自然环境的审美价值或曰田园价值。作为一个在农场长大的孩子，巴勒斯自然而然地接受人类是自然界固有的一部分的看法。他为我们指出了一条通向理智和幸福生活的道路，力劝我们融入身边的自然，不断把我们引向大自然。割草或犁地的场景被他描绘成乡村的盛会，那是人类顺应自然节奏的例证。他对森林和林间空地场景的描写，他亲密无间的对鸟类和动物的描绘是具有地方色彩的，是田园般的。在

---

1 Lawrence Buell, *The Environmental Imagination: Thoreau, Nature Writing, and the Formation of American Culture* . Cambridge: Harvard University Press, 1995: 139.

巴勒斯看来，美洲大陆不再是一片广阔的荒野了，人们必须保护现有的野地，但是，美国这片土地的大部分区域既不是原始的，也不是城市的，而是介于两者之间的，所以，他强调，学会欣赏中间地带应是人们的主要目标，这也是巴勒斯对于我们当今社会的价值所在。巴勒斯认为，要正确地阅读宇宙的道德秩序——那是一种和谐、一种平衡、一种补偿——没有比这更深层次的道义了。在生态学普及的几十年之前，巴勒斯就提出了这样的生态学观点，实为可贵。

随着时间的流逝，巴勒斯对人类在地球上造成的不平衡与混乱越来越感到震惊。至此，他的唯美主义变得含蓄起来，而他的环境伦理维度则日渐清晰。坦率地说，巴勒斯的确选择了一种关注环境的立场，他公开主张保护自然资源，并抗议对环境的破坏。1912 年，在美国自然历史博物馆为纪念巴勒斯而举办的一场活动中，他谴责该博物馆是赝品，令接待他的人感到震惊。他说道："投入建设的数百万美元本可以更好地用于土地保护，使其保持原貌，免受工厂和廉租房的侵扰。"[1]1913 年，他请求国会支持鸟类保护法案，他对滥杀无辜鸟类的猎人大发雷霆。作为自然保护主义者，他被任命为纽约州奥杜邦协会第一任副会长。

当然，巴勒斯为数不多的几次公开行动无法与缪尔的相比较。尽管不算真正意义上的环境活动家，但巴勒斯首先应被认定为一个环境艺术家。在公共事业生涯的前几年，他是一名乡村教师，他以教师的身份对"多愁善感"的自然文学作家进行了批评，引发了"自然伪造者"的争议。就像好老师一样，以自己为样，巴

1　Edward Renehan, *John Burroughs: An American Naturalist*. Post Mills: Chelsea Green Pub. Co., 1992: 9.

勒斯教导我们密切注意与周围的鸟类、树木、溪流和岩石的关系。他告诉我们要珍视和居住地之间的关系，而不是像缪尔那样长途跋涉穿越遥远的荒野。在巴勒斯这里，我们可以学到，真正的探索之旅不在于探索新的风景，而在于拥有新的眼光；我们可以认识到，自然界的任何一部分都不会因为渺小或不符合人类的实际需要而不重要。从这个意义上说，谁能激发出人们对自然更广泛的欣赏、更广泛的理解、更广泛的热爱，谁就能成就大事，因为正是这些方面促成并维持着环境保护运动。

巴勒斯一直强调，当一个人待在家里的时候，大自然对他的影响最大。尽管哈德逊河提供了广阔的、令人敬畏的景色，但是作为自然景观，它给他留下的印象并不比蜂巢的奇迹更深刻。换句话说，巴勒斯想要从大自然中得到的东西比单纯的风景画更复杂、更有趣。大自然最壮观的展示——哈德逊河或大峡谷的全景、美国西部的间歇泉和阿拉斯加的冰川——从未给他留下过比卡茨基尔山区的溪流更美好的印象，那是他年轻和成熟后经常光顾的溪流。事实上，他也更喜欢后者。他认为，哈德逊河是一条宽阔的河流，有着入海的湾口，有着大海的壮丽，但是，他更喜欢小溪，因为人们可以与小溪做伴，可以与它同行，可以与它坐在一起，或者在它的溪岸上休息，人们可以感觉到它是属于自己的。小溪对他来说是一种私人的和特殊的东西。人们无法对一条大河生出同样的依恋和同情，哈德逊河这样的河流不像一条小溪那样具有亲切感，一个人可能会在哈德逊河的河岸度过一生，却不会有任何主人翁的感觉。

随着年龄的增长，巴勒斯的家园意识已经超越了他在树林里的幽静小屋、在哈德逊河谷的果园。他认为，人类正在失去他们的自然家园，在这个过程中，他们也在失去自己："如果我们看不到我们的物质身体与自然力的关系，看不到我们的物质身体与我们居住、活动的地方的关系，我们就如同玩火的孩子。"[1] 文明盲目向前冲，这迫使人类思考，大自然最终会不会为人类从她那里逼出的秘密而复仇呢？巴勒斯一再敦促我们重新认识与自然家园的重要关系，他告诫我们："符合或者不符合我们的意志，人都是自然的一部分。"[2] 巴勒斯前瞻性地警告说，人类的命运与地球的命运息息相关。简而言之，巴勒斯的视野已扩展到整个世界，世界就像我们的家一样。他写道："我爱这个世界，它就是家。我越来越把地球看作一个整体。我越来越觉得它是一个巨大的有机体，充满了生命、真实和潜在的力量。"[3]

当谈到巴勒斯在今天的意义时，我们想强调的是，他的"生态素养必须从身边开始"改变了环境运动"全球化思考，本地化行动"（Think Globally, Act Locally）这一隐喻，并敦促我们"本地化思考"（Think Locally），研究近在咫尺的自然和我们生活的家园，因为了解我们所直面的环境将为我们提供理解大自然的关键点，将使我们从整体上看待她，并接受我们所面临的挑战。巴勒斯的温文尔雅，冷静观察——最为重要的是，他对卡茨基尔山周围的美丽和秩序的诱人而准确的描述，应该确保他在环保运动中占据的中心位置。作为一名环保主义者，巴勒斯教导我们，我们和所有的动植物一样，是自然界共同的居民。世界就是我们的家，在每个狭小、有限、本土的家中，我们发现了整个世界。一旦当一个人对周围的环境产生了一种家的感觉时，周围的风景就会适

1　John Burroughs, *Under the Maple Trees*. Boston&New York: Houghton Mifflin, 1916: 191.

2　John Burroughs, *Field and Study*. Boston&New York: Houghton Mifflin, 1919: 249.

3　John Burroughs, *The Summit of the Years*. Boston&New York: Houghton Mifflin, 1913: 16.

时成为他自身的一部分。即使在今天，巴勒斯的环境意识与敏感性也会为任何一名有志于全身心投入环保运动的人确立基本准则。

参考文献

一、英文及英译参考文献

Barrus, Clara. *The Heart of Burroughs's Journals*[M]. Boston: Houghton Mifflin, 1928.

Barrus, Clara. *The Life and Letters of John Burroughs*[M]. Boston: Houghton Mifflin, 1925.

Barry, Peter. "Ecocriticism". *Beginning Theory: An Introduction to Literary and Cultural Theory*[M]. 3rd ed. Manchester: Manchester University Press, 2009.

Bergon, Frank, ed. *A Sharp Lookout: Selected Natural History Essays of John Burroughs*[M]. Washington, D.C. : Smithsonian Institution, 1987.

Black, Ralph. Coming to Terms with Nature: American Literature and the Ecological Imagination[D]. New York: New York University, 1999.

Brooks, Paul. *Speaking for Nature: How Literary Naturalists from Henry Thoreau to Rachel Carson Have Shaped America*[M]. San Francisco: Sierra Club Books, 1980.

Buckley, Michael. "The Footsteps of Creative Energy": John Burroughs and Nineteenth-Century Literary Natural History[J]. *ATQ*, 2007(4):261-272.

Buell, Lawrence. *The Environmental Imagination: Thoreau, Nature Writing, and the Formation of American Culture*[M]. Cambridge: Harvard University Press, 1995.

Burroughs, John. *Notes on Walt Whitman as Poet and Person*[M]. New York: American News Company, 1867.

Burroughs, John. *Wake Robin*[M]. Boston: Houghton Mifflin, 1871.

Burroughs, John. *Winter Sunshine*[M]. Boston: Houghton Mifflin, 1875.

Burroughs, John. *Birds and Poets*[M]. Boston: Houghton Mifflin, 1877.

Burroughs, John. *Locusts and Wild Honey*[M]. Boston: Houghton Mifflin, 1879.

Burroughs, John. *Pepacton*[M]. Boston: Houghton Mifflin, 1881.

Burroughs, John. *Fresh Fields*[M]. Boston: Houghton Mifflin, 1885.

Burroughs, John. *Indoor Studies*[M]. Boston&New York: Houghton Mifflin, 1889.

Burroughs, John. *Riverby*[M]. Boston&New York: Houghton Mifflin, 1894.

Burroughs, John. *Whitman: A Study*[M]. Boston&New York: Houghton Mifflin, 1896.

Burroughs, John. *The Light of Day*[M]. Boston&New York: Houghton Mifflin, 1900.

Burroughs, John. *Literary Values*[M]. Boston: Houghton Mifflin, 1902.

Burroughs, John. *Far and Near*[M]. Boston: Houghton Mifflin, 1904.

Burroughs, John. *Ways of Nature*[M]. Boston: Houghton Mifflin, 1905.

Burroughs, John. *Bird and Bough*[M]. Boston: Houghton Mifflin, 1906.

Burroughs, John. *Leaf and Tendril*[M]. Boston&New York: Houghton Mifflin, 1908.

Burroughs, John. *Time and Change*[M]. Boston&New York: Houghton Mifflin, 1912.

Burroughs, John. *The Summit of the Years*[M]. Boston&New York: Houghton Mifflin, 1913.

Burroughs, John. *The Breath of Life*[M]. Boston&New York: Houghton Mifflin, 1915.

Burroughs, John. *Under the Apple-Trees*[M]. Boston&New York: Houghton Mifflin, 1916.

Burroughs, John. *Field and Study*[M]. Boston&New York: Houghton Mifflin, 1919.

Burroughs, John. *Accepting the Universe*[M]. Boston&New York: Houghton Mifflin, 1920.

Burroughs, John. *Under the Maples*[M]. Boston&New York: Houghton Mifflin, 1921.

Burroughs, John. *The Last Harvest*[M]. Boston&New York: Houghton Mifflin, 1922.

Coupe, Lawrence, ed. *The Green Studies Reader: From Romanticism to Ecocriticism*[M]. London: Routledge, 2000.

Fleck, Richard, ed. *Deep Woods*[M]. Syracuse: Syracuse University Press, 1998.

Foerster, Norman. *Nature in American Literature*[M]. New York: Macmillan, 1923.

Garrard, Greg. *Ecocriticism*[M]. New York: Routledge, 2004.

Glotfelty, Cheryll and Harold Fromm,eds. *The Ecocriticism Reader: Landmarks in Literary Ecology*[C]. Athens and London: University of Georgia, 1996.

Gould, Rebecca Kneale. Making the Self at Home: John Burroughs, Wendell Berry and the Sacred Economy[C]//Charlotte Zoe Walker, ed. *Sharp Eyes: John Burroughs and American Nature Writing*. Syracuse: Syracuse University Press, 2000.

Heise, Ursula. *Sense of Place and Sense of Planet: The Environmental Imagination of the Global*[M]. New York: Oxford University Press, 2008.

Hicks, Phillip Marshall. The Development of the Natural History Essay in American Literature[D]. Philadelphia:University of Pennsylvania, 1924.

Huth, Hans. *Nature and the American: Three Centuries of Changing Attitudes*[M]. Berkeley, Calif. : University of California Press, 1957.

Kroeber, Karl. *Ecological Literary Criticism: Romantic Imagining and the Biology of Mind*[M]. New York: Columbia University Press, 1994.

Lupfer, Eric. The Emergence of American Nature Writing, 1860-1909: John Burroughs, Henry David Thoreau and Houghton, Mifflin and Company[D]. Austin: The University of Texas, 2003.

Lutts, Ralph. John Burroughs and the Honey Bee: Bridging Science and Emotion in Environmental Writing[J]. *ISLE*, 1996(2):85-100.

Lyon, Thomas. *This Incomperable Lande: A Book of American Nature Writing* [M]. New York: Penguin, 1989.

Marx, Leo. *The Machine in the Garden: Technology and the Pastoral Ideal in America*[M]. Oxford: Oxford University Press, 1964.

Mazel, David. *A Century of Early Ecocriticism*[M]. Athens and London: The University of Georgia Press, 2001.

McKibben, Bill. The Call of the Not So Wild[C]//Charlotte Zoe Walker, ed. *Sharp Eyes: John Burroughs and American Nature Writing.* Syracuse: Syracuse University Press, 2000.

Meeker, Joseph W. *The Comedy of Survival: Studies in Literary Ecology*[M]. New York: Scribner's, 1972.

Mercier, Stephen. Revaluing the Literary Naturalist: John Burroughs's Environmental Aesthetics[D]. Kingston: University of Rhode Island, 2004.

Mercier, Stephen. John Burroughs and the Sentimental: Revaluing the Literary Naturalist[J]. *ISLE*, 2010(3): 509-525.

Mercier, Stephen M. John Burroughs and the Hudson River Valley in Environmental History[J]. *The Hudson River Valley Review*, 2008(1): 57-77.

Mercier, Stephen M. John Burroughs Transpersonal Identity with Place[C]//Daniel G. Payne, Ed. *Writing the Land: John Burroughs and His Legacy.* Newcastle: Cambridge Scholars Publishing, 2008: 34-43.

Payne, Daniel. Emerson's Natural Theology: John Burroughs and the "Church" of Latter Day Transcendentalism[J]. *ATQ*, 2007(3):191-205.

Payne, Daniel. *Voices in the Wilderness: American Nature Writing and Environmental Politics*[M]. Hanover and London: University of New England, 1996.

Payne, Daniel, ed. *Writing the Land: John Burroughs and His Legacy*[C]. Newcastle: Cambridge Scholars Publishing, 2008.

Renehan, Edward. *John Burroughs: An American Naturalist*[M]. Post Mills: Chelsea Green Pub. Co., 1992.

Richards, George D. John Burroughs: An Emersonian Naturalist in the Age of Darwin[C]//David C. Leonard, ed. *Perspectives on Nineteenth Century*

Heroism. Madrid: Porrua Turanzas, 1982.

Roberston, Michael. *Worshiping Walt*[M]. Princeton and Oxford: Princeton University Press, 2008.

Rueckert, William. Literature and Ecology: An Experiment in Ecocriticism[J]. *Iowa Review*, 1978(1): 71-86.

Slovic, Scott. *Seeking Awareness in American Nature Writing: Henry Thoreau, Annie Dillard, Edward Abbey, Wendell Berry, Barry Lopez*[M]. Salt Lake City, UT: University of Utah Press, 1992.

Stoneback, H. R. John Burroughs, Regionalist for the Millennium[C]//Charlotte Zoe Walker, ed. *Sharp Eyes: John Burroughs and American Nature Writing*. Syracuse: Syracuse University Press, 2000.

Tallmadge, John. Rediscovering John Burroughs[J]. *ATQ*, 2007(3):165-174.

Walker, Charlotte. Reading the "Fine Print" in the Catskills: John Burroughs Reinterprets the Book of Nature[J]. *ATQ*, 2007(3):175-189.

Walker, Charlotte Zoe, ed. *Sharp Eyes: John Burroughs and American Nature Writing*[C]. Syracuse: Syracuse University Press, 2000.

Walker, Charlotte, ed. *The Art of Seeing Things: Essays by John Burroughs*[M]. Syracuse: Syracuse University Press, 2001

Walker, Jeff, ed. *Signs and Seasons*[M]. Syracuse: Syracuse University Press, 2006.

Walker, Jeff. The Roughest of Shells Without...the Mother of Pearl Within[J]. *ATQ,* 2007(3):207-223.

Warren, James Perrin. *John Burroughs and the Place of Nature*[M]. Athens: The University of Georgia Press, 2006.

Warren, Jim. Whitman Land: John Burroughs's Pastoral Criticism[J]. *ISLE*, 2001(1):83-96.

White, Gilbert. *Natural History of Selborne & Observations on Nature*[M]. New York: D. Appleton&Co., 1907.

二、中文及中译参考文献

阿诺德·伯林特. 环境美学 [M]. 张敏, 周雨, 译. 长沙: 湖南科学技术出版社, 2006.

巴勒斯. 醒来的森林 [M]. 程虹, 译. 北京: 生活·读书·新知三联书店, 2004.

巴勒斯. 鸟与诗人 [M]. 杨向荣, 译. 北京: 人民文学出版社, 2006.

巴勒斯. 鸟与诗人 [M]. 川美, 译. 天津: 百花文艺出版社, 2008.

巴勒斯. 鸟的故事 [M]. 董继平, 译. 兰州: 甘肃人民美术出版社, 2009.

巴勒斯. 自然之门 [M]. 林东威, 朱华, 译. 桂林: 漓江出版社, 2009.

巴勒斯. 标志与季节 [M]. 刘丽宁, 马永波, 译. 合肥: 安徽人民出版社, 2012.

巴勒斯. 冬日阳光 [M]. 张念群, 译. 合肥: 安徽人民出版社, 2012.

巴勒斯. 河畔小屋 [M]. 马永波, 毕国菊, 译. 合肥: 安徽人民出版社, 2012.

巴勒斯. 接受宇宙 [M]. 川美, 译. 合肥: 安徽人民出版社, 2012.

巴勒斯. 清新的原野 [M]. 川美, 译. 合肥: 安徽人民出版社, 2012.

巴勒斯. 生命的呼吸 [M]. 川美, 译. 合肥: 安徽人民出版社, 2012.

巴勒斯. 延龄草 [M]. 马永波, 邢崇, 译. 合肥: 安徽人民出版社, 2012.

巴勒斯. 自然之道 [M]. 马永波, 杨于军, 译. 合肥: 安徽人民出版社, 2012.

巴勒斯. 河上漂流记 [M]. 马永波, 石蕾, 译. 北京: 中国国际广播出版社, 2013.

陈建华. 中国外国文学研究的学术历程·第 2 卷·外国文学研究的多维视野 [M]. 重庆: 重庆出版社, 2016。

陈小红. 什么是文学的生态批评 [M]. 上海: 上海外语教育出版社, 2013.

程虹. 自然与心灵的交融——论美国自然文学的源起、发展与现状 [D]. 北京: 中国社会科学院, 2000.

程虹. 宁静无价: 英美自然文学散论 [M]. 上海: 上海人民出版社, 2009.

程虹. 寻归荒野 [M]. 增订版. 北京: 生活·读书·新知三联书店, 2011.

程虹. 美国自然文学三十讲[M]. 北京：外语教学与研究出版社，2013.

程相占. 论环境美学与生态美学的联系与区别[J]. 学术研究，2013(1)：122-131.

程相占. 论生态审美的四个要点[J]. 天津社会科学，2013(5)：120-125.

付成双. 美国生态中心主义观念的形成及其影响[J]. 世界历史，2013(1)：28-40.

付成双. 19 世纪后期美国人环境观念转变的原因探析[J]. 史学集刊，2012(4)：79-87.

格伦·A. 洛夫. 实用生态批评[M]. 胡志红，等译. 北京：北京大学出版社，2010.

顾德学. 超越技术：以生态参与推动生态文明[J]. 北方论丛，2017(5)：150.

何林. 生态文明的科学技术支撑[J]. 求是学刊，2016(2)：35.

胡志红. 西方生态批评研究[M]. 北京：中国社会科学出版社，2006.

胡志红. 西方生态批评史[M]. 北京：人民出版社，2015.

怀特. 塞耳彭自然史[M]. 缪哲，译. 广州：花城出版社，2002.

吉尔伯特·怀特. 塞尔伯恩博物志[M]. 梅静，译. 北京：九州出版社，2016.

劳伦斯·布伊尔. 环境批评的未来：环境危机与文学想象[M]. 刘蓓，译. 北京：北京大学出版社，2010.

老舍. 老舍文集 第 15 卷 [M]. 北京：人民文学出版社，1990.

李庆本. 卡尔松与欣赏自然的三种模式[J]. 山东社会科学，2014(1)：86-90.

李新新. 生态批评："绿色批评"与"蓝色批评"的生态整体观[J]. 哈尔滨师范大学社会科学学报，2015(1)：120-123.

利奥·马克斯. 花园里的机器[M]. 马海良，雷月梅，译. 北京：北京大学出版社，2011.

刘蓓. 论美国生态批评的文本基础与研究传统[J]. 青海社会科学，2013(4)：152-155.

刘青汉. 生态文学[M]. 北京：人民出版社，2012.

鲁枢元. 生态文艺学 [M]. 西安：陕西人民教育出版社，2000.

鲁枢元. 自然与人文：生态批评学术资源库（上册）[M]. 上海：学林出版社，
2006.

马永波. 自然的家园化：约翰·巴勒斯的生态思想 [J]. 鄱阳湖学刊，2013(4)：
42-47.

梭罗. 瓦尔登湖 [M]. 徐迟，译. 上海：上海译文出版社，2006.

唐建南. 物质生态批评——生态批评的物质转向 [J]. 当代外国文学，2016(2)：
114-121.

王诺. 欧美生态文学 [M]. 北京：北京大学出版社，2003.

王诺. 欧美生态批评：生态文学研究概论 [M]. 上海：学林出版社，2008.

王诺. 生态批评与生态思想 [M]. 北京：人民出版社，2013.

王颖. 约翰·巴勒斯 [J]. 世界文化，2008(4)：14-15.

王岳川. 生态文学与生态批评的当代价值 [J]. 北京大学学报（哲学社会科学
版），2009(2)：138-139.

韦清琦. 方兴未艾的绿色文学研究——生态批评 [J]. 外国文学，2002(5)：
34-38.

沃斯特. 自然的经济体系——生态思想史 [M]. 侯文蕙，译. 北京：商务印书
馆，1999.

吴俊龙. 约翰·巴勒斯：一个被"遗忘"的自然作家与生态批评家 [J]. 西安外
国语大学学报，2015(4)：99-104.

夏光武. 美国生态文学 [M]. 上海：学林出版社，2009.

肖显静. 生态哲学读本 [M]. 北京：金城出版社，2014.

徐恒醇. 生态美学 [M]. 西安：陕西人民教育出版社，2000.

徐琴. 技术：全球生态的灾星抑或救星？——生态学马克思主义的启示与局限
[J]. 哲学研究，2013(6)：31-37.

薛小惠. 美国生态文学批评研究 [M]. 北京：北京大学出版社，2013.

约翰·巴勒斯. 清新的原野·冬日阳光 [M]. 川美，张念群，译. 厦门：鹭江出版社，2006.

曾繁仁. 生态美学导论[M]. 北京：商务印书馆，2010.

张嘉如. 全球环境想象：中西生态批评实践[M]. 镇江：江苏大学出版社，2013.

张建国. 美国的陶渊明：生态批评视角中的巴勒斯散文 [J]. 西安外国语大学学报，2012(3)：85-88.

张建国. 论约翰·巴勒斯辩证的自然散文观[J]. 鄱阳湖学刊，2013(5)：98-104.

张建国. 玛丽·奥斯汀散文代表作的生物区域主义意识[J]. 广西社会科学，2014(1)：63-67.

张生珍. 生物区域主义、学术研究和实践主义——迈克尔·P.布兰奇访谈录[J]. 鄱阳湖学刊，2012(1)：122-128.

朱利安·沃尔弗雷斯. 21 世纪批评述介[M]. 张琼，张冲，译. 南京：南京大学出版社，2009.

朱新福. 加里·斯奈德的生态视域和自然思想[J]. 当代外国文学，2008(2)：41-47.

约翰·巴勒斯国内外研究现状综述

国外巴勒斯的批评史随着这样一条主线展开——从迷恋推崇到几乎销声匿迹，再到逐渐复苏，由此，我们可以把国外的巴勒斯学术研究分成三个阶段。

一、"和蔼、知足、平静、淳朴"的"美国自然文学之父"时期（1871—1929 年）

这个时期的巴勒斯批评源于威廉·豪威尔斯（William Howells）的评价，一直延续到 20 世纪 20 年代，即到巴勒斯逝世的那个年代。此间的巴勒斯评论基本上都是非政治性的，赞扬他非政治化的人格。被看作"为了艺术而艺术"的 19 世纪末和 20 世纪初的文学是不太"感冒"政治化和意识形态公然化的文学的，而"和蔼、知足、平静、淳朴"等便成了巴勒斯早期评论的代名词。

1871 年，巴勒斯的第一本自然散文集《醒来的森林》新鲜出炉，得到了时任《大西洋月刊》杂志主编豪威尔斯的认可。他评论道："翻阅它的书页，有一种夏日度假的感觉。"[1]《冬日阳光》出版后，亨利·詹姆斯（Henry James）也发表了类似评论："这是一

1　Paul Brooks, *Speaking for Nature: How Literary Naturalists from Henry Thoreau to Rachel Carson Have Shaped America*. San Francisco: Sierra Club Books, 1980:11.

本非常迷人的小书"，带着"令人愉快"的描写。惠特曼在谈到巴勒斯时说："约翰的力量在于他的淳朴。他使你平静，给你安慰——把你带到户外，在那儿东西都笼罩在亲切的氛围中。"[1] 在评价巴勒斯的作品时，以上评论家均被他平静、可亲的写作特点及人格品质所吸引。

1921 年，巴勒斯逝世。整个 20 年代，评论界强化了他和蔼可亲的形象。威廉·甘乃迪（William Sloane Kennedy）采用了和詹姆斯一样的欣赏方式来评论他："在一个雨天或者任何时候，读巴勒斯的一本书，当你把它放下的时候，你感觉好像灵魂变得更好些……更加享受生活些，感到生命更值得活些。"[2] 菲利普·希克斯（Phillip Marshall Hicks）也认为巴勒斯把他珍贵的个性——淳朴、谦逊、诚挚、直率——都融入了自己的写作中，并评论道："他（巴勒斯）是如此的自然，如此的淳朴，如此的真实。"[3] 作为巴勒斯晚年的忠诚伴侣，芭璐写道："巴勒斯的心中流淌着大量善良人性的乳汁"，并强调"他对花和鸟充满着求知的兴趣与柔和的爱"。[4] 巴勒斯的这种文如其人的淳朴写作风格也为他赢得了"走向大自然的向导""美国乡村的圣人"等称号。而随着他的出现，美国自然文学的发展也走进成熟与繁荣阶段。

早期的评论家都构建了这样一个巴勒斯：平静且和蔼，对读者非常友好，受到大众文化的推崇。他们褒扬他那"令人愉悦"和"充满魅力"的写作风格，同时也关注他那让人崇拜、令人赞叹的

1　Jack Kligerman, *The Birds of John Burroughs*. New York: Hawthorne Books, 1976:26-27.

2　William Sloane Kennedy, *The Real John Burroughs: Personal Recollection and Friendly Estimate*. New York: Funk & Wagnalls, 1924:3.

3　Phillip Marshall Hicks, The Development of the Natural History Essay in American Literature. Philadelphia: University of Pennsylvania, 1924:157.

4　Clara Barrus, *The Heart of Burroughs's Journals* . Boston: Houghton Mifflin, 1928:x.

个性品质，两者水乳交融，彼此不可或缺，就像他的诗歌《等待》中所写的一样：合起双手静静等待，不念风雨潮汐大海，不怨时间命运安排，哦！我的终将到来。/ 任凭匆忙不管拖延，渴望脚步为何那般？站在永恒征途其间，我的东西熟知己面。/ 睡着醒来黑夜白天，我寻朋友被之打探，风迷途不了那呼唤，也无法篡改命运天。/ 孑然一人又有何妨，等待来日心情舒畅，播种什么收割什么，即使泪水也要贮藏。/ 水流成河自有方向，远处叮咚不断作响，同样法则善意徜徉，充斥喜悦灵魂之上。/ 夜晚繁星空中亮照，潮汐波浪海上声涛，时间空间深邃至高，不能阻止我的驾到。

二、被"遗忘"与"误读"的年代（1930—1990 年）

从 1930 到 1990 年，巴勒斯几乎被评论界所遗忘，他俨然成了美国文学与文化界中的"看客"。对于这段时间巴勒斯的缺失，评论家有所争议。在斯蒂芬·梅西埃（Stephen Mercier）看来，或许以下原因酿成了此果：一是"巴勒斯的书籍缺乏新批评家所看重的优秀文学作品所具有的复杂、歧义、张力、统一"等特征；二是"巴勒斯的区域主义对于强调整个美国国家文化发展不尽适宜"；三是"巴勒斯的农耕主义对于当时的文人骚客来说意义不大"。[1] 但是不管囿于何种缘由，巴勒斯这种生前的巨大繁华与死后的被陡然遗忘不禁让人无限感慨，他的缺失也让美国自然文学的发展遭受了些许损失。

20 世纪 60 年代起，随着自然生态的不断恶化，环境问题受到公众的日益关注。文学评论界也更加注重作品中的政治色彩，挖掘并褒扬那些能直接影响环境保护的写作文本。而早期人们所珍

1　Stephen Mercier, *John Burroughs and the Nineteenth Century. ATQ,* 2007(3):156.

视的巴勒斯的写作风格在文学研究的政治氛围日渐浓厚的环境里不可能得到青睐，他平静的乡村漫步比起缪尔辉煌的广阔跋涉来说相形见绌。

在这样的背景下，"巴勒斯——自然作家""缪尔——环境运动者"的对立区分成了此时对巴勒斯批评的主流。韦恩·汉利（Wayne Hanley）认为缪尔描写"红杉树宏大而独特"，而巴勒斯所关注的只是"普通的、无处不在的草莓"。[1] 他赞扬缪尔为保护优胜美地等国家公园所做的努力，斥责了巴勒斯不愿加入环保争论的做法。托马斯·莱昂（Thomas Lyon）强调缪尔对美国自然文学的贡献在于：他用一种强有力的战斗精神去回应当时恶变的环境条件；而反观巴勒斯，他"远非是个荒野战士。在环保问题上，他绝非积极者，他的散文也远没有缪尔所涉及的此类问题多"。[2] 这样的评论最终把巴勒斯推向了环境积极分子的对立面，就如同比尔·麦吉本所认为的："对于他应该能够预见的环境破坏，巴勒斯倾向于袖手旁观、漠不关心。"[3]对于这些评论家而言，缪尔的崇高化与巴勒斯的家园化形成了强烈的对比，而他们更倚重像缪尔这样与环境运动紧密相连的"福音传道者"。

然而，我们认为，这样夸大的"二元对立"是对巴勒斯及其作品的一种"误读"。确实，在 19 世纪晚期和 20 世纪早期的有关资源保护和荒野保留的政治斗争中，巴勒斯很少发挥积极作用，他本身也不是那个时代工业过度现象的有声批评家。即便如此，这样的"误读"也是有害无益的。我们必须叩问这样一个问

1　Wayne Hanley, *Natural History in America*. New York: Demeter Press, 1977:235.
2　Thomas Lyon, *This Incomperable Lande: A Book of American Nature Writing*. New York: Penguin, 1989:63.
3　Bill McKibben, The Call of the Not So Wild, in Charlotte Zoe Walker, ed. *Sharp Eyes: John Burroughs and American Nature Writing* . Syracuse: Syracuse University Press, 2000:14.

题：是不是缪尔较为清晰的"政治目的"写作会比巴勒斯的"非政治"文本更能激起读者对环境问题的关注呢？答案显然是否定的。从来自仰慕者和名人等数以万计的信件来看，巴勒斯的思想影响是多么广泛。与缪尔不同的是，巴勒斯强调的是通过环境审美与情感纽带去欣赏与保护自然家园。他号召人们关注那些被忽略的、不被欣赏的自然现象，比如物种与栖息地的美和重要性等。如果我们忽视这样的自然作家，而只看重那些自己本身是环保战士或者狂热分子的自然作家，那么这将是对自然文学的曲解与误判，也不利于自然文学与生态批评的整体发展与推进。

三、走向"复活"的新纪元（20世纪90年代至今）

尽管巴勒斯和他的作品经历了生前的繁华，逝世后的被"遗忘"，一直到后来的被"误读"等，但是命中注定，他的自然写作终将得到它的"应有"，他的"复活"也已姗然而来。自20世纪90年代以来，随着巴勒斯对自然文学、现代环境主义与生态批评的贡献等被挖掘出来，评论界开始重新认识和评价他的作品，对他的研究兴趣日渐浓厚。整体而言，巴勒斯的"复活"主要表现在以下几个方面。

（一）传记研究。爱德华·勒内汉的《约翰·巴勒斯：一个美国的自然学家》[1]是自1925年后出版的第一本较为全面的巴勒斯传记。此传记的出版也开启了他的"复活"之路。通过大量先前没有公开的手稿、日记和信件等，勒内汉向人们展示了巴勒斯作为农夫和作家的双重生活。传记重塑了巴勒斯与当时名人间的来往经历，

---

1 Edward Renehan, *John Burroughs: An American Naturalist*. Post Mills: Chelsea Green Pub. Co., 1992.

这些人物包括惠特曼、罗斯福、福特、爱默生、爱迪生、缪尔等。同时，传记还分析了缪尔的荒野伦理观为什么会在如今更受欢迎，而当时备受青睐的巴勒斯的浪漫农耕观却被冷落。爱德华·坎兹（Edward Kanze）的《约翰·巴勒斯的世界》[1]引用了巴勒斯散文中的很多片段，并对话了当时他还在世的孙女。她回忆了大量有关祖父充满情感的事件，且提供了许多珍贵的照片。在这本图文并茂的传记中，巴勒斯对于人类与环境关系的思考跃然纸上。传记《约翰·巴勒斯：山间石屋里的圣人》[2]满载着历史轶事和扣人心弦的细节描写，向读者展现了巴勒斯作为一个环境主义先驱的生活与思想。这些传记的出现，一方面激起了评论家对巴勒斯作品与生活的研究兴趣，另一方面也让他在普通读者心中重新驻足下来。

（二）作品的选编。巴勒斯的文学产出较为突出，但是没有一本像梭罗的《瓦尔登湖》、利奥波德的《沙乡年鉴》、爱德华·艾比的《沙漠独居者》（*Desert Solitaire: A Season in the Wilderness*，中译本名为《孤独的沙漠》）一般能够集中体现他的思想，被人们广为传颂。为了将巴勒斯最好的散文作品呈现在读者面前，评论家选编出版了他的散文集，并对他作品的创作特点进行了分析。这些选编作品也在一定程度上推进了巴勒斯的"复活"。

弗兰克·贝亨的《敏锐的守望：巴勒斯的自然散文选》是这个方面的代表之作。在近 70 页的引介中，选编细致分析了巴勒斯散文的创作特点以及他对文明与自然关系的思考等，并尊称他为"美国自然作家之泰斗"。[3]该选编共达 600 多页，如此大篇幅的选编还

1 Edward Kanze, *The World of John Burroughs*. New York: Abrams, 1993.
2 Ginger Wadsworth, *John Burroughs: The Sage of Slabsides*. New York: Clarion Books, 1997.
3 Frank Bergon, ed. *A Sharp Lookout: Selected Natural History Essays of John Burroughs*. Washington, D.C.: Smithsonian Institution, 1987:9.

是巴勒斯选集史上的首次呈现。理查德·弗莱克（Richard Fleck）的《丛林深处》选编了巴勒斯从 1871 年到 1912 年所写的散文，涉及四季、卡茨基尔山、缅因州的森林、优胜美地国家公园等。1998年的再版中，选编新增了对巴勒斯生平创作的论述，并对每个选本的历史背景、主要内容等进行了简要分析。弗莱克认为巴勒斯对美国自然散文的贡献是巨大的："通过杂志的广泛发行，巴勒斯让自然散文大众化了，进而助它成了一种文学体裁。"可以肯定的是，"所有的美国自然作家在某种程度上都受益于巴勒斯"。[1] 鉴于巴勒斯创作主题的宽泛性，由夏洛特·沃克（Charlotte Walker）编辑的《看东西的艺术：约翰·巴勒斯的散文集》分八部分选编了他的作品，重点在于体现他的洞察力以及视角的艺术性。她认为，通过洞察自然与生活，巴勒斯"渴望与读者分享他在简单生活和贴近自然中所发现的快乐，他为物质主义生活方式提供了一个出口"。[2] 2006年，由杰夫·沃克（Jeff Walker）编辑和评析的巴勒斯作品《标志与季节》再版。该书初版于 1886 年，是阅读巴勒斯作品的最佳引介物。杰夫·沃克对巴勒斯的生平创作及写作特点进行了独到的分析，认为即使在一个世纪后，他的写作仍然十分令人叹服："从不装饰，他（巴勒斯）带给我们自然世界的永恒之美"；"从不布道，他向我们展示了人与自然世界的重要关联"；"从不苦楚，他描述了那个时代的社会问题，并提供了一种可以帮助我们找到勇气和创造力的视角"。[3] 选编中的这些批评公正、客观地评价了巴勒斯对美国自然文学的贡献，为读者走进他的作品提供了重要的理论支撑，激发

1　Richard Fleck, ed. *Deep Woods*. Syracuse: Syracuse University Press, 1998:xxi.
2　Charlotte Walker, ed. *The Art of Seeing Things: Essays by John Burroughs*. Syracuse: Syracuse University Press, 2001:xx.
3　Jeff Walker, ed. *Signs and Seasons*. Syracuse: Syracuse University Press, 2006:xix.

了读者阅读其作品的兴趣。

（三）会议研讨。为了让评论界再次意识到巴勒斯对美国自然文学的卓越贡献，为了这位"或许是美国历史上被忽略（或者被曲解）的最重要作家"被重新认可，从 1992 年起，纽约州立大学奥尼昂塔学院（State University of New York-Oneonta）的英文教授夏洛特·沃克决定组织召开巴勒斯研讨会。这就是现在每两年召开一次的"锐利眼睛：约翰·巴勒斯与自然写作"会议的开端。到目前为止，大会已经邀请了许多巴勒斯的研究专家做主旨演讲，发言者包括约翰·埃尔德（John Elder）、塔尔梅奇、哈乔（Joy Harjo）、詹姆斯·沃伦、爱德华·勒内汉等。随着参加学者的关注点的拓宽，会议的内容也不仅仅限于巴勒斯。

1994 年，由夏洛特·沃克组织的主题为"锐利眼睛：约翰·巴勒斯和美国环境写作"（Sharp Eyes: John Burroughs and Environmental Writing in America）会议在纽约州立大学奥尼昂塔学院圆满召开，这也是巴勒斯学术研讨会第一次在美国面向全国召开。当时，沃克是美国"文学与环境研究协会"的会员，于是她邀请了一些研究协会的专家与学者。此次会议召开的直接成果就是她编辑的《锐利眼睛：约翰·巴勒斯和美国自然写作》（Sharp Eyes: John Burroughs and American Nature Writing）（2000）一书的出版。1996 年 6 月，巴勒斯自然写作的第二次研讨会议召开，主题为"锐利眼睛（二）：环境写作的多重文化视角"（Sharp Eyes II: Multicultural Perspectives on Environmental Writing）。此次会议邀请了哈乔和墨菲（Patrick Murphy）等做了主旨演讲，会议集中于环境文学写作的多重文化视角。

随后的几年，巴勒斯学术研讨会没有举行过，直到 2004 年才重启。2004 年 6 月，巴勒斯学术研讨会第三次会议的主题是 "锐利眼睛（三）：约翰·巴勒斯与同时代的人，远和近"（Sharp Eyes III: John Burroughs and His Contemporaries, Near and Far），会议依旧在纽约州立大学奥尼昂塔学院召开，但是此次会议的组织者换成了丹尼尔·佩恩教授。会上，塔尔梅奇作了题为 "重新发现约翰·巴勒斯"（Rediscovering John Burroughs）的主题演讲，对巴勒斯的贡献做出了精确分析。2006 年 6 月，第四次巴勒斯学术研讨会议如期举行，会议的主题为 "锐利眼睛（四）：书写土地——约翰·巴勒斯和他的遗产"（Sharp Eyes Ⅳ: Writing the Land: John Burroughs and His Legacy）。这次会议聚焦在像巴勒斯一样心系某个地方或区域的自然作家身上，主要关注生物区域主义、地方、重返土地（back-to-land）等自然写作主题。由佩恩编辑的《书写土地：约翰·巴勒斯和他的遗产》（*Writing the Land: John Burroughs and His Legacy*）（2008）一书的出版是此次会议的巨大成果。2008 年 6 月，主题为 "锐利眼睛（五）：约翰·巴勒斯和 19 世纪科学"（Sharp Eyes Ⅴ: John Burroughs and Nineteenth-Century Science）的第五次研讨会举行。此次研讨会是在纽约州波基普西的瓦萨学院（Vassar College, Poughkeepsie）举行的，会议组织者也换成了杰夫·沃克教授。地点和组织者的更换标志着巴勒斯学术研讨会的影响日渐广泛。此次会议主要关注十九世纪科学进化论等对文学的影响，主题涉及巴勒斯与达尔文、巴勒斯与生物地理、巴勒斯与科学教育、巴勒斯与旅行文学等。2010 年 6 月，巴勒斯第六次学术研讨会又回到奥尼昂塔学院举行，此次会议的主题为 "锐利眼睛（六）：旧经验在千禧年：21 世纪的自然写作与环境主义"（Sharp Eyes Ⅵ: Old Lessons for a New Millennium: Nature Writing and Environmentalism in the 21st Century）。会议的焦点是关注那些在十九世纪晚期和二十世纪早期对环保运动做出贡献的作家及其作品。会议邀请了纽约大学环境研究专家朱莉安娜·沃伦（Julianne Lutz Warren）教授做了主旨发言，她发言的题目是"不忘自然犹如牢扣希望"（Remembering Nature as Hope）。另外，许多像杰夫·沃克、斯蒂芬·梅西埃、詹姆斯·沃伦等巴勒斯的研究专家也应邀出席了本次会议。2012 年 6 月，巴勒斯第七次学术研讨会如期在奥尼昂塔学院举行，此次会议的主题是"锐利眼睛（七）：自然写作死了吗？"（Sharp Eyes Ⅶ: Is Nature Writing Dead?）。会议主题源于 2010 年在明德学院（Middlebury College）举行的一场"地球日"活动，这同时也是为该校的约翰·埃尔德教授举行的退休仪式。活动仪式上，来自《俄里翁》（Orion）杂志的一个编辑宣称："自然写作已死？"而对这样一个宣称很明显的反驳就是："自然写作是什么？"会议要求参会论文探索诸如梭罗、巴勒斯和其他十九世纪自然文学作家的作品。来自波基普西玛丽亚教会学院的斯蒂芬·梅西埃教授作了题为"约翰·巴勒斯：生活与作品"（John Burroughs: Life & Works）的开场演讲。夏洛特·沃克和杰夫·沃克也应邀参加了此次会议。第八次巴勒斯学术研讨会于 2014 年 6 月在奥尼昂塔学院举行，本次会议的主题是"锐利眼睛（八）：科学、文学与艺术中的自然历史之实践"（Sharp Eyes Ⅷ: The Practice of Natural History in Science, Literature, and Art）。2016 年 6 月，第九次"锐利眼睛"自然写作会议按时召开，此次会议的主题是"地方、区域、全球：自然写作的多面性"（Local, Regional, Global: The Many Faces of Nature Writing）。

　　二十多年来，两年一次的巴勒斯学术研讨会吸引着越来越多的专家与研究者参与其中，也吸引了更多的读者去关注巴勒斯的作品。研讨会的定期召开对巴勒斯在学术圈内和普通读者心中的"复活"起着积极的作用，也让这个被"遗忘"的自然作家在美国文学中的重要性再次被挖掘了出来。

（四）评论研究。随着巴勒斯传记和选编作品的增多，对于他的学术批评研究也开始扩散开来，主要体现在论文集、专著和期刊论文的出版上。这些研究从点到面、从泛到专，对巴勒斯及其作品展开了多方面的探讨，是他"复活"道路上的强力催化剂。

作为生态批评的早期推动者，劳伦斯·布伊尔强调了巴勒斯在美国文学传统中的重要性，并称他为"继梭罗后文学自然主义者中最重要的继承者"。[1]丹尼尔·佩恩对巴勒斯的自然宗教观做了分析，认为他的自然观"根本上是以生物为中心的"。[2]拉尔夫·布莱克（Ralph Black）从惠特曼和爱默生的影响、本土意识、视角的艺术性、真伪自然争论等方面对巴勒斯的作品进行了分析，指出他对美国自然文学的贡献是至关重要的："巴勒斯把自然散文变成了一种体裁，并使之大众化了。"[3]尽管像这样的巴勒斯评论在20世纪最后十年中时而有之，但对于一个被"遗忘"许久的作家来说还远远不够。

进入21世纪，巴勒斯研究呈现出繁荣的局面。首先是论文集的出版。由夏洛特·沃克编辑的《锐利眼睛：约翰·巴勒斯和美国自然文学》是第一本有关巴勒斯学术论文的重要集刊。该书从多方

1　Lawrence Buell, *The Environmental Imagination: Thoreau, Nature Writing, and the Formation of American Culture* . Cambridge: Harvard University Press, 1995:38.
2　Daniel Payne, *Voices in the Wilderness: American Nature Writing and Environmental Politics*. Hanover and London: University of New England, 1996:72.
3　Ralph Black, Coming to Terms with Nature: American Literature and the Ecological Imagination. New York: New York University, 1999:151.

面探讨了巴勒斯及其作品，共分六个部分：第一部分题为"自然散文家巴勒斯"，考察了巴勒斯对自然散文的整体贡献；第二部分题为"巴勒斯和他同时代的人"，窥探了巴勒斯与爱默生、梭罗、缪尔和惠特曼之间的关系；第三部分题为"远与近"，阐述了巴勒斯作品中的远游与近郊；第四部分题为"巴勒斯与事件"，关注了巴勒斯作品中的科学、政治、性别和宗教等；第五部分题为"巴勒斯与教育"，分析了巴勒斯对美国教育的影响；最后一部分题为"巴勒斯在今天"，论述了巴勒斯的作品与当今时代的联系。论文集"重新发现了巴勒斯作品对美国自然文学的重要性"[1]，再现了他过去的影响，同时也展现了他与当今文化的相关性。该论文集的出版拉开了巴勒斯评论新时代的序幕，也标志着他再次走进了学术界的视野。同时，此书也是从事巴勒斯研究不可缺少的参考资料。2008年，由佩恩编辑的论文集《书写土地：约翰·巴勒斯和他的遗产》[2]一书出版。该论文集分三个部分：第一部分是"约翰·巴勒斯和他的遗产"，主要阐述了巴勒斯作品中的风景、他对美国自然文学的影响以及他与现代环境主义的渊源等。第二部分是"书写土地"，集中探讨了几位像巴勒斯一样的自然作家，他们的作品与特定的风景或者区域紧密相连。第三部分是"关于自然的写作"，从城市、郊区和乡村三个不同层面探讨了书写土地和自然的意义。

其次是专著的出版。埃里克·卢珀垛的《美国自然写作的开端，1860—1909》对巴勒斯早期自然写作的成功进行了有见解的分析。卢珀垛认为，巴勒斯敏锐地抓住了内战后快速变换的美国文学市

---

1 Charlotte Walker, ed. *Sharp Eyes: John Burroughs and American Nature Writing.* Syracuse:Syracuse University Press, 2000: xxiv.
2 Daniel Payne, ed. *Writing the Land: John Burroughs and His Legacy.* Newcastle: Cambridge Scholars Publishing, 2008.

场，尤其是杂志市场，完美地匹配了自己的文学抱负与当时的文学氛围，成了美国第一个自然文学职业作家，"户外活动的预言家"。[1] 倘若说夏洛特·沃克编辑的论文集拉开了巴勒斯评论新时代的序幕，那么以下两本研究专著则将其推向了高潮。斯蒂芬·梅西埃的《重新评价这个文学自然学家：约翰·巴勒斯的情感环境美学》从环境美学的角度评析了巴勒斯的作品。梅西埃认为，在环境审美和生态批评中，应该考虑到情感在欣赏过程中的作用，而情感也恰是巴勒斯自然写作的一个核心特点。巴勒斯的环境审美模式融合了知识叙述、感官投入和情感反应等，这样的情感环境审美方式昭示着很强的环保意识，对当代环境话语理论影响深远。即使在 21 世纪的今天，巴勒斯的环境审美观也是可行的，"他的散文超越了他所在的时代，深刻影响着时日"。[2] 另一本研究专著是詹姆斯·沃伦的《约翰·巴勒斯和自然的位置》。沃伦认为，巴勒斯、缪尔、西奥多·罗斯福一起构成了美国内战到第一次世界大战期间自然写作的三部曲。而巴勒斯是个重要的、令人信服的文学评论家，他"把自然的准则提升为评判文学的标准，这让他成为一个早期的生态批评家"。[3]

再次是期刊论文的发表。1993 年《文学与环境跨学科研究》（*ISLE*）杂志在美国问世。该刊物的目的是从生态环境角度为文学艺术的批评研究提供论坛。作为第一份正式的生态文学研究刊物，该杂志也刊登了有关巴勒斯的研究论文。在《约翰·巴勒斯和

1　Eric Lupfer, The Emergence of American Nature Writing, 1860-1909: John Burroughs, Henry David Thoreau and Houghton, Mifflin and Company. Austin: The University of Texas, 2003:27.

2　Stephen Mercier, Revaluing the Literary Naturalist: John Burroughs's Environmental Aesthetics. Kingston: University of Rhode Island, 2004:252.

3　James Perrin Warren, *John Burroughs and the Place of Nature*. Athens: The University of Georgia Press, 2006:2.

蜜蜂》一文中，拉尔夫·鲁特斯（Ralph Lutts）认为巴勒斯对自然文学的突出贡献在于：既坚持在自然文学中呈现真实的自然，又创造出情感上令人满意的文学作品，以此架起科学、情感和精神的桥梁，让自然文学真正成为融观察与情感、科学与精神、内在与外在环境于一体的文学范本。[1] 吉姆·沃伦的《惠特曼的土地：约翰·巴勒斯的田园批评》从生态批评角度对巴勒斯和惠特曼的关系进行了阐述，进而分析了巴勒斯作品中所体现的田园主义思想。[2] 伊恩·马歇尔（Ian Marshall）和大卫·泰勒（David Tayler）共同撰写了题为"一场卡茨基尔山的对话：从《延龄草》到'山间石屋'去寻找巴勒斯"的文章。通过描述两人同去卡茨基尔山探寻巴勒斯的经历，两人提出巴勒斯的被遗忘就如同当前无人问津的"山间石屋"一样，令人感觉十分凄凉和沮丧。过去的巴勒斯乃众星捧月，无需被发现，而时至今日，他则等待着被挖掘。[3] 斯蒂芬·梅西埃的《约翰·巴勒斯与伤感：重新评价这位文学自然主义者》分析了巴勒斯作品中的认知、感官和情感三位一体的环境审美模式，但这种恰似伤感主义文学的写作方式没有被文学评论家所认可，而这也是巴勒斯文本惨遭遗弃的重要原因。[4] 基尔·施奈德曼（Jill Schneiderman）的论文《旅途、沉思和家：对巴勒斯在加勒比海的反思》通过作者亲赴牙买加加勒比海的经历，分析了1902年巴勒斯在加勒比海为期半年的旅行，指出在他的作品中，"家"的概念

1 Ralph Lutts, John Burroughs and the Honey Bee: Bridging Science and Emotion in Environmental Writing. *ISLE*, 1996(2):85-100.

2 Jim Warren, Whitman Land: John Burroughs's Pastoral Criticism. *ISLE*, 2001(1):83-96.

3 Ian Marshall and David Taylor. A Catskills Dialogue: Looking for John Burroughs, from *Wake Robin* to Slabsides. *ISLE*, 2006(1):167-181.

4 Stephen Mercier, John Burroughs and the Sentimental: Revaluing the Literary Naturalist. *ISLE*, 2010(3): 509-525.

无时无刻不在流露着,"家"是他观察自然的不变根基。[1]

2007年,时值巴勒斯诞辰170周年之际,《美国超验主义季刊》(*ATQ*)的9月和12月刊都专发了有关巴勒斯的研究论文,为他的"复活"做出了重要贡献,起到了垂范作用。9月刊包括约翰·塔尔梅奇的权威性文章《重新发现约翰·巴勒斯》。该文阐述了巴勒斯自然写作的主题、风格、形式等,认为他不仅是他那个时代的代表性自然作家,同时也与现代社会紧密相关。[2]夏洛特·沃克的《阅读卡茨基尔山的"纤细字迹":约翰·巴勒斯重释"自然之书"》一文通过探讨巴勒斯隐喻般的"自然之书",揭示了他在阅读自然的两种不同方式中找到了一种平衡,即如何把科学地阅读自然和以精神、审美、情感的方式阅读自然融合在一起。[3]丹尼尔·佩恩的《爱默生的自然神学:约翰·巴勒斯和超验主义后期的"教堂"》一文认为巴勒斯深受爱默生自然神学的影响,但是由于现代科学的出现,他必须为超验主义理想自然神学找到一个出口,因而把科学、自然和宗教有机地联系起来,最终形成自己的自然神学观。[4]杰夫·沃克的文章《最坚硬的壳······没有珍珠母亲在里面》分析了巴勒斯把对景观性和实用性的强调共同应用在"河畔小屋"的建造上,这种设计与19世纪优雅的浪漫主义紧密相连。[5]在12月刊上,詹姆斯·沃伦的《约翰·巴勒斯与科学的想象力》一文分析了达尔文的进化论对巴勒斯后期自然写作和哲学散文的影响。沃

---

1 Jill Schneiderman, Journeys, Contemplation, and Home: Reflections on John Burroughs in the Caribbean. *ISLE*, 2012(2):393-406.
2 John Tallmadge, Rediscovering John Burroughs. *ATQ*, 2007(3):165-174.
3 Charlotte Walker, Reading the "Fine Print" in the Catskills: John Burroughs Reinterprets the Book of Nature. *ATQ*, 2007(3):175-189.
4 Daniel Payne, Emerson's Natural Theology: John Burroughs and the "Church" of Latter Day Transcendentalism. *ATQ*, 2007(3):191-205.
5 Jeff Walker, The Roughest of Shells Without...the Mother of Pearl Within. *ATQ*, 2007(3):207-223.

伦认为，巴勒斯对科学有着敏锐的洞察力，他是早期生态批评的重要实践者。[1]朱莉安娜·沃伦的《疏远还是亲密？吉福德·平肖特和约翰·巴勒斯文化叙事中科学的作用》一文称19世纪末出现了分别以平肖特和巴勒斯为代表的两种截然不同的环保叙事模式。前者是一种疏离的模式，强调工业的发展、经济的增长和对自然资源的管理使用等，而后者则是一种亲密的模式，强调人与自然的协调发展，寻求人与地球作为一个整体的恰当关系。[2]在《具有创造性能量的脚步：约翰·巴勒斯和19世纪文学自然历史》一文中，迈克尔·巴克利（Michael Buckley）认为巴勒斯的自然写作与梭罗的不尽相同，因为巴勒斯在自然写作中更加强调人与自然的关系，更注重人对自然的情感反应，修正了传统的文学自然历史观。[3]斯蒂芬·梅西埃的文章《鸟类学家的证言：致鸟之约翰的信件》对各行各业的爱好者写给巴勒斯的信件进行了分析，指出他的作品广泛触及并影响着大众，尤其是在鸟类保护方面。[4]

　　总的来说，国外有关巴勒斯的研究近年来有了较快的发展，出现了一些有影响力的论文、传记和专著等，为我们研究巴勒斯提供了必要的借鉴资源和启发渠道。巴勒斯的"复活"无疑是自然文学与生态批评发展进程中的幸事一桩，值得褒庆。

　　在国内最大的中文搜索网站"百度"上输入"巴勒斯"一词，排在首条的是百度百科上显示的威廉·巴勒斯（1914—1997）——一位和艾伦·金斯堡（Allen Ginsberg）及杰克·凯鲁亚克（Jack

---

1　James Perrin Warren, John Burroughs and the Scientific Imagination. *ATQ*, 2007(4):235-247.

2　Julianne Lutz Warren, Alienation or Intimacy?: The Roles of Science in the Cultural Narratives of Gifford Pinchot and John Burroughs. *ATQ*, 2007(4):249-259.

3　Michael Buckley, "The Footsteps of Creative Energy": John Burroughs and Nineteenth-Century Literary Natural History. *ATQ*, 2007(4):261-272.

4　Stephen Mercier, Ornithological Testimonies: Letters to John O'Birds. *ATQ*, 2007(4):273-299.

Kerouac）同为"垮掉的一代"文学运动创始者的美国作家。由此可见，提到巴勒斯，人们首先可能会想到的是威廉·巴勒斯，而约翰·巴勒斯相对则鲜有人知晓。不过，早在20世纪30年代，老舍先生就在他的《文学概论讲义》中引用了巴勒斯关于文学风格的一段论述。在"文学的风格"一讲中，老舍先生赞同巴勒斯把"怎样告诉"作为文学特质的观点，并引用了巴勒斯著名的"蜜酿"论："蜜蜂从花里所得来的，并不是蜜，只是一种甜汁；蜜蜂必须把它自己的少量的分泌物即所谓蚁酸者注入在这甜汁里。就是把这单是甜的汁改造为蜜的，是蜜蜂的特殊的人格底寄予。"[1]老舍接着评论道："这怎样告诉并不仅是字面上的，而是怎样思想的结果；就是作者的全面人格伏在里面。"[2]

随着20世纪90年代后国外研究兴趣的渐起，巴勒斯在国内的研究也日渐增多，尤其是进入21世纪之后，更多学者开始评论和翻译他的作品。国内巴勒斯研究起步较晚，但是近几年也有较强的升温趋势，主要体现在以下几个方面。

一、评论研究。新世纪以来，国内比较有影响力的巴勒斯研究始于程虹的博士论文《自然与心灵的交融——论美国自然文学的源起、发展与现状》（2000）。作为国内美国自然文学研究的第一人，程虹从1995年起就开始接触这个在当时并不热门的课题，潜心研究，最终开拓了国内学者对美国自然文学研究的先河。她的博士论文对美国自然文学的源起、发展与现状进行了分析和评述，界定了美国自然文学的概念与特性，并重点分析了美国自然文学各个时期的代表人物及其主要作品，展示了该文学流派的发

1　老舍，《老舍文集：第15卷》，北京：人民文学出版社，1990年，第76页。
2　老舍，《老舍文集：第15卷》，北京：人民文学出版社，1990年，第76页。

展过程及其新颖而独特的文体与文风。在题为"建造于荒野之中的心灵家园"中，程虹对巴勒斯的创作生涯、自然写作特点、与惠特曼等人的相互影响及其对自然文学的贡献等进行了剖析。在谈到巴勒斯对美国自然文学的贡献时，程虹认为，巴勒斯的自然文学写作既符合自然史的事实，又带有林地生活的诗情画意，进而开辟了美国自然文学的独特风景。他"不仅给自然散文以确切的形式，而且还创造了将切身体验与赞叹欣赏的感觉合二为一的研习自然之道"。[1]他的这种"淡化自我，贴近自然"的写作方式吸引着众多的门徒，在保护自然的路程上，他们及其后辈们一直努力着、奋斗着，巴勒斯不愧是"美国乡村的圣人""走向大自然的向导"。程虹的这些独到见解，为后期国内的巴勒斯研究发挥了很好的引领作用，为他走进国内的评论视野打开了一扇亮窗。

然而，这扇亮窗打开之后，直到进入新世纪的第二个十年，巴勒斯的学术批评才开始涌动起来。2008年，《世界文化》在第四期"人物"一栏刊登了王颖的文章《约翰·巴勒斯》，该文简介了巴勒斯的生平和创作特点等。2012年，张建国在《西安外国语学报》第三期上发表了题为"美国的陶渊明：生态批评视角中的巴勒斯散文"[2]的论文。该论文从倡导回归自然、回归田园，提倡生态审美、敬畏自然、家园意识，力主生态整体观，消解人类中心主义，批判人类的僭越行为等几个方面对巴勒斯的散文进行了生态批评解读。2013年，作为国内首家生态批评学术期刊的《鄱阳湖学刊》刊发了两篇有关巴勒斯的研究论文。在第四期上刊发了马永波的

---

1 程虹，《自然与心灵的交融——论美国自然文学的源起、发展与现状》，北京：中国社会科学院，2000年，第64页。
2 张建国，《美国的陶渊明：生态批评视角中的巴勒斯散文》，《西安外国语大学学报》，2012年第9期，第85—88页。

《自然的家园化：约翰·巴勒斯的生态思想》一文。文章认为：作为重要的生态作家，巴勒斯"教会了无数美国人认识到自己最熟悉的自然的重要性——学会欣赏从自家门前延伸开去的风景"。[1]第五期发表了张建国的《论约翰·巴勒斯辩证的自然散文观》[2]一文。该文从文学理论大旗下的散文观、自然散文的本体论、自然散文作家修养论等几个方面对巴勒斯散文的特点进行了分析。

二、作品翻译。虽然程虹的博士论文发表后，国内对巴勒斯的学术关注未能及时蓬勃起来，但它快速打开了另一扇窗口，那就是巴勒斯作品在国内的翻译出版。在这个过程中，程虹仍然扮演着第一人的作用。可以说，她不仅开启了巴勒斯国内学术研究的道路，也开启了巴勒斯作品在国内的译介之路。从某种意义上说，程虹对巴勒斯在国内的传播做出了开拓性的贡献。

2004 年，三联书店出版了程虹译的《醒来的森林》，这开启了国内巴勒斯生态文学作品的引介。2005 年，中国戏剧出版社出版了董继平译的《清新的野外》。2006 年，人民文学出版社出版了杨向荣译的《鸟与诗人》。同年，鹭江出版社出版了由川美和张念群译的《清新的原野·冬日阳光》。2011 年，该书的精装版由鹭江出版社再版。2008 年，百花文艺出版社出版了川美译的《鸟与诗人》。这是马永波任主编的"美国生态文学经典译丛"中的一册。作为该书的译序，马永波写了一篇很长的巴勒斯评论文章，题目为"巴勒斯：大自然的向导——序《鸟与诗人》"。[3]2009 年，漓江出版社出版了林东威和朱华译的《自然之门》。同年，甘肃人民美术出版社出版了董继平译的《鸟的故事》。

1　马永波，《自然的家园化：约翰·巴勒斯的生态思想》，《鄱阳湖学刊》，2013 年第 4 期，第 47 页。
2　张建国，《论约翰·巴勒斯辩证的自然散文观》，《鄱阳湖学刊》，2013 年第 5 期，第 98—104 页。
3　（美）巴勒斯，《鸟与诗人》，川美译，天津：百花文艺出版社，2008 年，译序 1—8 页。

相比程虹对巴勒斯在中国的传播做出的开拓性贡献，马永波先生则把巴勒斯的生态文学作品全面推向了国内的普通读者。2012年，由马永波等翻译的一套探讨人与自然深层关系的"绿色经典生态文学丛书"由时代书局策划发行、安徽人民出版社出版。该丛书选取了约翰·巴勒斯、玛丽·澳斯汀、约翰·缪尔三位著名生态文学作家的14部经典作品，多为国内首译，其中就包括巴勒斯的作品8部，分别为《延龄草》《冬日阳光》《清新的原野》《标志与季节》《河畔小屋》《自然之道》《生命的呼吸》《接受宇宙》。这8部作品跨越了巴勒斯的整个创作生涯，可以让国内的读者一睹他创作的全貌。巴勒斯的这些生态文学作品的翻译出版必将推动国内学术界对他的研究兴趣，也会在普通读者中激起不小的涟漪，同时也必将促进我国生态文学的创作与发展。

三、著作研究。相对于巴勒斯作品翻译出版的硕果累累，有关他的专著在国内还没有出现，只是散见于不同的论著中。2001年，程虹论述美国自然文学的专著《寻归荒野》由三联书店出版。此书是在她的博士论文《自然与心灵的交融》的基础上修改出版的。2011年三联书店再版此书。《寻归荒野》保留了其博士论文中对巴勒斯的主要评论。2009年，上海人民出版社出版了程虹的《宁静无价：英美自然文学散论》。在书的第一章第四节题为"美国自然文学中的两位约翰——约翰·巴勒斯和约翰·缪尔"中，程虹对"鸟之王国的约翰"和"山之王国的约翰"进行了比较分析。程虹认为巴勒斯"使人们体验到大自然中的宁静"，缪尔"奉献给我们的是大自然的动感"，"两者相辅相成，携手奠定了自然文学的基础，影响了自然文学的一批后人"。[1]

1　程虹，《宁静无价：英美自然文学散论》，上海：上海人民出版社，2009年，第63页。

2013 年，程虹又出版了专著《美国自然文学三十讲》。在第四章"自然文学中的荒野情结"中，她对巴勒斯给予了很高的评价，认为巴勒斯"为当时的自然散文确定了新的标准和形式，使之在美国文学中有了明确地位"。[1] 同时，程虹还用了一个形象的比喻来评价巴勒斯在美国自然文学中的位置，她说道："如果把美国自然文学比作一首乐曲，那么巴勒斯就是它最柔和的一个乐章。然而，像音乐中的《蓝色多瑙河》，它也是最迷人的乐章。"[2]

2009 年，由学林出版社出版的夏光武著的《美国生态文学》一书问世。该书第三章第四节对巴勒斯进行了专门的介绍，该节的标题为"约翰·巴勒斯——森林美景与鸟类的人文观察者"。该节首先介绍了巴勒斯的生平，然后分析了他对森林与鸟类的热爱和对自然的强烈好奇心。接着，该节重点分析了巴勒斯生态作品的特点。2012 年，由刘青汉主编的《生态文学》由人民出版社出版。在本书的第三章"美国生态文学与生态批评（一）"的第三节，巴勒斯也得到了简要的介绍与分析，此节标题为"约翰·巴勒斯与'鸟之王国'"。在简要分析了巴勒斯的生平创作之后，本节重点分析了巴勒斯的《醒来的森林》和《清新的原野·冬日阳光》。

可以看出，国内的巴勒斯研究尽管起步较晚，但是到目前为止也取得了可喜的成果，具体表现为评论文章的日益增多、翻译作品的不断问世、著作研究的诸多涉及等。与国外的巴勒斯研究相比，国内巴勒斯研究一开始就有着十分明显的特征，那就是生态批评视角的巴勒斯研究较为盛行，这也和当今生态批评在国内的繁荣紧密相关。

---

1 程虹，《美国自然文学三十讲》，北京：外语教学与研究出版社，2013 年，第 111 页。
2 程虹，《美国自然文学三十讲》，北京：外语教学与研究出版社，2013 年，第 114—115 页。

综上所述，国外有关巴勒斯的研究近年来有了较快发展，出现了一些有影响力的论文、传记和专著等，但是这些研究与巴勒斯在整个自然写作和生态批评中的重要地位还不尽相称，对他的研究还有很大的挖掘空间；国内的巴勒斯研究近几年也取得了不错的成绩：一方面是其作品的翻译成绩显著；另一方面是越来越多的著作和论文开始关注巴勒斯的生态思想。在当今生态批评向广度和深度发展的阶段，很有必要对巴勒斯的作品进行专门研究。